COLLECTION
FOLIO/ESSAIS

Paul Bénichou

Morales
du grand siècle

Gallimard

Éditions Gallimard, 1948.

INTRODUCTION

Le présent essai a eu pour origine le désir de retrouver quelques-uns des rapports qui ont pu unir, au cours d'un siècle fameux, les conditions sociales de la vie et ses conditions morales. On s'est appuyé sur ce principe de bon sens, dont aucune critique n'a jamais pu se passer, que la pensée morale, consciente ou confuse, surtout celle qui se manifeste dans des ouvrages d'une aussi grande diffusion que les ouvrages littéraires, a ses racines toutes naturelles, et son terrain d'action, dans la vie des hommes et dans leurs relations, et on a essayé de percevoir quelles formes diverses revêtait cette connexion dans une des époques littéraires les plus connues du public.

Cette attitude n'a nullement été inspirée par l'indifférence ou le dédain pour la signification générale des problèmes de valeurs, mais au contraire par le désir de poser ces problèmes dans leurs termes véritables. On ne se passe pas de juger les idées, parce qu'on prétend se soucier d'en décrire le sens, et la source. Pareil souci peut ne pas procéder seulement de l'amour du concret, du désir de considérer les idées comme des faits, ce qu'elles sont incontestablement par un certain côté ; il s'agit aussi, en éclairant les conditions variables où sont nés tels jugements sur l'homme ou telles idées du bien, de permettre une appréciation mieux fondée de ces jugements ou de ces idées. Comment évaluer autrement ce qui, dans les valeurs morales du passé, peut dépasser les circonstances et se rapporter à la condition humaine actuelle, ou même à ce qu'on peut supposer être, dans la condition humaine, le moins sujet au changement ? La pensée constructive n'a rien à gagner à un excès de confiance en elle-même ; l'illusion est le principe le plus ordinaire de sa fragilité.

En ce qui concerne la littérature et la pensée du XVIIᵉ siècle, il n'est pas rare, à vrai dire, de voir des considérations d'histoire sociale se mêler chez les spécialistes aux jugements généraux. Dès ses débuts, chez un Sainte-Beuve, voire un Victor Cousin, la critique moderne apparaît traversée par le souci de rapporter à des circonstances sociales les idées que le XVIIᵉ siècle a émises sur l'homme. Ce souci a été avivé ensuite par la constatation, de plus en plus évidente, des conflits d'idées, des variations morales, des heurts de courants divers qui forment, sous une apparence de majestueuse unité, le fond de la littérature classique. Rien ne contribue davantage à fortifier le sens du réel et du relatif, que le spectacle de la diversité ou des contradictions au sein des choses. C'est peu de distinguer une époque, un milieu, une ambiance sociale : il n'est pas d'époque qui ne soit le champ d'une lutte entre des forces différentes, entre des idées contraires. Le rapport de la littérature et de la société n'est pas celui de deux êtres homogènes façonnés à la ressemblance l'un de l'autre. La loi de la diversité et de la contradiction domine chacune d'elles et c'est de ce point de vue qu'on aperçoit le mieux leur dépendance réciproque. Les idées apparaissent d'autant plus liées à la société qu'on les conçoit davantage comme les éléments d'un débat qui accompagne et stimule les conflits réels de l'histoire.

A la fin du dernier siècle et au début du nôtre, c'est une idée admise qu'il y a au XVIIᵉ siècle deux littératures différentes : celle du sublime, du brillant, du romanesque, et celle de la nature et de la vérité. Cette idée, systématisée avec pas mal d'outrance par Brunetière, a fini par contre-battre, non sans difficulté, dans l'enseignement et dans les conceptions du public le plus averti, l'idée traditionnelle de l'homogénéité sereine du grand siècle. On force parfois la réalité, en prétendant faire coïncider l'opposition des deux formes d'esprit avec celle de deux époques, séparées à peu près par la date de 1660 : les deux tendances ont longue-ment coexisté, enchevêtrées ensemble, s'amalgamant tour à tour et se combattant l'une l'autre, sans qu'il soit facile de discerner ni péripétie ni date décisive dans leur mêlée. Mais la simplification même ouvre à l'esprit des vues suggestives, en permettant de retrouver, dans l'évolution littéraire du XVIIe siècle, ainsi décrite à gros traits, et dans l'évolution morale plus profonde dont elle témoigne, le dessin de son histoire politique : le temps des beaux sentiments, des romans, des poèmes héroïques et de la poésie brillante serait celui de l'agitation aristocratique ; le triomphe de la raison et de la nature, celui de la royauté louisquator-zienne, déjà embourgeoisée. L'idée d'une semblable cor-respondance a trouvé place plus d'une fois, sous une forme plus ou moins appuyée, chez les écrivains du XIXe siècle. On pourrait, en la creusant, être tenté de décrire dans le XVIIe siècle le dernier champ de bataille moral de la féodalité et du monde moderne.

Mais l'opposition ainsi établie au sein du XVIIe siècle entre deux tendances fondamentales, quand on entreprend de la décrire sur le plan moral, et non plus sur le plan littéraire, tend à changer sensiblement d'aspect. Les termes n'en sont plus, désormais, l'imagination qui va au grand, et le bon sens en quête de vérité, pas même la religion de l'idéal et celle du réel. Il s'agit d'un débat, plus passionné et plus direct, sur l'excellence ou la médiocrité de la nature humaine. Tous les conflits de pensée du XVIIe siècle dès qu'ils atteignent quelque gravité et quelque ampleur, ont pour objet dernier l'estimation de l'humanité. Les écrivains de cette époque se définissent moins par leur préférence pour le beau ou pour le vrai, que par le cas plus ou moins grand qu'ils font de la vertu humaine, entendue au sens général de valeur, force ou grandeur. Et une fois replacé sur ce terrain, qui est le sien, le débat ne comporte pas seulement deux partenaires opposés, deux camps claire-ment contraires : celui qui exalte l'humanité et celui qui la déprécie. Se prolongeant dans tous les sens, influençant, solidairement morale et psychologie, qui toutes deux prêtent leurs armes au combat, attirant pour la diviser la pensée religieuse elle-même, la discussion sur l'homme déjoue les formules faciles et les interprétations som-maires. Le XVIIᵉ siècle a connu plusieurs morales diffé-rentes, diversement opposées ou alliées l'une à l'autre suivant les cas. Qui veut simplifier doit au moins distinguer trois centres d'intérêt : une morale héroïque, qui ouvre un passage de la nature à la grandeur, et en définit les conditions ; une morale chrétienne rigoureuse qui donne au néant la nature humaine tout entière ; enfin une morale mondaine, à la fois sans illusions et sans angoisse, qui nous refuse la grandeur sans nous ôter la confiance. Du même coup le problème des influences sociales se complique, et, la grande opposition de la France féodale et de la France moderne ne suffisant plus, il faut recourir à un tableau de forces plus circonstancié et plus complexe. Cependant une rencontre heureuse, ou plutôt, si l'on y réfléchit, la nature ordinaire des choses a voulu que les trois conceptions fondamentales que nous venons de définir se rencontras-sent presque à l'état pur chez les trois moralistes les plus grands de ce siècle, Corneille, Pascal, Molière. C'est ce qui a permis de conserver à cet essai sur les courants moraux du XVIIᵉ siècle la forme plus familière d'une série d'études sur les plus importants des écrivains classiques.

*

De tout ce qui précède il ressort que nous avons négligé délibérément les discussions purement esthétiques ou littéraires qui se sont engagées au cours du xviie siècle, et ce qui dans les œuvres classiques pouvait se rapporter à ces discussions, pour n'envisager les créations des écrivains que sous leur aspect éthique. L'interpénétration des valeurs esthétiques et des valeurs morales, aussi étroite dans la littérature du xviie siècle que dans toute autre, imposerait à qui voudrait définir leurs rapports un surcroît d'analyse et finalement une tâche nouvelle. Aussi nous sommes-nous bornés à considérer les écrivains classiques sous l'angle moral, c'est-à-dire en tant que leurs œuvres prétendent répondre aux problèmes essentiels de la vie et de la conduite humaine. Nous avons vu surtout dans la littérature le creuset où notre expérience directe de la vie et de la société s'élabore déjà philosophiquement, mais sans rien perdre encore de sa force immédiate. Plus que toute autre, la littérature française répond à cette définition. Il n'en est pas qui laisse apparaître de façon plus saisissante le lien qui unit les problèmes de la vie et ceux de l'esprit. On ne dit pas autre chose quand on l'appelle littérature de moralistes.

Le danger, pour qui veut définir ces rapports complexes de la vie sociale et de la pensée, est d'attenter à l'individualité des grands écrivains en prétendant les intégrer dans un ensemble impersonnel qui les dépasse. On risque ainsi, en poursuivant une systématisation hasardeuse, de défigurer ces réalités particulières, mais privilégiées du point de vue du patrimoine humain, que sont les grands hommes et les grandes œuvres. Mais, outre que l'opposition de l'individuel et du social est une de celles qui résistent le moins à la pensée, sitôt qu'elle s'exerce sans préjugé, nous avons essayé de maintenir sans cesse un contact visible entre les démarches concrètes de l'écrivain, et les termes, forcément plus schématiques, du débat social dans lequel elles s'inscrivent. Nous avons voulu que la connexion de l'écrivain et du milieu apparût, dans les pages qui vont suivre, sous son aspect le plus naturel, le plus évident, celui sous lequel elle se présente toujours dès qu'on s'est familiarisé avec un moment de l'histoire humaine. Ainsi serait évité le reproche si souvent adressé à la méthode que nous avons suivie, de détruire les réalités pour leur substituer des abstractions. Reproche qui s'allie volontiers au reproche contraire, celui de déprécier les valeurs générales de l'esprit humain au profit des contingences du devenir social. Car c'est justement entre la réalité concrète de l'écrivain et le fait général de l'homme que se situe la société, c'est-à-dire le vaste milieu dont les changements dépassent l'individu, et laissent subsister l'espèce. Mais aussi est-ce de là qu'on aperçoit à la fois, dans leur juste lumière, le destin particulier de tel individu pensant et la portée universelle de sa pensée. Qu'il faille considérer comme une illusion le sentiment du penseur d'être immédiatement en face des problèmes de la condition humaine, auxquels ses idées ne sont à ses yeux que de fidèles réponses, cela n'a rien d'offensant pour la pensée, dont il faut bien admettre, malgré qu'elle en ait, qu'elle est comme toutes choses, relative aux circonstances. Cela n'a rien de contraire non plus à l'esprit et aux méthodes de la science, qui précisément, quand elle observe la création des valeurs morales, ne saurait mieux se définir que par le devoir de critiquer avec rigueur les illusions de la conscience. Le tout est d'exercer ce devoir avec prudence et uniquement pour donner à l'œuvre que l'on examine tout le sens et toute la richesse qu'indépendamment de la conscience de son auteur elle renferme réellement. Les essais qu'on va lire ne répondent pas à une autre intention.

LE HÉROS CORNÉLIEN

Il est peu d'écrivains aussi grands que Corneille qui soient aussi sommairement jugés que lui. Il y a à cela bien des motifs, dont le plus puissant est, sans doute, l'aversion du plus grand nombre pour la littérature moralisante, dans laquelle les souvenirs de collège enferment la tragédie cornélienne. Le retour à Corneille un peu partout signalé depuis quelques années n'a guère affecté le grand public. Corneille demeure, pour le lecteur moyen de notre temps, une sorte de classique aggravé, en qui les bienséances littéraires, communes à toute l'école, se doublent d'une inhumaine bienséance morale. Aussi continue-t-on de lui refuser généralement cette sympathie, que la hardiesse attribuée à leur génie a value à Racine ou à Molière.

A vrai dire, il a fallu beaucoup de temps et de recul, de ce recul qui n'aide pas forcément à voir clair, pour qu'on en vînt à faire du nom de Corneille un symbole d'hostilité aux puissances de la nature. Les contemporains, à tort ou à raison, admiraient en lui la fougue, l'élan, la chaleur. Saint-Évremond écrit par exemple que Corneille « enlève l'âme » et laisse à Racine le faible avantage qu'il « gagne l'esprit »[1]. De même, Mme de Sévigné admire dans Corneille « ces tirades... qui font frissonner »[2]. Corneille lui-même, dans son *Examen* du *Cid* (écrit presque trente ans après sa tragédie), se souvenait d'avoir remarqué, pendant les premières représentations, qu'au moment où Rodrigue venait chez Chimène, après le duel, « alors que ce malheureux amant se présentait devant elle, il s'élevait un certain frémissement dans l'assemblée, qui marquait une curiosité merveilleuse »... Le souvenir de ce Corneille vivait encore chez les romantiques qui, en France et à l'étranger, l'exceptaient volontiers de leurs attaques contre la froideur et la platitude classiques. Le milieu naturel de la tragédie cornélienne a bien été l'enthousiasme ; tous ceux qui, au XIXe siècle, se sont efforcés de retrouver l'atmosphère du public cornélien l'ont senti, même quand ils cédaient par ailleurs aux idées régnantes sur Corneille : Sainte-Beuve évoque l'auditoire vibrant du *Cid*[3] ; Guizot relie l'admiration, par laquelle la tragédie cornélienne agit surtout sur le public, à un « sentiment exalté de notre existence »[4].

Pourtant, au XVIIe siècle déjà, des voix différentes se font entendre. Sans nier tout à fait la force entraînante de Corneille, certains pensent qu'elle agit seulement sur les facultés les plus hautes, et sont tentés de trouver froid un auteur qui n'échauffe que l'intelligence et le sens moral. La Bruyère et parfois Boileau ne sont pas loin de ce sentiment, qui comporte évidemment toutes sortes de réserves dans l'admiration. On lit, dans le *Parallèle de M. Corneille et de M. Racine,* de Longepierre (1686) : « Le premier met de l'esprit, c'est-à-dire du brillant et des pensées partout... Le cœur se refroidit, tandis que l'esprit s'échauffe. » D'après

1. Saint-Évremond, *Jugement sur quelques auteurs français*, au tome V des *Œuvres mêlées*, édition d'Amsterdam (1706).
2. Lettre du 16 mars 1672.
3. Sainte-Beuve, *Nouveaux Lundis* t. VII, articles sur Corneille, 1864.
4. Guizot, *Corneille et son temps*, 1852.

ce parallèle, Racine seul parle au cœur : c'est le contraire, terme pour terme, de ce que disait Saint-Évremond. Ainsi, dans le siècle même de Corneille, tantôt on le porte aux nues pour la puissance exaltante de son œuvre, tantôt on lui dénie la chaleur et la passion.

Cette contradiction est en réalité celle de deux moments successifs, quoique liés et mêlés l'un à l'autre, de la société française. L'enthousiasme cornélien baigne tout entier dans l'atmosphère de l'orgueil, de la gloire, de la générosité et du romanesque aristocratiques, telle qu'on la respirait en France pendant le règne de Louis XIII, telle qu'elle remplit toute la littérature de cette époque. Le sublime cornélien avait déjà quelque chose d'un peu archaïque sous Louis XIV, et, quand Mme de Sévigné écrivait en 1672 : « Vive donc notre vieil ami Corneille ! », sans doute ne pensait-elle pas seulement à l'ancienneté des œuvres, mais à celle, plus grande encore, de l'inspiration. Les vieux sujets d'exaltation qui avaient trouvé un regain de faveur au temps de Corneille commençaient, un demi-siècle après le *Cid*, à paraître plus froids. Comment s'étonner qu'à la fin du XIXe siècle, à plus de trois siècles de distance, on ait eu bien souvent de la peine à saisir l'impulsion qui anime l'œuvre de Corneille ? Privé de sa vie et de son mouvement, le sublime cornélien a fini par se dresser au-dessus des passions comme une cime refroidie. Les bourgeois bien-pensants du XIXe siècle ont trouvé leur compte dans la conception d'un Corneille presque puritain, et sublime à la façon bourgeoise, par la contrainte et par l'effort.

Il était cependant bien difficile de réduire aux termes stricts du devoir les irrégularités de sentiment et de conduite des héros cornéliens[1]. Pour parer à la difficulté, Brunetière introduisit une distinction subtile entre le

---

1. Chimène épouse le meurtrier de son père Horace tue sa sœur, Cinna conspire contre son bienfaiteur, etc.

devoir, qui est souvent malmené dans le théâtre de Corneille, et la volonté, qui y règne toujours. On ne peut dire que tout tourne à l'avantage de la saine morale dans les pièces de Corneille, « mais ce qui est plus vrai, ce qui l'est même absolument, c'est que le théâtre de Corneille est la glorification ou l'apothéose de la volonté »[1]. Le profit moral qu'on peut tirer du théâtre cornélien subsiste grâce à cette distinction, puisque l'effort de la volonté, même quand il est mal orienté, est louable par essence. Corneille, même dans ce qu'il a d'irrégulier, nous enseigne l'énergie ; à nous de mieux l'employer que ses héros. Jules Lemaître[2], plus nuancé, et aussi plus contradictoire, découvre derrière la fameuse volonté cornélienne un orgueil démesuré, une « ambition emphatique » qui semblent à certains moments le scandaliser ; cependant il conclut, pour l'indispensable édification de ses lecteurs, que « Corneille demeure notre grand professeur d'énergie », sans se préoccuper davantage de la source ni de la nature de l'énergie cornélienne. S'en tenant plus strictement au sentiment de Brunetière, et l'approfondissant encore, Lanson[3] exclut complètement l'affectivité, en tant qu'élément agissant, du théâtre cornélien. « La tension, la puissance de la volonté, écrit-il, voilà tout le point de vue d'où Corneille regarde l'âme humaine. » Et il précise que cette volonté exécute, dans chacune de ses démarches, un jugement de la raison. Que reste-t-il, dans une pareille conception, de la vieille image de Corneille ? Et faut-il croire que ses premiers admirateurs l'aient si mal connu ?

*

1. Brunetière, *Études critiques,* 6ᵉ série.
2. J. Lemaître, *Corneille,* dans l'*Histoire de la langue et de la littérature française,* de Petit de Julleville, 1897.
3. Lanson, *Corneille,* 1898.

Le sublime cornélien n'est pas propre à Corneille ; il emplit tout le théâtre tragique de son temps. Les êtres d'exception à l'âme forte et grande peuplent les tragédies de Rotrou, Mairet, Tristan, du Ryer. Et ce qui frappe d'abord, chez ces écrivains comme chez Corneille, c'est le ton exalté, l'attitude glorieuse des héros qu'ils offrent en modèles au public. Ni la contrainte, ni le silence des désirs ne semblent être le partage des « grandes âmes » comme on les conçoit alors ; chez toutes s'épanouit la même forme glorieuse et ostentatoire du sublime, le même étalage des puissances du moi, le même grandissement moral de l'orgueil et de l'amour. Corneille et ses contemporains reproduisent en cela une tradition dont les premiers éléments sont assez lointains. Le terme de *féodal,* appliqué à l'inspiration de Corneille, peut, à première vue, sembler anachronique. Mais il n'en est pas d'autre pour désigner ce qui, dans la psychologie des gentilshommes du XVIIe siècle, persiste des vieilles idées d'héroïsme et de bravade, de magnanimité, de dévouement et d'amour idéal, ce qui s'oppose aux tendances plus modernes de l'aristocratie à la simple élégance morale ou à l' « honnêteté ». Les idées, les sentiments et les comportements qui avaient accompagné la vie féodale se sont maintenus vivants bien longtemps après la décadence de la féodalité. Aucune révolution violente n'avait frappé les institutions anciennes qui s'étaient altérées progressivement, sans que l'individualisme noble, l'esprit d'aventure, le goût de l'outrance et des sublimations rares eussent jamais complètement disparu. L'époque de Corneille est justement, dans les temps modernes, une de celles où les vieux thèmes moraux de l'aristocratie ont revécu avec le plus d'intensité.

Il ne peut s'agir ici de retracer l'histoire et les vicissitudes de l'idéalisme noble entre le moyen âge et Corneille. Il y a là un courant de pensée ininterrompu, que la Renaissance avait modifié et en un certain sens renforcé plutôt qu'elle ne l'avait contrarié. Le prestige de la chevalerie héroïque s'était rajeuni au contact retrouvé des héros antiques, vus à travers Plutarque ou Sénèque. De même l'idéal amoureux hérité du moyen âge avait puisé une nouvelle force dans Platon redécouvert. La morale héroïque des siècles féodaux et la théorie courtoise de l'amour arrivent ainsi modernisées et enrichies jusqu'au temps du *Cid,* où des circonstances sociales favorables, renouveau de la conscience et du prestige nobles, poussée d'agitation politique chez les grands, leur donnent l'occasion de jeter un suprême éclat. C'est dans ce sens qu'on peut parler d'inspiration féodale chez Corneille, comme d'une influence à la fois lointaine et vivace. Discerner cette influence, c'est faire tomber le masque dont on a couvert les traits du Corneille véritable ; c'est aider à voir dans sa morale autre chose que la répression de la nature ; c'est comprendre qu'une certaine forme de passion, inséparable de la tradition noble, anime tous ses héros.

La société noble n'a jamais admis la censure des passions pour condition de la valeur humaine. C'est à peine si elle a pu concevoir ce que nous appelons la loi morale, cet impératif abstrait qui s'impose à nous du dehors. Le joug que la règle morale impose d'ordinaire aux désirs est le même que la société impose aux individus. Or c'est le caractère essentiel de la féodalité, que le joug social se fasse faiblement sentir aux nobles. Le bien ne peut résider pour eux dans la privation, dans la contrainte pénible du devoir sur les appétits du moi. Toute vertu doit prendre appui au contraire sur leur personne. Leur seul devoir est d'être dignes d'eux-mêmes, de porter assez haut leurs visées, et de donner aux petits des exemples suffisamment édifiants de leur grandeur. Ils se doivent de dédaigner les ambitions réduites, de mépriser tout ce que le vulgaire peut atteindre comme eux. Ainsi l'orgueil double, juge, accrédite tous leurs appétits. Ce mécanisme moral, simple et

puissant, où sans cesse s'exalte le moi, est si loin d'impliquer une condamnation véritable de la nature, il la flatte
tellement au contraire, qu'on le voit constamment
dénoncé, dès le moyen âge, par les moralistes chrétiens.
L'Église, puissance disciplinaire universelle, remplit sa
fonction en censurant les mouvements de l'orgueil noble ;
la société laïque n'en continue pas moins à vivre et à penser
selon sa propre impulsion. Le début des temps modernes
n'a pas sensiblement modifié cette situation. La Renaissance et le retour aux sources antiques ont plutôt ranimé
l'audace du moi aristocratique, ont communiqué le prestige
de la pensée philosophique au vieil appétit de succès et de
gloire, et ont posé de nouveau à l'Église, sous une forme
plus aiguë, le problème de l'adaptation de la doctrine
chrétienne à la psychologie noble. En un sens, le contact de
l'antiquité païenne a permis une affirmation plus auda-
cieuse que jamais des valeurs aristocratiques modernisées,
haussées au niveau d'une glorification de la puissance
humaine à travers le type de l'aristocrate. Sans se détacher
de ses origines, la vieille morale noble entre dans une
lumière nouvelle, plus semblable à la nôtre, et où son relief
propre cesse parfois d'être remarqué. Elle ne s'est guère
modifiée pourtant, et il ne faut qu'un effort de sympathie
ou d'accommodation pour en ressaisir les contours sous le
dessin déjà moderne de la tragédie cornélienne.

*

Un théâtre sans ressorts affectifs puissants est chose
difficile à concevoir. En fait les passions occupent tout le
théâtre cornélien. Elles forment la trame première, mais
toujours apparente, de ce tissu compliqué, qui s'effiloche-
rait si l'ambition, l'amour, les intérêts de famille n'en
unissaient toutes les parties. Il est vrai que les mouvements
de l'affectivité tels qu'ils se présentent chez les personnages

de Corneille sont de nature à dépayser les lecteurs modernes. Aujourd'hui, en vertu d'une habitude d'esprit naturaliste, le sens commun voit avant tout dans la passion un entraînement violent, étranger à tout sentiment de dignité, et plus enclin à faire abdiquer le moi qu'à l'exalter. Le tragique des passions ne va pas sans catastrophes morales, sans désastres du moi. Toute la littérature naturaliste, depuis Racine jusqu'à nous, a vécu sur cette conception. C'est cette vue qui fausse le sempiternel parallèle de Corneille et de Racine : pour n'être pas poète de la perdition, Corneille est considéré, au contraire de son successeur, comme l'ennemi des passions. Mais, dans la tradition dont il s'inspire, il en est tout autrement : les désirs, si impétueux qu'ils soient, sont liés à l'exaltation de l'orgueil. Et c'est précisément par là que l'idée du bien s'introduit dans la vie des grands, et corrige le dérèglement de l'instinct. C'est moins dans la rigueur du devoir que dans les mouvements d'une nature orgueilleuse que prend naissance le sublime cornélien.

Sans doute y a-t-il, dans l'exigence même qui définit tout orgueil, un principe de contrainte à l'égard des démarches spontanées de la nature. C'est si vrai que le sens commun, passant un peu légèrement à la réciproque, dénonce volontiers un orgueil caché derrière toute sévérité. Il n'en reste pas moins qu'une morale vraiment sévère pour les passions condamne normalement l'orgueil, et que le puritain ne peut être taxé d'orgueil sans être en même temps taxé d'hypocrisie. Dans le caractère féodal, dont ce genre d'hypocrisie est le moindre défaut, l'orgueil s'affirme comme tel avec autant d'ingénuité que d'insolence. La gloire et les appétits voisinent et se mêlent sans cesse, se soutenant bien plus souvent qu'ils ne se contredisent. Si la gloire exige une concession préalable des désirs, cette concession est largement compensée par l'éclat du succès, beaucoup plus apparent chez un Rodrigue que le tragique du sacrifice. On ne saurait trop insister sur l'optimisme profond de cette conception, où la vertu coûte toujours moins au moi qu'elle ne finit par lui donner, où elle se fonde moins sur l'effort que sur une disposition permanente à préférer les satisfactions de la gloire à celles de la jouissance pure et simple, quand par malheur il faut choisir.

Le choix est loin d'être toujours nécessaire. Le plus souvent la satisfaction des désirs et la gloire, loin de s'exclure, ne font qu'un ; leur unité est la donnée première du théâtre cornélien, sur laquelle se bâtissent ensuite les développements compliqués de l'héroïsme. Cette charpente primitive du système est bien visible dans les scènes, si nombreuses, où le sentiment du grand naît d'une rivalité d'ambition, à nos yeux toute matérielle : ainsi Don Gormas exhalant sa colère de se voir écarté d'une charge importante, devant Don Diègue qui l'a obtenue et s'en félicite. Pareille scène semblait grande à sa manière ; un conflit d'intérêts y apparaît dès l'abord avec tout l'éclat d'une rivalité de gloire ; toute passion, haine, désir, dépit, s'y résout en mouvements d'orgueil, tout discours en défi ; par là le simple intérêt dramatique se trouve dépassé ; la sympathie, sollicitée, s'exalte. A ce niveau, elle est bien naïve encore, aussi naïve et élémentaire que les mouvements qui la font naître. Identité de l'appétit vainqueur et de la gloire, étalage ingénu du moi, chocs de l'orgueil offensif et de l'orgueil blessé, c'est là tout le côté archaïque du spectacle cornélien. Cependant ce Corneille-là, jusqu'à nos jours, n'a jamais cessé d'agir sur le public ; on imagine l'effet qu'il pouvait produire sur ses premiers auditoires, dont rien ne le séparait. Dans ce qui subsistait alors de la société féodale, les valeurs suprêmes étaient l'ambition, l'audace, le succès. Le poids de l'épée, la hardiesse des appétits et du verbe faisaient le mérite ; le mal résidait dans la faiblesse ou la timidité, dans le fait de désirer peu, d'oser petitement, de subir une blessure sans la rendre : on s'excluait par là du rang des maîtres pour rentrer dans le commun troupeau.

L'amour emphatique des grandeurs et le penchant à se célébrer soi-même marquent à peu près indistinctement tous les caractères de Corneille : à tous la « gloire » imprime le même air de famille. On cite Nicomède, chantant sa propre valeur sur tous les tons, et faisant d'une tragédie entière un hymne du Héros à lui-même ; mais Nicomède ne diffère pas essentiellement des autres. Rodrigue, s'il souffre davantage, ne s'estime pas moins. Horace, mis en accusation devant le roi après le meurtre de sa sœur, n'oublie pas ce qu'il vaut :

> *Je ne vanterai point les exploits de mon bras ;*
> *Votre Majesté, Sire, a vu mes trois combats :*
> *Il est bien malaisé qu'un autre les seconde...*
> *Si bien que pour laisser une illustre mémoire,*
> *La mort seule aujourd'hui peut conserver ma gloire*[1].

Pour être complet, ce sont tous les héros de Corneille qu'il faudrait faire comparaître. Douter de soi serait, pour n'importe lequel d'entre eux, sortir du caractère héroïque.

Chez les femmes, la gloire réside dans la conquête d'un époux puissant, et particulièrement d'un époux royal : d'où ces personnages de princesses en proie à une véritable manie du trône, qui emplissent presque toutes les tragédies de Corneille à partir de *Rodogune*. Telle est, dans *Agésilas*, la princesse Aglatide, qui répugne à épouser le prince qu'on lui destine, et s'écrie avec naïveté :

> *Il n'est pas roi, vous dis-je, et c'est un grand défaut*[2].

---

1. *Horace*, V, 2.
2. *Agésilas*, I, 1.

Plus admirable encore est la Domitie de *Tite et Bérénice*, qui aime d'abord Domitian, frère de l'empereur Titus, et s'en explique ainsi :

> *Je le vis et l'aimai. Ne blâme point ma flamme ;*
> *Rien de plus grand que lui n'éblouissait mon âme...*

Elle l'aime aussi longtemps que Titus est loin d'elle et qu'elle croit l'empereur amoureux de Bérénice : mais, dit-elle,

> *A peine je le vis sans maîtresse et sans femme,*
> *Que mon orgueil vers lui tourna toute mon âme ;*
> *Et s'étant emparé du plus doux de mes soins,*
> *Son frère commença de me plaire un peu moins*[1].

Le frère de l'empereur est en effet moins grand que l'empereur lui-même. De même Sophonisbe, dans la tragédie qui porte son nom, se glorifie de préférer à son mari Syphax, vaincu et enchaîné, Massinissa, qui vient de le vaincre. C'est à Syphax lui-même qu'elle le dit, et sans honte :

> *Ma gloire est d'éviter les fers que vous portez*[2].

Un mouvement constant porte l'homme noble du désir à l'orgueil, de l'orgueil qui se contemple à l'orgueil qui se donne en spectacle, autrement dit à la gloire. La gloire, ainsi entendue, n'est que l'auréole du succès, l'éclaboussement qui accompagne la force, le cortège de respects que fait lever tout triomphe. La puissance a son ivresse, dans celui qui l'exerce et dans ceux qui la voient s'exercer ; elle éveille des joies, des terreurs, des espérances qui passent

1. *Tite et Bérénice*, I, 1.
2. *Sophonisbe*, III, 6.

leur cause matérielle et nourrissent un premier sentiment, une première poésie, toute barbare, de la grandeur. Le succès se sent, se proclame surhumain ; il se chante et le chant impressionne la foule autant que le succès lui-même. L'assurance, l'affirmation de soi, le ton de la grandeur ne sont pas de simples ornements du pouvoir ; ce sont, aux yeux du public, les marques d'un caractère fait pour l'exercer, et l'exercer à bon droit. Guizot, cherchant à rendre compte de la « vertu parleuse » des héros corné- liens, remarque qu'au temps de Corneille « la nécessité de bien tenir son rang dans la société mettait presque le soin de se faire valoir au nombre des devoirs, ou du moins des habitudes d'un homme de cœur ». Voltaire ne le comprend déjà plus, quand il écrit dans son *Commentaire sur Cor- neille* : « Nous y avons été souvent trompés ; on a pris plus d'une fois des discours de capitan pour des discours de héros. » A pareille remarque se mesure la distance qui le sépare, qui nous sépare à plus forte raison de Corneille, du vieux Corneille. Son public en tout cas ne se sentait nullement trompé ; les frontières du héros et du capitan ne se sont déplacées qu'ensuite.

Le public qui assiste à la représentation d'une tragédie de Corneille se trouve, à vrai dire, dans une situation assez complexe. Les spectateurs de *Cinna* ou de *Nicomède* ne sont pas seulement des spectateurs de théâtre ; ils jouent en même temps leur partie comme compagnons des héros et témoins de leur gloire. Ils composent l'auditoire indispen- sable à ces créatures faites pour l'admiration, et dont la vie n'aurait aucun sens si elle n'affrontait victorieusement l'épreuve du jugement public. Rome, ou la Bithynie, que nos héros sont censés prendre pour juges, n'ont guère accès sur la scène ; elles sont bien plutôt dans la salle. Du moins est-ce là qu'on s'indigne et qu'on applaudit, qu'on juge enfin, sans trop les distinguer, le génie de l'auteur et la grandeur d'âme de ses personnages. Ainsi, la tragédie cornélienne est doublement un spectacle, puisque les grandeurs qu'elle représente sont déjà spectacle dans la vie, avant de le devenir au second degré sur la scène. Le public est à la fois des deux fêtes, l'une sociale, l'autre littéraire. La première, la moins apparente sans doute, n'est pas la moins importante. Elle condense, dans les échanges affectifs entre le public et les personnages de la tragédie, tout le système de relations psychologiques qui définit la société. Au théâtre comme dans la société le grand ressort est l'admiration, mais cette admiration n'est pas inconditionnelle. Finalement le public, ici et là, est juge de la valeur des héros parce qu'il est le premier intéressé à ce que les grands soient dignes de leur rang, à ce qu'ils sachent entraîner, protéger, éblouir. Le théâtre héroïque, et la société dont il est l'expression, supposent une certaine royauté de l'opinion : l'idée même de gloire en est insépa-rable. Les concours de valeur entre les grands devant le tribunal du public — public de pairs, public d'inférieurs, ou plus souvent des deux ensemble — sont l'institution morale la plus conforme à l'esprit de cette société, et la plus utile à son fonctionnement et à sa conservation : c'est là que chacun se forme en vue de ce qu'il doit être, selon son rang. Ainsi ne nous étonnons pas de la place que tiennent rivalités et défis dans le système dramatique de Corneille. Nous en avons vu des exemples entre des héros masculins. De la même façon nous verrons les princesses entrer en lice pour la possession des rois ou des grands hommes : chez Corneille, la jalousie féminine entretient un tournoi d'orgueil, où les armes sont le persiflage et la bravade. Les scènes de ce genre entre deux héroïnes abondent : il faut croire que le public les aimait particulièrement[1].

Corneille a bien souligné la signification sociale de son

1. Qu'on lise notamment dans *Sophonisbe* les scènes de rivalité entre Eryxe et Sophonisbe (I, 3 ; II, 3 ; III, 3 ; V, 4).

théâtre en mêlant sans cesse, chez ses héros, la prétention du moi et l'orgueil de la race. Le choix de personnages princiers ou royaux n'est pas seulement chez lui un procédé d'amplification ou une convention théâtrale : c'est une condition du drame, sans laquelle tout s'effondrerait, les démarches et le langage de la gloire perdant tout leur sens chez des personnes du commun. Aussi Corneille a-t-il constamment soin de rappeler à ses spectateurs la qualité sociale qui soutient et justifie l'attitude morale de ses héros. Ainsi, parmi tant d'autres, la Cléopâtre de *Pompée* :

> *J'ai de l'ambition, et soit vice ou vertu,*
> *Mon cœur sous son fardeau veut bien être abattu;*
> *J'en aime la chaleur et la nomme sans cesse*
> *La seule passion digne d'une princesse*[1].

Qu'un bourgeois comme Corneille, issu d'une famille de petits robins et de fonctionnaires provinciaux, d'ailleurs dépourvu de brillant et d'influence dans le monde, se soit fait le poète des grandeurs et de la gloire, on ne doit pas le trouver trop étonnant. La règle générale était que les vertus des grands fussent célébrées, autant que par eux-mêmes, par leurs badauds ou leurs « domestiques », au sens que ce mot avait alors, et que les écrivains ne fussent qu'une catégorie supérieure parmi ces badauds ou ces domestiques. Jules Lemaître a sans doute touché juste quand il a dit de Corneille que « pauvre, de vie bourgeoise et étroite, réduit presque à tendre la main[2], il faisait solitairement des orgies de pouvoir, de domination et d'orgueil »[3]. Son théâtre lui donnait à lui-même, outre la gloire du poète, l'illusoire plaisir de s'identifier aux grands,

---

1. *Pompée*, II, 1.
2. Le fait est très improbable ; il n'en reste pas moins que Corneille était un simple bourgeois.
3. Jules Lemaître, *loc. cit.*

et donnait aux grands le solide avantage de l'admiration publique.

*
**

La religion de l'orgueil ne saurait s'en tenir à l'exaltation du succès. Une nécessité intérieure la pousse à se développer dans un sens idéal. Cette nécessité dérive de l'inquiétude même du moi devant le fait inévitable du malheur et de l'échec. Toute religion de la grandeur humaine souffre de l'obsession du destin, contre lequel l'orgueil de l'homme n'a point de recours matériel. La défaite, la privation, la mort, sont inscrits dans la nature, et leur inéluctabilité frappe le moi d'une blessure si sensible qu'on ne saurait, sans désespérer l'orgueil, le faire résider uniquement dans la puissance de vaincre. Il faut, pour se mettre d'avance, et quoi qu'il advienne, à l'abri de l'humiliation, que l'orgueil se désolidarise de l'univers ennemi, qu'il s'attache à des victoires idéales plus précieuses que le succès matériel. C'est si vrai qu'on pourrait presque définir par cette démarche la nature même de l'orgueil. La substitution, comme valeur suprême, d'une puissance morale hors d'atteinte à la puissance physique menacée, de l'attitude du défi à celle du succès, sert en tout cas de point de départ à toute la métaphysique spiritualiste de l'orgueil. On conçoit aisément l'importance d'une pareille substitution pour une classe sociale dont la condition tout entière est dominée par les vicissitudes des armes. Dans ce domaine, le désastre menace toujours, et l'orgueil doit être assez sûr de lui pour se savoir capable d'y survivre, voire de l'affronter : la vaillance, la première des vertus, est si immédiatement impliquée dans l'orgueil, qu'il s'en trouve ennobli dès le principe ; aussi l'accueille-t-on, dès qu'il apparaît, avec un préjugé enthousiaste où s'ébauche déjà le sentiment du sublime moral. Il suffit en effet que l'orgueil rencontre sur

son chemin le danger, l'oppression, l'infortune, pour qu'il
se change, s'il persévère, en vertu rare et héroïque. Le
« non » stoïque sur lequel repose si souvent le sublime
cornélien résulte d'une semblable métamorphose. Il faut
être héros, ou cesser d'être ; le moi, pour ne pas « se
démentir », et avant même d'y avoir songé, touche au
sublime. La résistance à la force ou aux événements prend
ainsi la forme éminemment féodale d'un défi qui met le
vaincu, par la seule vertu, tout idéale, de la parole et du
dédain, au-dessus de ce qui l'écrase. Camille défie Horace
vainqueur, Émilie défie Auguste tout-puissant :

> *Il peut faire trembler la terre sous ses pas,*
> *Mettre un roi hors du trône, et donner ses États,*
> *De ses proscriptions rougir la terre et l'onde,*
> *Et changer à son gré l'ordre de tout le monde ;*
> *Mais le cœur d'Émilie est hors de son pouvoir*[1].

Cette transmutation soudaine, et où toute la passion se
retrouve métamorphosée, d'une victoire impossible en une
gloire assurée transportait les spectateurs. C'était là tout
le sublime du fameux « qu'il mourût », cent fois répété
par Corneille sous diverses formes. C'était l'idée, constamment reprise, d'une mort éclatante ou d'un glorieux
supplice :

> *S'il est pour me trahir des esprits assez bas,*
> *Ma vertu pour le moins ne me trahira pas ;*
> *Vous la verrez, brillante au bord des précipices,*
> *Se couronner de gloire en bravant les supplices,*
> *Rendre Auguste jaloux du sang qu'il répandra,*
> *Et le faire trembler alors qu'il me perdra*[2].

1. *Cinna*, III, 4.
2. *Ibid.*, I, 4.

Loin de résulter de la soumission du moi à une discipline quelconque, la vertu cornélienne réside dans une nouvelle exaltation de ce moi, par laquelle il s'assure lui-même contre les injures du destin.

*\
*

Le sublime cornélien naît donc d'un mouvement particulier par lequel l'impulsion humaine, sans se nier ni se condamner, s'élève au-dessus de la nécessité. C'est un mouvement directement jailli de la nature, et qui pourtant la dépasse, une nature supérieure à la simple nature. Nature par la démarche ouverte de l'ambition, que ne tempère aucune gêne, et plus que nature, par la puissance que le moi s'attribue d'échapper à tout esclavage. La vertu cornélienne est au point où le cri naturel de l'orgueil rencontre le sublime de la liberté. La grande âme est justement celle en qui cette rencontre s'opère.

Il est bon d'y insister : l'intelligence de la psychologie cornélienne a été souvent faussée de nos jours par un emploi erroné des concepts de volonté et de raison. Lanson, dans un article célèbre[1], a cru pouvoir conclure d'un rapprochement très judicieux du théâtre cornélien avec le *Traité des Passions* de Descartes, que la « générosité » se définissait également ici et là par le triomphe de la volonté et de la raison sur les passions. Mais cette conclusion n'est possible que par un malentendu sur les notions que l'on veut emprunter à Descartes, et qui ne sauraient aider à définir la conception cornélienne du généreux qu'à condition d'être définies elles-mêmes. Lanson et avec lui la plupart des critiques donnent au mot volonté le sens qu'il a dans le langage moderne, naturellement influencé par les idées morales de la bourgeoisie

---

1. *Revue d'histoire littéraire*, 1894.

conservatrice. Ils entendent par volonté le pouvoir de se
réprimer, de faire taire ses désirs. On trouverait malaisément chez Descartes un semblable emploi de ce mot, qui
désigne chez lui, tantôt le désir lui-même en tant qu'il porte
à l'action, tantôt la faculté de donner suite dans l'action à
un désir plutôt qu'à un autre, la « libre disposition des
volontés », le libre arbitre. Et la perfection morale paraît
résider justement dans une harmonie du désir et de la
liberté : cette harmonie se produit dans les âmes généreuses, du fait que le désir s'y portant toujours vers des
objets dignes de lui, n'aliène pas la liberté du moi, qui n'est
qu'un autre nom de sa dignité. Tout le *Traité des Passions*
recherche, non pas les moyens d'écraser le désir sous
l'effort volontaire, mais bien plutôt les conditions d'un
accord entre l'impulsion et le bien. L'accord se fait sur le
terrain de cette nature plus belle que nature qui est celle de
l'homme généreux. Il ne faut pas perdre de vue que l'inspiration dominante de cette morale est de vouloir donner
au moi toute sa valeur et sa souveraineté, et que cette
souveraineté serait également compromise par l'explosion
des désirs, et par leur étouffement. Entre les deux, donnant
au désir un objet valable, et à la contrainte un mobile
glorieux, chemine la vertu : elle consiste à aimer et à
désirer tout ce dont le désir ou l'amour prouve et fortifie la
liberté. Descartes est tout occupé du prestige des belles
passions, amour de bienveillance, dévouement des gens
d'honneur, amour pour les vrais biens, estime de soi fondée
sur une cause juste. La lecture du *Traité des Passions,* non
plus que celle du *Cid* ou de *Cinna,* ne laisse guère cette
impression de contrainte tendue et rigide, dont on prétend
faire un mérite commun à Corneille et à Descartes.

Quant au rôle de l'intelligence dans la conception qui
leur est en effet commune, c'est de dire si nos passions sont
bien ou mal fondées, c'est-à-dire au fond si elles nous
portent ou non à aimer notre liberté et à fuir notre

servitude. Le jugement n'est autre chose que l'auxiliaire du libre arbitre. Son importance se mesure au fait qu'il n'est pas de liberté sans une vue exacte des rapports qui nous unissent au monde, sans une connaissance juste de la nécessité dont nous prétendons annuler le pouvoir, sans une bonne appréciation de ce qui dépend ou ne dépend pas de nous. La raison montre son chemin à la générosité, mais, pas plus chez Descartes que chez Corneille, elle n'est l'ennemie du moi. Raison, ce mot qui résonne parfois aux oreilles bourgeoises du XIXe siècle et du nôtre comme un précepte de limitation, de répression, rendait peut-être un autre son au temps de Descartes et de Corneille : il désignait le moyen assuré, pour l'être humain, de reconnaître et de rejeter les liens dont la nécessité du dehors et celle des passions aveugles, qui n'en est que le prolongement en nous, pouvaient enchaîner sa gloire. La raison était, non pas le principe de la contrainte, mais l'organe de la liberté. Pour l'avoir méconnu on a orienté à tort la morale de Corneille contre l'instinct, contre tout instinct ; on a fait une morale purement contraignante d'une morale qui attend tout de l'ambition victorieuse. On a cru que la volonté et la raison cornéliennes étaient dirigées contre le moi, alors que leur fonction est au contraire de lui assurer en toutes circonstances un triomphe certain. Ce n'est qu'en apparence un sacrifice, que celui par lequel un désir s'efface devant un autre, à la fois plus puissant et plus noble : toute la dialectique cornélienne s'emploie à l'établir. Et tout l'humanisme aristocratique va dans ce sens. De Corneille à Descartes, à Méré lui-même, des limites de l'héroïsme à celles de la simple perfection mondaine, la philosophie aristocratique emploie les plus hautes facultés de l'homme à la conquête d'une liberté dont le désir précède et ennoblit tout. Avec ceci de particulier chez Corneille et les tragiques de sa génération que, peu soucieux de sérénité philosophique et moins encore de discrétion ou de délicatesse, ils représentent cette conquête dans tout son éclat vivant, avec tous ses élans immodestes, que la loi du théâtre exagère encore.

*

Des métamorphoses de l'orgueil, nous n'avons considéré jusqu'ici que la plus simple, celle qui naît presque par réflexe de l'infortune. Le stoïcisme est la réponse de l'orgueil à la nécessité ; mais quand aucune nécessité contraire ne le presse, tant qu'il conserve l'avantage ou l'espérance de l'avantage, où apprendra-t-il le mépris de la grandeur matérielle ? Par où recevra-t-il l'idée d'un bien autre que le succès, d'une gloire plus éclatante que la gloire de vaincre ? La question mérite d'être posée et les exemples ne manquent pas, dans la littérature héroïque, où l'orgueil heureux, sourd à toute idée de magnanimité ou de justice, dirige contre ses victimes, contre la loi morale et contre les scrupules mêmes qu'elle lui inspire toute sa puissance de défi.

Telle est la Cléopâtre de *Rodogune,* meurtrière de son mari, puis de l'un de ses fils, et dont Corneille dit lui-même que « tous ses crimes sont accompagnés d'une grandeur d'âme qui a quelque chose de si haut qu'en même temps qu'on déteste ses actions on admire la source dont elles partent [1] ». Cette source n'est pas précisément la tension de la volonté, c'est plutôt une situation naturelle de l'âme au-dessus des puissances qui entravent communément l'ambition : crainte, tendresse naturelle, conscience morale. C'est par ce dédain, plus souvent spontané que volontaire, que l'héroïne force l'admiration. Elle voit de haut tout ce qui contrarie en elle la passion de la royauté, la plus grande que l'âme humaine puisse concevoir. Tout lui semble négligeable en comparaison, et elle meurt sans se repentir de ses

_____

1. *Discours de l'utilité et des parties du poème dramatique,* 1660.

crimes, en se faisant gloire au contraire de leur étendue et de l'horreur qu'ils inspirent. L'orgueil et le défi sont à tel point les ressorts du sublime cornélien, ils se suffisent si bien à eux-mêmes, qu'il est parfois malaisé de porter un jugement moral sur leurs manifestations. Cléopâtre, dont les deux fils aiment Rodogune, ne donnera le trône qu'à celui qui assassinera cette princesse ; et sans doute est-elle odieuse ; mais le cas de Rodogune elle-même est plus incertain, quand elle donne à ses deux soupirants plusieurs raisons de tuer leur mère à sa place, et promet sa main comme récompense à l'assassin. On a souvent observé le caractère scabreux, selon la morale habituelle, de certaines attitudes héroïques imaginées par Corneille. Mais on s'est trompé quand on a cru pouvoir expliquer cette forme de sublime par la somme d'énergie qui y accompagne une conduite discutable. Dans le cas de Cléopâtre, il ne faut pas dire que la force de la volonté engendre le sublime, abstraction faite du bien et du mal moral ; c'est plutôt le mépris du bien et du mal qui est sublime, dès lors que l'ambition, l'orgueil, la haine de la médiocrité et de la dépendance, en sont le principe. A cette condition l'horreur du spectacle se mêle d'admiration. Si l'on veut retrouver l'atmosphère vraie de *Rodogune* ou d'*Attila*, de cet *Attila* que Saint-Évremond recommande aux amateurs de la « scène farouche et sanglante »[1], on ne gagnera pas grand-chose à invoquer l'exercice abstrait de la pure volonté. Mieux vaut se reporter par la pensée aux origines sanguinaires du monde féodal, à l'héroïsme barbare, à tout le côté violent et démesuré de la vie aristocratique jusqu'au début des temps modernes.

De pareils exemples demeurent pourtant assez rares dans la tragédie cornélienne. L'orgueil véritablement héroïque répugne à détruire la loi morale. Ce qu'il cherche,

---

1. Dans une de ses lettres au comte de Lionne (*Œuvres mêlées*, t. II).

c'est un accord où l'orgueil lui-même autorise la loi, où les
limitations que la société, si peu disciplinée qu'elle soit,
rend indispensables, se confondent avec les intérêts de la
gloire. Tel est bien le principe de la magnanimité cornélienne, quand elle accompagne et modère, chez celui qui
l'exerce, la supériorité de la force matérielle. Il y a en effet,
dans l'attachement trop étroit à la puissance, une compro-
mission toujours dangereuse du moi, qui pourra se repentir
d'avoir placé sa gloire dans un bien qu'il n'était pas assuré
de pouvoir garder. L'intempérance finit trop souvent dans
le désastre et dans la honte. La nature nous l'enseigne
déjà ; la société, par le concours des ambitions des autres
hommes avec les nôtres, nous montre, plus rapprochées
encore de nous, les limites au-delà desquelles nous ne
pouvons nous aventurer sans quelque folie. D'où une
sagesse de l'orgueil, un certain pli de désintéressement ou
d'équité, par lequel le moi s'assure à l'avance contre un
humiliant démenti du destin. Ne jamais trop prétendre
pour n'avoir jamais à se dédire, s'abstenir de transgresser
une prescription contre laquelle il est infiniment peu
probable qu'on ait le dernier mot, parce que la nature des
choses l'autorise, telle est la loi de la prudence commune ;
telle est aussi la loi de la prudence héroïque, à cela près que
la considération de la gloire ou de la honte l'inspire, plutôt
que celle du bonheur ou du malheur. C'est ainsi que
Cléopâtre, folle selon le sens commun, ne l'est pas moins si
on la juge selon la mesure des héros : elle a lancé au monde
un défi dont elle ne peut guère se tirer à son honneur. Qui
prétend agir contre l'ordre des choses ne peut vaincre que
par exception ; semblable victoire, si par hasard elle se
produit, ne saurait avoir une valeur d'exemple ; et ce qui
n'est pas exemplaire ne vaut rien en morale.

Il faut donc que l'orgueil soit sage, à sa manière, pour ne
pas se perdre. Mais la raison qui l'assagit ne le laisse pas
sans aliment. Elle le flatte au contraire d'un appât nou-

veau, elle l'exalte et le transfigure. Elle lui fait considérer les grandeurs matérielles dans toute leur étendue, et elle lui enseigne à n'en trouver aucune, le trône y compris, qui mérite un entier hommage ; elle l'accoutume à dominer toute chose par la vertu du détachement, à trouver enfin le vrai bien, le bien suprême dans une glorieuse assurance. En se modérant, l'orgueil ne cède pas proprement à la nécessité, il s'en libère plutôt, et résout d'avance, à sa gloire, le problème de ses relations avec le monde. Ce qui manque donc à Cléopâtre, en même temps que la vraie lucidité, c'est le suprême orgueil. Le trône est son maître ; il la mesure toute, et il n'est rien en elle qui le puisse mesurer, et dépasser ; telle est sa profonde et décisive faiblesse. La leçon que Corneille a incarnée en elle, c'est que la passion de la grandeur se mue en servitude sitôt que la considération de l'*objet* convoité, si prestigieux soit-il par lui-même, prime le *mouvement* de l'ambition, sitôt que le moi se fixe à une proie au lieu de demeurer fidèle à lui-même, et de chercher, dans le dépassement de toute convoitise, le secret de la vraie grandeur.

*

Ainsi le respect des droits d'autrui, la modération, la justice s'introduisent dans la morale héroïque par une critique toute glorieuse de la démesure et de l'avidité. Si l'on veut maintenant définir, sur le plan des relations sociales concrètes, la nature de cette justice dont la loi se confond avec celle de la gloire, et si l'on rapproche l'une de l'autre les deux attitudes héroïques décrites jusqu'ici, défi à la force et modération dans l'usage de la force, on ne pourra s'empêcher d'évoquer l'esprit du contrat féodal, dont le souvenir diffus a dominé pendant des siècles la notion commune de la justice. Le pacte féodal fixe le point jusqu'où la domination est légitime et la révolte criminelle, et au-delà duquel la première est abusive et la seconde héroïque. Il s'agit moins ici de l'institution politique que de la forme prise, en rapport avec cette institution, par les relations morales entre le plus fort et le plus faible, idéalement régies par la loyauté chevaleresque, par ce qu'on nommait la foi. De même que le pacte entre un seigneur et son vassal demeure un arrangement concret d'homme à homme, de même la foi qui le garantit demeure au niveau des affects et des susceptibilités du moi, qu'elle prolonge et moralise sans les condamner. La fierté, la honte, les blessures d'amour-propre resteront les ressorts naturels par lesquels se soutiendra, bien plus que par l'idée d'une discipline abstraite, et par lesquels agira la foi chevaleresque. Tel se flattera de servir celui à qui il s'est donné, parce qu'il se démentirait s'il y manquait ; pour la même raison, s'il se voit opprimé par lui, il le désavouera, le défiera devant l'opinion, opposera l'orgueil à la force, cherchera à lui faire honte. Cinna, Émilie et tous leurs pareils ne font pas autre chose. Le défi héroïque de la victime stimule dans un sens idéal l'orgueil heureux du vainqueur. Châtier trop durement, c'est se rabaisser au niveau de ceux qu'on châtie ; du rang de vainqueur on passe à celui de rival. Au contraire, mépriser le triomphe après avoir brisé les obstacles, c'est ajouter au prestige d'avoir vaincu celui d'être au-dessus de sa propre victoire. Le désintéressement magnanime du vainqueur répond, sur un ton plus haut et plus serein, au défi stoïque du vaincu. Le code de la générosité, qui règle les rapports de Cinna et d'Auguste à l'image des vieilles relations, idéalement conçues, entre vassal et suzerain, formule en termes moraux les mécanismes naturels de l'amour-propre. A peine a-t-on besoin de transposer pour passer des mouvements spontanés de la belle nature aux idées les plus hautes du bien.

Nietzsche écrit, dans une page intitulée *La générosité et*

ce qui lui ressemble : « Il y a dans la générosité le même degré d'égoïsme que dans la vengeance, mais cet égoïsme est d'une autre qualité[1]. » Corneille aurait dit plutôt : « Il y a dans la générosité la même passion de l'emporter que dans la vengeance, mais elle est d'une qualité plus haute. » Il n'aurait pas dit, en tout cas, comme on le lui a fait dire : « Il y a dans la générosité un silence absolu des passions. » Il nous montre dès le début dans Auguste un homme rassasié de sa puissance, et comme dégoûté de n'avoir plus rien à y ajouter. C'est alors qu'on lui conseille de se montrer, en renonçant au trône, plus grand que les grandeurs mêmes :

> *Loin de vous captiver, souffrez qu'elles vous cèdent,*
> *Et faites hautement connaître enfin à tous*
> *Que tout ce qu'elles ont est au-dessous de vous...*
> *Votre gloire redouble à mépriser l'empire[2].*

C'est ce redoublement dans le triomphe que réalisera, à la fin de la pièce, la fameuse scène de la clémence : il y a bien dans cette clémence un calcul, mais de gloire, et non de politique ; encore serait-il plus juste de dire que c'est un sursaut de gloire, qui fait brusquement mettre bas les armes au désir de vengeance au moment même où il touche à son comble devant des trahisons coup sur coup révélées. L'annonce imprévue de l'infidélité de Maxime provoque soudain, et contre l'attente, l'éclair de la générosité, surgi comme un défi au destin et à la tentation de punir, et dédié presque aussitôt aux siècles à venir, comme à un auditoire grandiose :

> *En est-ce assez, ô ciel, et le sort, pour me nuire,*
> *A-t-il quelqu'un des miens qu'il veuille encore séduire ?*
> *Qu'il joigne à ses efforts le secours des enfers :*

1. F. Nietzsche, *Le Gai Savoir*, I, 49.
2. *Cinna*, II, 1.

> *Je suis maître de moi comme de l'univers ;*
> *Je le suis, je veux l'être. Ô siècles, ô mémoire,*
> *Conservez à jamais ma dernière victoire* [1] *!*

C'est à cet endroit qu'on versait des larmes d'enthousiasme. Lanson, qui explique Corneille par le triomphe de
la volonté et de la raison, a de la peine à expliquer ce
jaillissement lyrique. C'est, dit-il, que, parvenu au comble
de sa force, la volonté « se chante ». Mais les héros de
Corneille se chantent d'un bout à l'autre de leur rôle, car la
vertu noble ne sait se passer à aucun moment ni d'exaltation ni de publicité.

Elle ne sait pas davantage se passer de partenaire.
L'assaut de générosité entre deux ou plusieurs personnes
exalte le sentiment du sublime, en ajoutant l'intérêt
dramatique de la surenchère à la simple admiration.
L'émulation héroïque se trouve partout dans Corneille,
mais elle produit ses plus grands effets dans les dénouements : la magnanimité, appelant en retour la magnanimité, y fait comme un feu d'artifice final, par lequel
l'auteur semble vouloir épuiser les désirs du spectateur.
C'est un semblable duel qu'Auguste propose à Cinna :

> *Comme à mon ennemi je t'ai donné la vie,*
> *Et malgré la fureur de ton lâche destin,*
> *Je te la donne encor comme à mon assassin.*
> *Commençons un combat qui montre par l'issue*
> *Qui l'aura mieux de nous ou donnée ou reçue.*

La parenté est visible entre la compétition de grandeur
d'âme, telle qu'elle apparaît ici, et le tournoi chevaleresque. Le pardon d'Auguste, comme une brillante passe
d'armes, réduit à néant la haine des conjurés : après le
pardon, elle ne serait plus qu'entêtement injuste ; aussi se

1. *Ibid.*, V, 3.

change-t-elle aussitôt, par une nouvelle passe qui répond à la première, en un généreux dévouement, seule réponse possible à la généreuse clémence d'Auguste. Ainsi Émilie :

> *Ma haine va mourir, que j'ai crue immortelle ;*
> *Elle est morte, et ce cœur devient sujet fidèle ;*
> *Et prenant désormais cette haine en horreur,*
> *L'ardeur de vous servir succède à sa fureur*[1].

Cinna et Maxime, rendant les armes après elle, achèvent le tableau. Presque toutes les tragédies de Corneille se terminent ainsi, dans une apothéose générale où chaque gloire satisfaite retrouve sa place.

Retenons du dénouement de *Cinna* que, dans la conception cornélienne, l'ambition du moi n'est pas réprouvée dans son principe. Elle s'épure, se détache des intérêts palpables, prend la forme d'une affirmation idéale de dignité ou de supériorité ; elle est sublimée, et non réprimée[2]. L'Église procédait, au moins en principe, à une condamnation radicale de l'orgueil du moi, auquel elle opposait l'humilité chrétienne. Mais la morale du monde n'allait pas dans ce sens. Elle ne disait pas qu'il fût nécessaire de se renier pour se sauver. L'humilité n'était ni en fait ni en droit la vertu des grands. Aussi le héros cornélien n'est-il jamais humble. *Polyeucte* déplut à l'hôtel

---

1. *Ibid.*, V, 3.
2. On emploie d'ordinaire ce mot de sublimation chaque fois qu'un désir se satisfait sous une forme déguisée et réputée moralement plus haute. Il faut ici le prendre dans un sens plus particulier ; faute d'un autre terme, il s'applique à des cas où le désir transfiguré ne se méconnaît pas lui-même, mais persiste *consciemment*, avec un surcroît de force, sous sa forme idéale. Sa transformation suffit à l'alléger de sa culpabilité, à le sublimer sans qu'il ait à se désavouer. Cette précision est capitale, s'agissant d'une morale qui se fonde ouvertement sur les élans du moi et prétend les accorder avec l'idée consciente du bien. Autrement il y aurait répression, non sublimation : **tout** notre débat est dans cette différence.

de Rambouillet, si l'on en croit Fontenelle, justement à cause de son christianisme [1], et Saint-Évremond va jusqu'à dire que les vertus chrétiennes des martyrs, représentées dans *Polyeucte,* faillirent ôter à Corneille sa réputation [2]. Si l'orgueil est pour le christianisme la racine même du péché, le propre de la morale noble est au contraire que l'orgueil et le sublime y soient presque indiscernables. Morale de la nature, morale de l'idéal, elle est à la fois l'une et l'autre, parce qu'elle postule l'existence d'êtres naturellement situés au-dessus de la nature, hommes par l'orgueil et, par l'orgueil, supérieurs au commun des hommes.

*

La création des valeurs héroïques va de pair, dans le milieu noble, avec une élaboration très particulière de l'instinct amoureux. C'est un penchant général de l'esprit chevaleresque que de faire de l'amour un stimulant à la grandeur. La conquête amoureuse reproduisait en effet avec ses compétitions, ses difficultés et sa gloire, la conquête militaire, et pouvait exiger les mêmes vertus. La femme elle-même pouvait défier ses poursuivants, et, comme la Brünhild des *Niebelungen,* ne se donner qu'à celui qui saurait la soumettre. L'amour est alors la récompense directe de la force et de la vaillance. Mais la conquête amoureuse préfère ordinairement emprunter

---

1. Fontenelle, *Vie de Corneille.*
2. Saint-Évremond, *De la tragédie ancienne et moderne (Œuvres mêlées,* tome III) : « L'esprit de notre religion est directement opposé à celui de la tragédie. L'humilité et la patience de nos saints sont trop contraires aux vertus des héros que demande le théâtre. Quel zèle, quelle force le Ciel n'inspire-t-il pas à Néarque et à Polyeucte... ? Néanmoins, ce qui eût fait le beau sermon faisait une misérable tragédie, si les entretiens de Pauline et de Sévère, animés d'autres sentiments et d'autres passions, n'eussent conservé à l'auteur la réputation que les vertus chrétiennes de nos martyrs lui eussent ôtée. »

d'autres voies ; un triomphe de pure force sur la femme, dans la réalité de la vie, ne flatterait guère des amateurs de prouesses rares, et choquerait l'orgueil même, qui trouve beaucoup mieux son compte dans le consentement de la personne aimée. D'où le remplacement du combat primitif par une lutte symbolique dans laquelle la femme exige, pour céder à l'homme, qu'il se couvre de gloire au-dehors. Les exemples dans lesquels l'homme doit rechercher les grandeurs pour obtenir de celle qu'il aime le consentement désiré abondent dans Corneille. Ainsi dans *Attila* la princesse Honorie, fiancée dédaignée du roi des Huns, refuse de se donner pour femme au roi Valamir, qu'elle aime pourtant, parce qu'il s'est laissé réduire par Attila à un état de sujétion humiliant ; il faut, pour qu'elle l'agrée, qu'il brave Attila, qu'il la tire hautement de ses mains, qu'il refuse même, le cas échéant, de l'obtenir du consentement du tyran :

> *Pour peu que vous m'aimiez, Seigneur, vous devez croire*
> *Que rien ne m'est sensible à l'égal de ma gloire.*
> *Régnez comme Attila, je vous préfère à lui ;*
> *Mais point d'époux qui n'ose en dédaigner l'appui,*
> *Point d'époux qui m'abaisse au rang de ses sujettes.*
> *Enfin je veux un roi : regardez si vous l'êtes* [1].

Corneille, en dépit du sens historique que lui prêtaient ses contemporains, attribue sur ce point les mœurs de la chevalerie à toutes les nations et à toutes les époques : si César a fait et veut faire tant de conquêtes, c'est pour acquérir le droit de plaire à Cléopâtre [2] ; Séleucus et Antiochus, princes de Syrie, souhaitent tous deux le trône pour y placer Rodogune, princesse des Parthes [3] ; Héra-

1. *Attila*, II, 2.
2. *Pompée*, IV, 3.
3. *Rodogune*, I, 3.

clius, héritier légitime de l'empire d'Orient, n'aspire à ce glorieux héritage que pour en faire part à sa chère Eudoxe[1].

La femme conquiert ainsi dans le monde chevaleresque une influence qui est à l'opposé de sa condition primitive ; de simple objet de conquête qu'elle était, elle devient une « maîtresse » exigeante et dominatrice. La souveraineté sociale de l'homme persiste, mais elle se double, sentimentalement et moralement, d'une sorte de vassalité à l'égard de la femme. L'homme se dépouille devant elle de sa supériorité physique et, par un acte d'adoration volontaire, renonce à être son maître pour être son serviteur, ou, comme on disait au XVIIᵉ siècle, son captif, chargé des chaînes ou des fers qu'elle lui impose et qu'il bénit. Le service de la dame devient le symbole même, et comme la source intérieure la plus profonde, du renoncement à la force brutale. La dame, jalouse de ses nouveaux avantages, tend à encourager chez celui qui la sert, non plus seulement l'amour des grandeurs, mais cette sublimation de l'instinct dont elle a été la première à bénéficier. Le haut prix qu'on accorde à la femme se spiritualise alors, se confond avec l'estime qu'on accorde à la vertu elle-même :

Qui n'adore que vous n'aime que la vertu,

dit un des héros de Corneille à celle qu'il aime[2]. Un acte d'amour vient confirmer ainsi toute excellente morale, et crée une communication supplémentaire entre les mouvements du moi et la vertu. Si l'amour idéal a pris tant de place dans la pensée aristocratique dès le moyen âge, c'est que le monde féodal utilise tous les chemins qui peuvent conduire du désir au bien par voie de simple sublimation, et

1. *Héraclius*, II, 2.
2. *Pertharite*, II, 5.

sans réprimer l'élan de la personne noble, impatiente de toute contrainte trop dure. A côté de l'ambition ou de l'orgueil sublimés, s'est placé l'amour sublimé, l'un engendrant et soutenant l'autre[1].

Cette conception qui fait de l'amour l'aliment du bien s'est formulée dans le monde féodal au cours des XIIᵉ et XIIIᵉ siècles ; elle remplit les romans de chevalerie et la poésie courtoise ; elle traverse les siècles, toujours vivace, et, renouvelée au XVIᵉ siècle par l'influence du platonisme et l'essor général de la vie intellectuelle, parvient intacte jusqu'à l'époque qui nous occupe, et où sa force et son crédit ont été beaucoup plus grands qu'on ne le pense généralement. Elle est surtout apparente dans la poésie

---

1. Nous ne pouvons ici qu'envisager le phénomène dans ses grands traits, et en faisant abstraction des difficultés qui l'accompagnent, et dont il sera parlé plus loin. L'essentiel est de saisir le rapport de l'esprit courtois avec l'individualisme noble. Le fait que la femme règne en littérature dès le moyen âge, alors que sa condition réelle est si inférieure, n'a pas laissé d'étonner et d'embarrasser. Peut-être manquons-nous des éléments nécessaires pour bien juger des mœurs médiévales. Remarquons cependant que la société est le fait de l'homme réel, et la littérature le royaume de l'homme idéal, et que l'un ne recouvre jamais, ne peut jamais recouvrir l'autre, au moyen âge moins encore qu'à tout autre moment. Pourquoi ne s'étonne-t-on pas de même du peu de rapport qui existe, en ce temps-là, entre le sentiment chrétien et la conduite réelle ? Il est vrai qu'il faut un point d'attache entre ce qui est rêvé et ce qui est vécu. Pourquoi ce point serait-il plus difficile à trouver dans le cas du lyrisme courtois que dans d'autres ? Ne pourrait-on retrouver par exemple, dans cette adoration de la femme, la tendance profonde de l'homme féodal à situer ce qu'il aime sur le plan du rare, du précieux, de l'unique ? La divinisation de la femme, ses rigueurs même, flattent une certaine ambition de l'amant : il touche à une merveille. Le vocabulaire des troubadours, qui fonde l'adoration sur le « prix », va dans ce sens. Bien plus, loin de s'étonner que le moyen âge ait conçu l'amour courtois, il faudrait s'étonner s'il avait conçu l'amour autrement et sans lui offrir l'issue d'une idéalisation flatteuse pour l'amour-propre. On peut discuter des sources intellectuelles dont procède l'amour courtois, des influences précises qui l'ont fait naître ; mais, aucune n'aurait été assez forte pour le faire triompher sans la prédisposition de l'homme noble à concilier les mouvements du moi et l'idée du bien.

amoureuse et la littérature romanesque, ses domaines séculaires. Le fameux roman pastoral de *L'Astrée,* paru entre 1607 et 1627, et tellement lu dans tout le XVIIe siècle développe tous les aspects de la doctrine courtoise avec une richesse et une variété d'arguments et de situations incroyables. Les romans « précieux » qui ont suivi expriment, à des nuances près, les mêmes conceptions que *L'Astrée.* On lit par exemple dans *L'Astrée* : « L'amour a cette puissance d'ajouter de la perfection à nos âmes »[1] ; et, dans le *Grand Cyrus,* de Madeleine de Scudéry : « Cette belle passion est la plus noble cause de toutes les actions héroïques[2]. » Plus proches que *L'Astrée* de la réalité sociale par leurs personnages, qui sont des princes et des princesses authentiques, et non d'irréels bergers, les romans publiés dans le cours du XVIIe siècle sont aussi plus proches de Corneille par la tournure glorieuse et emphatique qu'ils donnent à la religion de l'amour.

Il ne faudrait pas négliger, en effet, l'influence exercée par la tradition romanesque sur l'œuvre de Corneille. Tout d'abord, comme les parfaits chevaliers dont ils descendent, les héros cornéliens affectent une soumission parfaite à leur dame ; ils tiennent tous pour la dernière bassesse d'obtenir celle qu'ils aiment sans se faire auparavant agréer d'elle. Le Cid qui, pourtant, suivant les conventions fixées par le roi, a mérité Chimène en triomphant de Don Sanche, se jette à ses genoux après le duel et se soumet encore à sa volonté :

> *Je ne viens point ici demander ma conquête :*
> *Je viens tout de nouveau vous apporter ma tête,*

---

1. *L'Astrée,* 2e partie, livre 1er, éd. Vaganay, p. 18.
2. *Le Grand Cyrus,* 1re partie, 2e livre (éd. in-12, p. 333). Cf. *ibid.,* p. 784, à propos de l'amour : « Que cette faiblesse est glorieuse ! et qu'il faut avoir l'âme grande pour en être capable ! »

> *Madame; mon amour n'emploiera point pour moi*
> *Ni la loi du combat, ni le vouloir du roi[1].*

De même Sévère, pourtant le favori de l'empereur, tremble au moment de revoir Pauline :

> *Car je voudrais mourir plutôt que d'abuser*
> *Des lettres de faveur que j'ai pour l'épouser[2].*

D'ailleurs, chez Corneille comme dans les romans, les dames emploient ce pouvoir absolu dont elles disposent à rendre leurs amants vertueux ; ainsi Eurydice, voyant que son prétendant va commettre un assassinat :

> *Pourrais-je après cela vous conserver ma foi,*
> *Comme si vous étiez encor digne de moi[3] ?*

En bien des endroits, Corneille fait résulter la vertu de ses héros de leur obéissance à leur dame et de leur amour, acceptant en cela le point essentiel de la morale courtoise, et aussi le plus contesté par les moralistes sévères au nombre desquels on prétend le ranger. Le *Cid* a dû une bonne part de son succès, nous en avons vu le témoignage chez Corneille lui-même, à la fameuse scène IV de l'acte III, où Rodrigue explique à Chimène qu'il a dû venger son honneur en considération même de son amour, et non pas aux dépens de cet amour. Il était tout près, dit-il, de donner la préférence à l'amour :

> *A moins que d'opposer à tes plus forts appas,*
> *Qu'un homme sans honneur ne te méritait pas ;*

1. *Le Cid*, V, 7.
2. *Polyeucte*, II, 1.
3. *Suréna*, IV, 3.

> *Que malgré cette part que j'avais en ton âme,*
> *Qui m'aima généreux me haïrait infâme[1]...*

C'est pour conserver l'amour intact qu'il lui a préféré le devoir. Si cette conception, suivant laquelle l'amour peut présider à la vertu, même la plus rigoureuse, avait toujours paru scabreuse aux tenants de la stricte morale, elle avait, à n'en pas douter, l'agrément des contemporains de Corneille, puisqu'elle s'exprime à cette époque dans tous les genres littéraires, roman, théâtre, poésie, et qu'on la retrouvera même dans les compositions épiques, raillées par Boileau, oubliées aujourd'hui, des Chapelain, des Scudéry, des Desmarets de Saint-Sorlin. Ce dernier en donne une des formules les plus saisissantes dans son épopée de *Clovis* (1657), où Lisois, l'ancêtre des Montmorency, répond à la belle Yoland dont il est amoureux et qui veut lui faire trahir son roi, qu'il n'aura plus pour la servir le cœur d'un véritable amant si son honneur n'est plus intact :

> *Voulez-vous que de l'un sans l'autre je dispose,*
> *Si l'honneur et le cœur sont une même chose[2] ?*

Il serait facile de montrer que Corneille lui aussi confond l'honneur et le cœur plus profondément qu'il ne les oppose, et que tout le mouvement du drame va, chez lui, de la division passagère de l'âme à la conscience retrouvée de son unité. D'une unité qui n'est pas le fruit de la contrainte,

---

1 *Le Cid*, III, 4.

2. Desmarets, *Clovis,* livre XVIII. L'auteur joue sur le double sens du mot « cœur », qui fait penser à la fois à la grandeur d'âme et à l'amour. Mais justement cette duplicité de sens est significative.

mais la loi des belles âmes, et la condition même de leur bonheur[1].

C'est surtout par ce côté de son inspiration que Corneille se rattache, et de façon assez étroite, à ce qu'on a appelé la littérature précieuse. Sur la foi de ceux qui, au XVIIe siècle, ont méprisé et combattu le sublime aristocratique, c'est-à-dire surtout de Boileau, on oublie trop souvent que la gloire et la courtoisie ont imprégné, jusque sous Louis XIV, une part considérable des créations littéraires. On réduit la « préciosité » à un bizarre et éphémère état d'esprit, dont on déplore de retrouver quelques traces, considérées d'ailleurs comme superficielles, chez les grands écrivains du siècle. En fait, l'énorme succès des romans, goûtés non pas seulement d'une coterie, mais de toute la société cultivée qui les cite et les commente sans cesse dans ses lettres et ses conversations, établit suffisamment quels étaient, pour une grande part, l'esprit et le penchant du public. L'austère Corneille de la critique traditionnelle semble bien éloigné de la carte du Tendre et des mièvreries romanesques par lesquelles on connaît surtout aujourd'hui la littérature précieuse. Mais les romans précieux, malgré leurs mièvreries, sont pleins de sentiments et d'actions héroïques ou magnanimes, et la grandeur d'âme la plus cornélienne y est sans cesse liée à la tendresse, conformément aux traditions de la littérature chevaleresque. L'amour des romans tourne aussi souvent au sublime, que le sublime de Corneille tourne à la galanterie : l'un ne va guère sans l'autre.

Comment s'étonner dès lors que ceux-là mêmes qui aiment les romans aient été aussi les admirateurs de Corneille ? Mme de Sévigné est du nombre : elle qui

---

1. Voir, par exemple, la façon dont Émilie, dans *Cinna* (I, 1) résout ses hésitations :

> Amour, sers mon devoir, et ne le combats plus :
> *Lui céder, c'est ta gloire, et le vaincre, ta honte.*

proclame bien haut la supériorité de Corneille sur tous ses concurrents, elle qui écrit : « Je suis folle de Corneille, il faut que tout cède à son génie [1] », avoue d'autre part sa passion pour Mlle de Scudéry et pour La Calprenède, et dit du roman de _Cléopâtre,_ œuvre de ce dernier auteur, que les sentiments en sont « d'une perfection qui remplit _son_ idée sur les belles âmes [2] ». De même Perrault, dans ses _Parallèles des Anciens et des Modernes_ (1688-1697), fait succéder à l'éloge de Corneille la défense de la belle galanterie épurée et spirituelle [3], puis l'apologie de _l'Astrée,_ du _Cyrus_ et des autres romans ; le même auteur avait précédemment porté aux nues Corneille dans son poème sur _Le siècle de Louis-le-Grand_ (1687) et devait plus tard défendre contre Boileau, dans son _Apologie des Femmes,_ le mérite de Mlle de Scudéry [4] et l'honneur du sexe féminin. C'est enfin Pradon qui, dans ses _Nouvelles Remarques sur les Œuvres du sieur D._ [5], parues en 1685, plaide en même temps la supériorité de Corneille sur Racine et l'excellence du _Cyrus_ et de la _Clélie._ Cent ans plus tard, Voltaire unira encore, mais pour les critiquer, l'œuvre de Corneille et la littérature romanesque : on ne peut presque lire une page de ses _Commentaires sur Corneille_ sans y voir les tragédies de cet auteur rapprochées des « misérables romans de son temps ». Il relève dans _Cinna_ l'expression, trop romanesque à son gré, de « véritable amant », et la juge plus digne de _L'Astrée_ que d'une tragédie [6]. Il juge sévèrement les galanteries d'un _Polyeucte_ : « Cette imitation des héros de la chevalerie infectait déjà notre théâtre dans sa nais-

---

1. Lettre du 9 mars 1672.
2. Lettre du 15 juillet 1671.
3. Perrault, _Parallèles,_ 2e partie, p. 31 et suiv.
4. Perrault, _Apologie des Femmes,_ Préface.
5. C'est-à-dire du Sieur Despréaux.
6. Voltaire, _Commentaire sur Cinna._

sance[1]. » Toutes les pièces de l'édifice courtois ont part tour à tour à ses sarcasmes : la rigueur des dames, le dévouement des héros, la parfaite dévotion amoureuse des conquérants. C'est Corneille surtout qui mérite, selon lui[2], qu'on lui applique le reproche fait par Boileau à Mlle de Scudéry, de

Peindre Caton galant et Brutus dameret[3].

« Tous ceux qui disent, écrit-il encore, que Racine sacrifiait tout à l'amour, et que les héros de Corneille étaient toujours supérieurs à cette passion, n'avaient pas examiné ces deux auteurs. » D'où cette dédaigneuse réflexion : « Il est très commun de lire, et très rare de lire avec fruit[4]. » Lanson était loin de la vérité quand, après avoir remarqué que l'amour épuré concourt à la vertu chez les personnages de Corneille, il déclarait cet amour « bien différent du désir qui naît de l'agrément, et qui est l'amour ordinaire des romans[5] ». Amour idéal, tradition courtoise, esprit des romans se confondent, et se retrouvent ensemble chez Corneille.

*

L'accord établi par l'esprit courtois entre le sentiment amoureux et les vertus sociales, vaillance, honneur, gran-

---

1. *Commentaire sur Polyeucte.*
2. *Commentaire sur Pompée.*
3. Boileau, *Art poétique*, vers 115.
4. *Commentaire sur Rodogune.*
5. Dans l'article, déjà cité, sur Corneille et Descartes. Pourtant Lanson écrit ailleurs : « A travers les romans chevaleresques et pastoraux, les élégies et les tragédies, la conception des troubadours s'étalera, s'épanouira jusqu'à ce qu'elle rencontre ses formules définitives, philosophique dans Descartes et poétique dans Corneille... » (*Histoire illustrée de la littérature française*, t. I, p. 68.)

deur d'âme, soulève de grandes difficultés, qui méritent d'autant plus l'attention qu'elles constituent justement le point délicat de la morale cornélienne. Dans les relations de la vertu avec l'amour, toutes les conciliations courtoises effacent malaisément une contradiction profonde, qui peut aller parfois jusqu'à la menace d'une franche rupture.

Dans la société noble, comme dans toutes les sociétés connues jusqu'à ce jour, la nature des choses veut plutôt que l'on enlève à la vertu ce qu'on donne à l'amour. La société et sa morale enseignent toujours par quelque côté à regarder hors de soi, à se tendre ; l'amour ne sait que s'abandonner à lui-même. D'où sa condamnation par la société comme un principe et comme un symbole de dissolution morale. La morale noble a beau faire la part belle à l'impulsion, il est un point où l'impulsion, méprisant toute autre considération qu'elle-même, met toute morale en danger. Ce point est plus aisément atteint sans doute dans l'amour qu'ailleurs, si l'on juge par les inquiétudes particulièrement vives que cette passion inspire aux moralistes. Les partisans de la conception romanesque se proposent justement de diminuer ces inquiétudes, de faire entrer l'amour tout entier dans le jeu de la vertu. Ils introduisent, à côté de l'opinion publique et d'accord avec elle, l'opinion de la femme aimée, et prétendent ainsi faire coïncider les élans de l'amour avec les exigences de la loi sociale. Mais leur entreprise n'inspire qu'une confiance médiocre : « La chevalerie, écrit Saint-Marc Girardin dans son *Cours de Littérature dramatique,* faisait une tentative qui n'a jamais réussi, quoique souvent essayée : la tentative de se servir des passions humaines, et particulièrement de l'amour, pour conduire l'homme à la vertu[1]. » Il faut donc

_____

1. Tome II, chap. 35. Les difficultés rencontrées par la conception courtoise dans son effort pour concilier la morale et l'instinct se répercutent d'ailleurs en contradictions intérieures, aisément observables jusque dans la métaphysique amoureuse du XVIIe siècle. D'une part l'amour est censé

que la vertu soit ennemie de l'amour. Ce n'est pas la flatter sans doute, ni l'encourager. La tentative courtoise, comme toutes les tentatives du même ordre pour accorder l'amour et le bien, est un fait de civilisation supérieure ; bien en avance sur l'état général des mœurs, pareille tentative provoque naturellement la suspicion. On invoque toujours contre elle un état ancien des habitudes et des valeurs, où l'amour n'avait pas encore conquis son pernicieux prestige. On oppose à la conception des romans une autre plus archaïque et que les romans n'ont jamais détruite, selon laquelle l'amour risque de déshonorer ceux qu'il assujettit, les détourne des grandes choses, ravale les pensées, engendre mollesse et félonie. Dans sa pureté primitive, l'idéal du preux était assez fortement hostile à l'amour et à la femme : le comportement héroïque s'accompagnait d'une religion exclusive de la virilité. Roland pense en mourant à ses conquêtes, aux « hommes de son lignage », à Charles son seigneur, et c'est tout. Cette tradition hostile à l'amour est souvent incarnée chez Corneille par les vieillards, les pères surtout, dépositaires naturels de la saine

_____

s'adresser toujours au mérite, mais d'autre part il doit être irrésistible et instinctif. Cette contradiction existe aussi chez Corneille : tout ce qu'on écrit à son sujet sur l'amour d'estime n'empêche pas que l'élection amoureuse ne doive résulter de l'instinct. Le choix ne saurait être entièrement justifiable sans déprécier affectivement l'objet, qui se veut au-dessus de tout jugement. Tous les romans avant et après Corneille confirment et développent à satiété le mot de Rodogune sur « ce je ne sais quoi qu'on ne peut expliquer » (I, 5). Il entre dans la perfection de l'amour de ne devoir de comptes, ni à la morale, ni à la raison, ni à la justice, qui sont pourtant les normes de toute perfection. — Autre contradiction, plus immédiate et plus gênante : celle qui fait de la joie d'aimer le bien suprême et répugne en même temps à l'accomplissement de l'amour. Équilibre quasi impossible où le désir se fait souffrance pour s'excuser, où l'on se fait l'esclave et le martyr de la femme pour se punir de s'en être fait l'adorateur. Le moyen âge, en créant l'amour courtois, a créé, suivant le côté par où on le considère, une source de vie et de beauté, ou une névrose.

misogynie du vieux temps : don Diègue, le vieil Horace.
Ce sont eux qui enseignent à mépriser la femme, à
rejeter l'amour au second plan, à n'estimer vraiment que
la gloire des armes et les suffrages virils. Reste à savoir
dans quelle mesure leur prédication donne le ton à
l'ensemble de l'œuvre et si Corneille, tout en indiquant le
débat que de tels personnages ont pour fonction de
soulever, ne lui a pas donné une solution différente de la
leur.

Devant la condamnation de l'amour, c'est une tendance fréquente de la littérature courtoise que de rompre
avec la morale reçue, de mettre l'amour au-dessus de
toute règle, d'en faire la vertu et presque la divinité
suprême. Telle est même la définition de l'esprit courtois
proprement dit, tel qu'il s'est formé dans la poésie du
Midi. L'apologie de l'amour peut prendre la forme
extrême d'une révolte de l'amour contre les valeurs
sociales : devoir féodal, familial, conjugal. La morale y
perd plus qu'elle n'y gagne. Sans doute n'est-ce pas
toujours le cas. Il ne faut pas que les formes aiguës de la
religion courtoise cachent le phénomène plus général de
la valorisation de l'amour, que la société, dans l'ensemble, a assimilé en se civilisant. Il n'en reste pas moins
que la littérature romanesque est pleine d'exemples peu
édifiants ; non seulement l'amour courtois tend à se donner pour incompatible avec le mariage, mais il fait
oublier toute dignité sociale : Aucassin ne veut pas porter les armes tant qu'on lui refuse Nicolette ; le Lancelot
de Chrétien de Troyes consent, pour se rapprocher de sa
dame, à se laisser transporter sur la charrette déshono-
rante. Amour lui commande d'y monter, cependant que
Raison l'en dissuade. Mais Amour doit triompher et
triomphe. Sous cette forme, la passion courtoise ne se
distingue plus aux yeux de la société du dérèglement pur
et simple : elle n'en diffère que par rapport à la personne

aimée, par le « dévouement » idéal, par l'adoration. La religion de l'amour se développe alors comme une religion étrangère à la société et contraire à ses lois[1].

Si le Cid eût été Lancelot, il eût sans doute abandonné son père et sa gloire, plutôt que de faire aucune peine à Chimène. Il faut reconnaître que Corneille a toujours résolu les cas semblables en sens contraire, non pas en libérant la courtoisie de toute contrainte, mais en tendant à l'extrême ses ressorts moraux, en couronnant tous les sacrifices que l'amour inspire par le sacrifice de l'amour lui-même. Le parfait amour est pour lui, non pas seulement le plus entier, mais le plus capable, s'il le faut, de renoncer à se satisfaire. Rodrigue se situe, de ce point de vue, aux antipodes de Lancelot. Dans l'explication qu'il donne lui-même de sa conduite, quand il déclare qu'il a dû renoncer à l'amour de Chimène pour mériter justement cet amour auquel il tient par-dessus tout, sa dialectique apparaît à ce point tendue, qu'on peut presque dire que le cœur a perdu ses droits devant un devoir tyrannique. L'impression est encore plus forte dans le cas des personnages féminins : Pauline avoue expressément à Sévère que sa raison tyrannise son cœur ; d'autres héroïnes proclament sans cesse la dure souveraineté de leur devoir sur leur passion. La raison semble bien ici l'ennemie directe de l'instinct, dressée contre lui et destinée à prévaloir sur lui. L'idée habituelle que l'on se fait de Corneille repose surtout sur cet aspect de son théâtre et semble confirmée par Corneille lui-même

---

1. Noter que, dans la mesure où il rompt ouvertement avec la société et la raison, l'amour courtois tourne à la tragédie, et ne peut guère se concevoir comme distinct du malheur. Il s'entoure alors de circonstances telles, que la révolte et le châtiment se confondent presque (ainsi dans *Tristan et Iseut*). Au contraire quand l'équilibre de la loi sociale et de l'amour est conservé, l'amour est heureux et l'histoire finit bien, comme c'est le cas le plus fréquent chez Chrétien de Troyes, et aussi dans les romans du XVIIᵉ siècle et chez Corneille.

quand il écrit : « J'ai cru jusques ici que l'amour était une
passion trop chargée de faiblesse pour être la dominante
dans une pièce héroïque [1]. » On aurait tort cependant de
voir là une condamnation formelle de la morale romanesque. Il faut prendre garde que ces mots furent écrits au
temps de l'*Alexandre* de Racine, et qu'ils sont dirigés
contre la tragédie tendre qui disputait victorieusement à
Corneille, parvenu à la fin de sa carrière, la faveur du
public. Il est naturel que Corneille, cherchant à se distinguer de ses rivaux, tende à imaginer entre eux et lui une
opposition radicale, là où n'existe en réalité qu'une différence de degré. Et d'ailleurs, que dit-il ? Que l'amour ne
doit pas avoir la première place, et tout conduire dans une
tragédie ; il ne dit pas que cette passion doive en être
éliminée, ou n'y apparaître que pour être brimée ; la
formule qu'il emploie est très significative : il faut « que les
grandes âmes ne la laissent agir qu'*autant qu'elle est
compatible avec de plus nobles impressions* ». Il trace une
hiérarchie, mais il souhaite un accord. Il est bien évident
que l'amour n'est pas à ses yeux la première des vertus ;
l'amour n'est même pas la source exclusive des vertus ; il ne
tend à jouer ce rôle que dans les romans, et Corneille n'est
pas un auteur de romans. Il n'en reste pas moins que
l'amour, quand il est bien entendu, peut être compatible
avec ces impressions plus nobles, que produisent les grands
intérêts d'honneur, de guerre ou d'État. Corneille n'oppose qu'à moitié la grandeur, qui fait le fond du théâtre
tragique, à l'amour. Il a plutôt cherché, dans toute son
œuvre, à les concilier qu'à les mettre en conflit.

De fait, il faut bien remarquer que Corneille, même
lorsqu'il tend les liens qui unissent le devoir à l'amour,
répugne à les briser. La dialectique romanesque ne renonce

---

1. Corneille, Lettre à Saint-Évremond (pour le remercier des éloges
contenus dans sa *Dissertation sur l'Alexandre*).

jamais chez lui à concilier le cœur et le devoir et ne les laisse pour ainsi dire jamais face à face comme deux ennemis. Il est indispensable de remarquer, en tout cas, que le prétendu discrédit de l'amour dans son théâtre ne rejaillit absolument pas sur la femme. La suprématie féminine, l'idéalisation de la femme constituent véritablement le fond de toute la conception courtoise. L'amour n'est pas radicalement condamné tant que la femme reste en honneur. Il faut qu'on le fasse descendre de son piédestal pour que le système s'effondre. Aussi les vrais ennemis de l'esprit courtois, depuis le moyen âge, s'en prenaient-ils à la femme ; clercs intransigeants ou bourgeois cyniques, ils dénonçaient en elle l'incarnation de la faiblesse, et dans sa déification un crime ou une sottise. Boileau, à l'époque qui nous intéresse, ne procédera pas autrement. Corneille, au contraire, est si attaché à la tradition romanesque qu'il a jugé bon, alors même qu'il marquait les faiblesses de l'amour, d'en absoudre le caractère féminin, d'incarner toujours l'exigence de la vertu dans la femme aimée. Les protestations du sentiment se trouvent plus volontiers dans la bouche des héros masculins. C'est par voie d'autorité féminine que la vertu triomphe dans son théâtre ; si rigoureuse qu'elle soit, elle continue à se confondre avec une image idéale de la femme. Telle était d'ailleurs, à peu de discordances près, la tendance générale de son siècle.

Le couple cornélien le plus commun est donc constitué par une héroïne d'une vertu stricte et un chevalier soupirant qui récrimine seul contre la rigueur du devoir. Ainsi Pauline et Sévère, dans *Polyeucte*. De même Othon répugne à obéir au devoir qui lui enjoint de renoncer à Pauline : c'est Pauline qui lui recommande de se soumettre et d'élever son amour « au-dessus du commerce des sens », et c'est lui qui objectera :

Qu'un tel épurement demande un grand courage[1] !

Cet arrangement était devenu, à l'époque de Corneille,
comme une sorte de convention littéraire et morale presque intangible. On le trouve dans tous les romans du
temps : partout des héroïnes d'une vertu sévère garantis-
sent le respect de la stricte morale, attaquée par des héros
au cœur sensible.

Une semblable combinaison sauvait l'héritage romanesque tout en accentuant à l'extrême ce qu'il contenait de
sévérité : elle conciliait le prestige de l'amour et le contrôle
de la société. Nous avons vu qu'à l'origine l'amour courtois
se situait souvent en dehors de la règle sociale et contre
elle. L'amour des chevaliers et des dames dans les romans
du moyen âge est souvent en révolte contre les obligations
de la naissance, l'autorité des parents, la loi du mariage.
Dans la tragédie de Corneille comme dans toute la
littérature sérieuse de son temps, on ne trouvera au
contraire, en règle générale, ni déchéance sociale des héros
et des héroïnes, ni rébellion contre l'autorité familiale[2], ni
manquement à la foi conjugale. La société y fait la loi à
l'amour. L'idéal courtois s'est, socialement parlant, régula-
risé. Il sera curieux de constater, dans cette régularisation,
l'influence mêlée d'un principe de discipline sociale, qu'on
peut appeler moderne, et des traditions les plus archaïques
de la féodalité.

*

Dans tous les domaines, l'esprit de la monarchie absolue
tendait à la régularité. La brutalité toute primitive du

---

1. *Othon*, I, 4.
2. La Camille d'*Horace* est une exception notable, la seule d'ailleurs, si
on laisse de côté les involontaires faiblesses de Chimène, qui firent pourtant
scandale, et constituèrent un des thèmes principaux de la querelle du *Cid*.

pouvoir familial avait coexisté au moyen âge avec un foisonnement d'irrégularités de fait, qui avaient bien souvent pour elles la sympathie de l'opinion et les honneurs de la littérature. La contradiction était partout, et on n'en était pas trop frappé. Mais les discordances de l'opinion et du droit, de la règle et des faits, commençaient à être ressenties de façon plus gênante dans le grand état qui s'organisait sous la férule des rois. D'où la nécessité d'une synthèse qui ménageât les droits des amants et l'autorité renforcée des impératifs sociaux. C'est cette synthèse en quelque sorte officielle de la contrainte et du sentiment que l'on trouve chez Corneille.

Il n'en demeure pas moins que Corneille a toujours intéressé l'orgueil individuel, le plus avoué et le plus éclatant, aux duretés du sacrifice. Le groupe social au nom duquel s'accomplit chez lui l'acte héroïque n'est jamais plus vaste que la famille, l'État n'étant lui-même autre chose que la famille quand il s'agit d'un héros ou d'une héroïne de race royale[1]. L'entité qui commande le sacrifice est donc proche, et elle est concrète ; transcendant à peine l'individu, la famille noble ne l'oblige à se sacrifier ni par les voies de la raison ni par celles d'un devoir abstrait. Elle constitue moins une solidarité disciplinée qu'une communauté directe d'orgueil. L'honneur du groupe est à peine distinct de celui de ses membres et les grands intérêts d'État ou de famille intéressent immédiatement la gloire de l'individu[2] :

1. La cité romaine primitive, telle qu'elle apparaît dans *Horace,* représente à peine un horizon plus vaste que la famille. D'ailleurs les héros parlent du « nom romain » comme les gentilshommes spectateurs de Corneille parlaient du nom de leur race, bien plutôt que du nom français. La couleur locale romaine consistait justement dans le caractère immédiat attribué dans l'ancienne Rome à l'intérêt patriotique.

2. Quand la contradiction éclate, il peut arriver que l'individu l'emporte ; ainsi Camille dans *Horace :* c'est la religion de l'amour sans entrave, autorisée par un moi qui met en lui-même tout son orgueil.

> ...... *Mourir sans tirer ma raison!*
> *Rechercher un trépas si mortel à ma gloire!*
> *Endurer que l'Espagne impute à ma mémoire*
> *D'avoir mal soutenu l'orgueil de ma maison*[1]*!*

s'écrie Rodrigue, mêlant spontanément la gloire de sa
famille et la sienne propre. De même le douloureux
sacrifice des princesses mariées contre leur cœur ne leur
serait guère possible, s'il n'était soutenu par l'orgueil de
leur rang social, et par la crainte d'être inférieures au nom
qu'elles portent en se mariant mal selon la société. Chimène, renonçant à Rodrigue, s'écrie :

> *Il y va de ma gloire, il faut que je me venge*[2],

découvrant ainsi la source véritable de son héroïsme. Dans
la tragédie de *Don Sanche,* la reine Isabelle, invitée à
choisir un mari selon son cœur, répond :

> *Madame, je suis reine, et dois régner sur moi.*
> *Le rang que nous tenons, jaloux de notre gloire,*
> *Souvent dans un tel choix nous défend de nous croire,*
> *Jette sur nos désirs un joug impérieux,*
> *Et dédaigne l'avis et du cœur et des yeux*[3].

La Cléopâtre de *Pompée* va plus loin encore :

> *Les princes ont cela de leur haute naissance :*
> *Leur âme dans leur sang prend des impressions*
> *Qui dessous leur vertu rangent leurs passions*[4].

1. *Le Cid,* I, 6.
2. *Ibid.,* III, 3.
3. *Don Sanche,* I, 2.
4. *Pompée,* II, 1.

Ainsi un sentiment orgueilleux de supériorité est dans Corneille l'auxiliaire indispensable de la rigueur morale. La contrainte la plus sévère, dans cette morale qui n'a d'autre appui que les personnes et d'autres ressorts profonds que ceux du moi, ne peut se passer de faire appel à un intérêt de gloire.

*

La diversité des éléments qui composent l'inspiration de Corneille donne en bien des cas un air d'incohérence ou d'illogisme à ses personnages, composés moins pour la vraisemblance que pour l'éclat, et qui peuvent emprunter tour à tour cet éclat à l'excès de leur arrogance ou à la délicatesse de leur vertu. Voltaire blâmant dans *Rodogune* « le mélange de tendresse naïve et d'atrocités affreuses »[1], atteint, derrière le disparate de l'œuvre de Corneille, celui d'une philosophie morale et d'une société où la barbarie et la vertu s'engendrent réciproquement et s'entremêlent sans cesse. Ce serait le rôle de la raison de nous mieux accorder à nous-mêmes. Mais la raison, entendue comme modératrice et conciliatrice des diverses puissances de l'être humain, vient malaisément à bout des problèmes que posent les personnages de Corneille. L'accord intérieur n'est pas naturel dans les grandes âmes, toujours en difficulté avec elles-mêmes parce qu'elles sont en difficulté avec le monde. Quand le moi n'aspire qu'à se conformer tout entier à la loi des choses, quand il s'emploie à dissoudre toute relation dramatique entre lui et le monde, la raison qui conduit ses démarches est l'image même de cet accord, tout uni, tout aisé, qu'il recherche. Mais le moi cornélien a une autre ambition. Il vise à s'affirmer supérieur au destin, à conquérir la liberté de haute lutte. S'il a

1. Voltaire, *Commentaire sur Rodogune*.

besoin de connaître les limites du possible, c'est pour que
son élan ne soit pas aveugle, mais il veut que cet élan le
conduise au plus haut. Le sublime cornélien se nourrit de
prouesses, il côtoie volontiers le rare et l'inédit. Il jaillit
dans des situations inusitées, comme la solution brillante de
problèmes insurmontables aux âmes communes. La raison
qui l'éclaire porte la marque de la rareté, de la difficulté, du
paradoxe. Les conflits et les problèmes intérieurs de la
grandeur d'âme poussent dans la même direction la raison
cornélienne. La morale noble, si souvent harmonieuse dans
sa synthèse du désir et du bien, révèle parfois les tares et les
difficultés inhérentes à tout idéalisme. Elle a peine à établir
des rapports satisfaisants entre les deux entités, malgré tout
contraires, auxquelles elle livre l'homme. Comme elle
s'affaire à concilier des extrêmes, son vice particulier sera
celui de tous les conciliateurs aux prises avec une tâche
malaisée : l'ingéniosité subtile, les synthèses forcées ou
irréelles, le bel esprit.

Ce bel esprit ne condamne pas les extrêmes. Il peut aller
de pair avec les sentiments les plus violents et les actions les
plus atroces, et leur communiquer quelque rareté ou
quelque prix. C'est Antiochus proposant à Rodogune,
lorsqu'elle lui demande ainsi qu'à son frère de tuer
Cléopâtre, leur mère, pour mériter sa main, cette solution
inattendue :

> *De deux princes unis à soupirer pour vous,*
> *Prenez l'un pour victime et l'autre pour époux* [1].

Dans *Pertharite*, Rodelinde, captive comme l'Andromaque
de Racine du vainqueur de son mari, et mère d'un autre
Astyanax, refuse de se donner à son vainqueur ; mais
comme il lui donne à choisir pour son fils entre la mort, si

---

1. *Rodogune*, IV, 1.

elle s'obstine, et la royauté, si elle cède, elle lui répond
soudain, tournant en défi la menace, qu'elle ne lui cédera
que s'il a le courage de tuer d'abord son enfant :

> *Qui tranche du tyran doit se résoudre à l'être.*
> *Pour remplir ce grand nom as-tu besoin d'un maître,*
> *Et faut-il qu'une mère, aux dépens de son sang,*
> *T'apprenne à mériter cet effroyable rang ?*
> *N'en souffre pas la honte, et prends toute la gloire,*
> *Que cet illustre effort attache à ta mémoire...*
> *A ce prix je me donne, à ce prix je me rends*[1]*...*

Cet exemple de bel esprit barbare a ceci d'intéressant qu'il
est suivi, dans la même scène, d'un essai de justification
plus raisonnable : Rodelinde sait que son persécuteur tuera
son fils, même si elle cède ; dans ces conditions, pense-
t-elle,

> *Puisqu'il faut qu'il périsse, il vaut mieux tôt que tard.*

D'ailleurs, une fois l'enfant assassiné, elle aurait bien
épousé le meurtrier, mais pour le tuer à son tour ! Cette
réhabilitation rationnelle (si l'on peut dire) de sa conduite
n'est guère qu'une trouvaille de plus, venant s'ajouter à
l'effet de surprise de son défi de tout à l'heure.

Le suicide d'honneur, direct ou par personne interposée,
cette obsession de tant de héros cornéliens[2], est un des
thèmes les plus fréquents de cette subtilité sanguinaire.
Rodrigue vient demander à Chimène de le transpercer de
sa propre épée :

> *Au nom d'un père mort, ou de notre amitié,*

1. *Pertharite*, III, 3.
2. Il demeure d'ailleurs à l'état d'obsession ; on ne pourrait citer un seul
cas où il se réalise.

> *Punis-moi par vengeance, ou du moins par pitié*[1].

Sabine, femme d'Horace et sœur de Curiace, demande aux deux héros de la tuer pour rompre la cruelle alliance des deux familles :

> *Que l'un de vous me tue et que l'autre me venge :*
> *Alors votre combat n'aura plus rien d'étrange ;*
> *Et du moins l'un des deux sera juste agresseur,*
> *Ou pour venger sa femme, ou pour venger sa sœur*[2].

Horace, après avoir tué Camille, veut se tuer pour éviter le déshonneur du châtiment ; mais alors un débat s'engage en lui entre ce réflexe d'orgueil et la pensée que son sang appartient à son père et non à lui :

> *Mais sans votre congé mon sang n'ose sortir :*
> *Comme il vous appartient, votre aveu doit se prendre ;*
> *C'est vous le dérober qu'autrement le répandre*[3].

Les exemples de ce genre méritent au moins la même attention que ceux où l'intelligence s'exerce sur les mouvements délicats de la générosité ou de la tendresse. Les uns et les autres démontrent que la raison cornélienne est loin de coïncider avec la sagesse ordinaire.

*

Le bel esprit, l'intelligence subtile à la recherche du beau et du grand, était, depuis des siècles, l'effort le plus admiré de toute vie intellectuelle. On aimait à le voir accompagner toutes les passions, se raffiner et se sublimer avec elles,

---

1. *Le Cid*, III, 4.
2. *Horace*, II, 6.
3. *Ibid.*, V, 2.

briller dans leurs joutes et se surpasser dans leurs prouesses. Depuis le moyen âge, la recherche du beau et du bien était mise en forme de tournoi, pour un public de connaisseurs, curieux de surprises et d'inventions rares. La haute poésie et la haute morale demeurent fidèles chez Corneille à cette tradition : dans les pensées qui accompagnent chez lui la conduite héroïque et qui la justifient, le bel esprit reste la forme la plus fréquente de l'intelligence. Non seulement la théorie de la vertu, mais l'explication même de chaque acte ont toujours quelque chose de rare et de surprenant. La gloire commande, l'intelligence invente pour elle et justifie après elle[1].

Quand le mouvement de la gloire est suffisamment spontané, suffisamment humain, le secours de l'intelligence l'orne et le soutient. Le jugement est alors comme le suivant et le valet d'armes de la gloire, qui souffrirait de l'avoir pour ennemi, et qui veut que toutes les puissances les plus hautes de la nature humaine portent son chiffre et ses écussons. Mais il arrive très souvent que la gloire en quête de prouesses et à court d'inspiration oblige à toute force son serviteur à lui inventer quelque sortie digne d'elle. Il se démène alors bizarrement pour la satisfaire, essaye de la tirer de son mauvais pas, et n'aboutit généralement qu'à une échappatoire entortillée et froide où sa maîtresse et lui se ridiculisent. Cet inconvénient se produit surtout quand l'impulsion glorieuse prétend atteindre à un degré particulièrement délicat ou irréel de sublimation,

---

1. Les écrivains naturalistes de la seconde moitié du siècle diront que ce bel esprit sublime est un fabricant de sophismes au service de la vanité. Mais pour ses partisans, il est aussi admirable que la gloire qu'il sert, et qui est humainement la vérité suprême ; et on ne peut le condamner sans la condamner elle-même, ce dont les adversaires ne se font pas faute d'ailleurs. Ils insisteront aussi le plus qu'ils pourront sur ce qui sépare de la saine raison son sosie alambiqué. C'est bien souvent en détruisant un système qu'on en découvre le mieux tous les rouages.

comme dans la tendresse platonique des romans, ou quand au contraire le bel esprit travaille sur une matière trop brute et trop barbare qui souffre mal ses finesses, comme c'est souvent le cas dans les horreurs de la tragédie. Le rôle du bel esprit étant d'accompagner l'instinct de sa forme la plus brutale jusqu'à sa forme la plus spirituelle, dès qu'il ne peut plus faire convenablement la liaison, dès que la voie est coupée derrière ou devant lui, il s'embarrasse et chancelle.

Or, l'écart était presque toujours grand à combler entre la barbarie des mœurs réelles et la délicatesse de la vertu. Entre les réflexes violents de l'orgueil noble et cette quintessence de magnanimité idéale que constitue la vertu chevaleresque, le chemin est long et cent fois coupé d'ornières et de traverses ; de l'une à l'autre de ses extrémités, l'intelligence s'épuise à courir sans cesse, et s'arrête plus d'une fois en route. Le défaut fondamental de toute la littérature aristocratique, c'est l'artifice parfois pénible de ce bel esprit qui n'arrive pas toujours à joindre le corps réel de la vie à l'idée de la vertu.

*

Nous avons essayé de distinguer dans la morale cornélienne des composantes diverses issues d'époques ou de tendances différentes de la vie noble. Nous avons tenté de refaire, sur la trame première de l'orgueil, le tissu surchargé d'ornements de la générosité, de l'amour et du devoir cornélien. Dans cette forêt que constitue l'œuvre de Corneille, où les végétations issues de jets différents s'entremêlent sans fin, où sous des floraisons fragiles on découvre des souches centenaires, nous avons essayé d'introduire un ordre forcément imparfait, et qui ne doit pas faire oublier la vie solidaire de l'ensemble. Gloire, orgueil, chevalerie, amour, stoïcisme, bel esprit, magnanimité, sacrifice rigoureux, tout s'enchevêtre et se soutient mutuellement, dans une connexion constante et intime des formes les plus rudes et les plus archaïques avec les plus délicates.

Quant au problème moral que l'ensemble de l'œuvre invite à poser, c'est celui de la concordance possible ou non entre l'exaltation du moi et la vertu. Le mouvement essentiel du sublime cornélien consiste à donner à cette question une réponse favorable, naturellement formulée en termes de philosophie idéaliste : le moi s'affirme, et s'épure en même temps, dans le sens du bien. C'est là une conception dont l'influence dépasse de beaucoup les limites du théâtre cornélien, et que nous verrons mettre en cause, sous sa forme la plus générale, dans les discussions morales de l'époque. Nous ne nous étonnerons pas d'apercevoir, chez les ennemis du moi, de la gloire et de la grandeur d'âme, autant que chez Corneille, la signification sociale qui s'attachait alors à de telles notions.

LE DRAME POLITIQUE
DANS CORNEILLE

L'œuvre de Corneille n'est pas seulement influencée d'une façon générale par l'esprit aristocratique. Contemporaine d'une crise assez grave dans les relations de l'aristocratie et du pouvoir, elle laisse apercevoir en elle les traces des événements et des débats qui l'ont vue naître. Quoique à ce moment la noblesse eût perdu, depuis longtemps déjà, l'essentiel du pouvoir politique, elle résistait et s'agitait encore confusément, violemment parfois. Les événements contemporains des tragédies de Corneille, c'est-à-dire les diverses péripéties des ministères de Richelieu et de Mazarin, constituent un épisode aigu, quoique tardif, de la vieille lutte qui mettait aux prises la royauté et les grands : ce sont successivement, du côté aristocratique, les multiples complots, rébellions et entreprises militaires organisés contre le pouvoir et même la vie de Richelieu et de son successeur, ministres détestés de l'absolutisme ; c'est ensuite le long et violent sursaut de la Fronde ; du côté royal, c'est le renforcement administratif et politique de la monarchie absolue, la dure répression exercée par Richelieu ; enfin la victoire qui acheva la Fronde et devait consacrer pour de longues années le triomphe de la royauté. Pendant toute cette époque, la rébellion politique

fut avant tout le fait de la haute noblesse[1]. C'est aussi vrai
dans la littérature que dans la réalité ; ici comme là, ce sont
les grands qui ont maille à partir avec les rois, et qui
contestent les maximes de l'absolutisme. On connaît la
littérature politique de l'opposition nobiliaire aux XVIIe et
XVIIIe siècles[2], mais on s'est moins souvent préoccupé de
rechercher dans les créations purement littéraires de ce
temps-là, tragédies, poèmes, romans, l'empreinte des
remuements aristocratiques. Il serait bien étonnant pourtant que la résistance et la révolte des aristocrates n'aient
eu aucun retentissement dans la façon d'envisager la vie ou
de concevoir le bien, et que la littérature n'en ait recueilli
aucun écho. Cela serait étrange surtout dans une époque
comme celle de Corneille et de la Fronde, où la lutte
politique s'accompagne d'un long frémissement, le dernier
sans doute, de la sensibilité féodale.

*

1. La bourgeoisie ne prit qu'une part timide à l'agitation contre la
royauté ; dans la Fronde parisienne, elle ne se souleva un instant contre la
cour que pour regretter bien vite son insubordination et manifester à
nouveau un loyalisme actif. A peine faut-il mettre à part les hauts
magistrats, membres des Parlements et cours souveraines, et d'une façon
générale les « officiers » ou fonctionnaires royaux, propriétaires de leurs
charges depuis Henri IV ; de position plus importante et plus assise que les
simples bourgeois, les robins s'agitent déjà ; mais, distincts encore de
l'aristocratie et timorés à proportion de leur roture, ils ne savent s'ils doivent
imiter les grands ou les condamner, se révolter ou se soumettre. Le petit
peuple n'a pas lui non plus d'action autonome bien marquée : ignorant et
versatile, quand il n'obéit plus au roi il suit les grands, et son agitation, sauf
exception, ne survit guère à la leur. D'ailleurs le conflit des grands et du roi
était le seul qui parût digne des honneurs du roman ou du théâtre.
2. Joly, Retz et leurs semblables du temps de la Fronde ont eu une longue
postérité. Une abondante littérature politique a accompagné jusqu'au bout
l'opposition nobiliaire (Fénelon, Boulainvilliers, Montesquieu, pour ne citer
que les auteurs principaux).

On aperçoit aisément qu'une morale comme la morale cornélienne, fondée sur l'orgueil et la grandeur glorieuse, ne pouvait qu'appuyer la protestation de l'aristocratie contre l'assujettissement où les rois prétendaient la réduire. L'horreur profonde de toute humiliation infligée au moi est bien la source de toute la vertu cornélienne : or, c'était depuis des siècles le sort des grands d'être ou de se prétendre humiliés par la royauté. Affirmer leur orgueil en dépit du mauvais destin, c'était pour eux affirmer leur insoumission. Cent ans presque après Corneille, Montesquieu, autre interprète des traditions aristocratiques[1], analysant le sentiment de l'honneur en France, écrit : « La gloire n'est jamais compagne de la servitude[2]. » L'aboutissement politique de l'orgueil noble au temps de l'absolutisme est la rébellion. L'insolent Don Gormas, souffletant celui que le choix du roi vient de distinguer, incarne cet orgueil rebelle. Pressé au nom du roi de faire des excuses à sa victime, il refuse en ces termes :

> *Monsieur, pour conserver tout ce que j'ai d'estime,*
> *Désobéir un peu n'est pas un si grand crime[3].*

Toujours l'estime, l'approbation publique, la gloire : la voilà en contradiction ouverte avec l'obéissance. On cite quatre vers, plus audacieux encore, que Corneille supprima par prudence et qui furent rétablis pour la première fois au XVIIIe siècle, après cent ans de tradition orale :

---

1. C'est ce qui ressort de toute son œuvre, on pourrait presque dire de chaque ligne de son œuvre. Il faut dire qu'au moment où Montesquieu écrivait, l'alliance de la robe, à laquelle il appartenait et dont il exprimait plus spécialement l'état d'esprit, avec la vieille aristocratie était pratiquement consommée.
2. Montesquieu, *Lettres persanes,* lettre 39.
3. *Le Cid,* II, 1.

Ces satisfactions[1] n'apaisent point une âme :
Qui les reçoit n'a rien, qui les fait se diffame.
Et de pareils accords l'effet le plus commun
Est de perdre d'honneur deux hommes au lieu d'un.

Ces vers relatifs au duel conduisent à poser un problème plus précis que celui de l'inspiration générale de Corneille : le problème tant de fois débattu de l'animosité de Richelieu à l'égard du *Cid*. Elle ne semble pas niable, quoi qu'on en ait dit[2]. Les causes de cette animosité sont plus obscures. Celle qu'on donne pour la plus vraisemblable réside dans la politique littéraire de Richelieu, qui aurait cherché à encourager la littérature régulière et à fortifier son Académie par la censure des ouvrages conçus en dehors des règles strictes du théâtre, comme *Le Cid*. Peut-être n'y eut-il pas d'autre motif en effet : les vers subversifs du Cid ont pu ne pas attirer l'attention d'un pouvoir faiblement susceptible quand les institutions n'étaient pas attaquées de front, et quand les personnes gouvernantes n'étaient pas prises à partie. Il ne faut pas oublier ce côté personnel de la politique, alors capital : on était avant tout parmi les fidèles ou les ennemis de quelqu'un, et il est bien évident que Corneille n'était pas au nombre des ennemis déclarés du cardinal. Cela n'empêche pas que nous ayons le droit de retrouver dans le *Cid* la trace d'un état d'esprit fort peu favorable aux procédés politiques du ministre.

Le fait est que la pièce est remplie d'aphorismes qui, en dépit de leur allure toute générale, peuvent passer pour la condamnation de la politique de Richelieu, telle que les contemporains la voyaient. Que Corneille l'ait voulu consciemment, ce n'est pas probable. Il traduisait des senti-

---

1. Il s'agit d'un accommodement sous l'autorité du roi.
2. Le livre de M. Batiffol sur *Richelieu et Corneille* n'est nullement convaincant. Voir G. Collas, éd. des *Sentiments de l'Académie sur le Cid*, 1911, et un article du même auteur dans la *Revue d'Histoire littéraire*, 1936.

ments répandus autour de lui, une opinion publique qui était spontanément contraire au despotisme même quand elle ne pensait pas à le combattre. *Le Cid,* avec ses formules intransigeantes sur les duels, l'honneur et la réparation par les armes, avec ses deux combats singuliers, aussi glorieux l'un que l'autre pour le héros, avec son atmosphère de fierté et d'indiscipline, n'avait rien en tout cas qui pût servir dans le public les vues de Richelieu. Dans la voix de Don Gormas, et même dans celle de Rodrigue et de Don Diègue, le public pouvait reconnaître, comme dit Sainte-Beuve, « l'écho de cette altière et féodale arrogance que Richelieu achevait à peine d'abattre et de niveler [1] ». L'interdiction du duel, dans la lutte de la monarchie contre les grands, était quelque chose d'aussi important, en fait, qu'une grande réforme administrative. C'était un critère d'autorité : il s'agissait d'ôter aux seigneurs, avec le duel, le dernier symbole de cette autonomie dont ils avaient jadis possédé la réalité ; il s'agissait de leur apprendre que désormais le bras du roi était seul armé, et pouvait seul trancher leurs querelles. Il faut se replacer dans cette atmosphère, imaginer aussi à quel brouhaha de protestations les vers de Corneille faisaient écho, avant d'affirmer absolument que Richelieu ait été insensible à ce qu'il pouvait y avoir dans la pièce de mauvais esprit latent.

Ainsi, quand Chimène, après la mort de son père, vient se plaindre au roi, implorant en lui, selon une doctrine chère à la monarchie, l'universel justicier, quand elle déclare :

> *Au sang de ses sujets un roi doit la justice,*

Don Diègue répond à la face même du roi :

---

1. Sainte-Beuve *Nouveaux Lundis,* t. VII, articles déjà cités.

Pour la juste vengeance il n'est point de supplice[1].

La loi de l'honneur féodal est ici placée au-dessus de
l'autorité royale, d'ailleurs fort mal défendue par le roi lui-
même, souverain débonnaire et toujours conciliant. Corneille en tout cela savait un peu ce qu'il faisait, et n'ignorait
pas qu'il reproduisait un état de choses archaïque : « Je me
suis cru bien fondé, écrit-il, à propos de ce même Don
Fernand, premier roi de Castille, dans son *Examen du Cid*,
à le faire agir plus mollement qu'on ne ferait en ce temps-
ci, où l'autorité royale est plus absolue. » D'ailleurs toute
l'atmosphère de la pièce donne à penser qu'une nostalgie
confuse du passé a guidé ici le souci de l'historien. Quinze
ans presque après *Le Cid*, dans *Don Sanche d'Aragon*, une
reine de Castille, imaginaire celle-là, et par conséquent
d'une époque indécise, voulant, elle aussi, empêcher un
duel, se laissait encore dire par sa dame d'honneur :

> .... *C'est un pénible ouvrage*
> *D'arrêter un combat qu'autorise l'usage...*
> *On ne s'en dédit point sans quelque ignominie*
> *Et l'honneur aux grands cœurs est plus cher que la vie.*

Devant cet argument, la reine ne trouve rien d'autre à faire
qu'à s'incliner :

> *Je sais ce que tu dis et n'irai pas de front*
> *Faire un commandement qu'ils prendraient pour affront.*
> *Lorsque le déshonneur souille l'obéissance,*
> *Les rois peuvent douter de leur toute-puissance*[2].

La Castille n'a pas changé depuis son premier roi, ni
Corneille depuis le *Cid*.

1. *Le Cid*, II, 8.
2. *Don Sanche*, II, 1.

*

C'est par la générosité, nous l'avons vu, que devaient s'équilibrer les relations entre vassal et suzerain, entre gentilhomme et roi. Une sorte de pacte s'établit entre le supérieur et l'inférieur, autour duquel gravitent les vertus et les vices, les unes pour en assurer le respect, les autres pour le détruire. Les vertus qui constituent la générosité varient suivant les situations et les cas : d'une part, loyauté dans l'obéissance, dépouillement de l'envie, mais aussi, chez le plus fort, dépouillement de la tyrannie et sincérité dans la protection ; d'autre part, assurance et autorité dans le commandement, mais aussi, chez le plus faible, refus de se plier au commandement injuste. Corneille a une prédilection, dans cette double série de vertus, pour les deux termes les plus favorables au vassal ; il a choisi, comme par hasard, entre toutes les attitudes généreuses, celle de la résistance héroïque à l'oppression, et de la résistance, non moins héroïque, à la tentation d'opprimer. Stoïque ou clément, tel est surtout, nous l'avons vu, le héros cornélien. Stoïque comme Cinna, comme Nicomède, comme Suréna, comme tant d'autres ; clément comme Auguste, comme César, comme Agésilas, comme Nicomède lui-même après sa victoire. Du champ varié de la grandeur d'âme, Corneille a retenu surtout ce qui pouvait condamner l'abus du pouvoir. Ainsi on cherchera en vain dans son théâtre le type du chevalier félon ; c'était bien là une situation édifiante, si l'on prend le système par le côté du plus fort ; mais dans le moment précis où Corneille écrivait, l'aristocratie avait plus de penchant à rappeler les devoirs du souverain que ses droits. Le crime dont elle était occupée, c'était celui des rois absolus faisant bon marché de ses prérogatives ; le crime d'insoumission, où elle ne voulait voir que le désaveu légitime d'une souveraineté injuste, se colorait volontiers de gloire à ses yeux. L'honneur, dont Montesquieu fera le principe de tout état monarchique non corrompu par le despotisme, est fait à la fois, dans chaque sujet, de fidélité et de dignité, et ne consent à accorder la première que quand la seconde est sauve. Faute de satisfaire à cette exigence fondamentale, on légitime la rébellion.

Il serait faux pourtant de croire que la cause du vassal soit partout présentée à cette époque de façon aussi avantageuse que dans le théâtre de Corneille. Les exemples contraires ne manquent pas, qui font mieux ressortir, par opposition, le sens de la magnanimité cornélienne.

En 1640, parut une tragédie de Desmarets de Saint-Sorlin, *Roxane*, où est représentée l'histoire d'Alexandre le Grand et d'un satrape ingrat, Phradate, qu'il a comblé de bienfaits, et qui entre en rébellion contre lui ; tous deux sont amoureux de Roxane, mais tous les droits sont attribués au roi, bien qu'il soit arrivé le second, et l'auteur s'arrange aussi pour qu'il soit le plus sympathique. Il y parvient en imaginant, de façon fort invraisemblable, que le satrape est jaloux préventivement d'Alexandre, avant même que celui-ci ait rencontré Roxane. Cette défiance injustifiée, qui s'accompagne de haine, le rend coupable ; il mérite dès lors de perdre Roxane et d'être châtié, ce qui arrive en effet. Il meurt enfin en voulant assassiner Alexandre. Celui-ci tue de sa main un autre conjuré, un Grec de sa suite, qui lui a jadis sauvé la vie, et s'écrie en portant le coup :

> *Il a sauvé son prince ; est-ce un si grand bienfait ?*
> *Il a fait son devoir ; qui des miens ne l'eût fait ?*
> *Fallait-il concevoir cette rage perfide ?*
> *Qui s'attaque à son roi commet un parricide.*

Comme Alexandre a pourtant un tardif remords, Roxane, désormais conquise, accourt à la rescousse de la doctrine absolutiste :

> *... Quand on sait régner, jamais on ne balance*
> *Des services rendus contre une grande offense.*

La pièce est parsemée de maximes de ce genre, que Corneille eût réservées à ses traîtres. Desmarets était un des fidèles du cardinal, un des auteurs qui travaillèrent, dit-on, sur son ordre ou d'après ses plans. Faut-il attribuer à l'influence de Richelieu le dessein et l'esprit général de la tragédie de *Roxane* ? On serait bien embarrassé de le dire d'une façon précise, car on ne dispose, ici comme dans la plupart des cas de ce genre, que d'anecdotes et de traditions incertaines [1]. Notons pourtant ce son de cloche absolutiste, si opposé à celui qu'on entend dans Corneille, chez un écrivain incontestablement très attaché et très dévoué celui-là au cardinal.

D'une façon générale, il n'est pas absurde d'imaginer Richelieu préoccupé de l'état d'esprit, des lectures et des sentiments du public. Gouvernant à l'encontre du mouvement spontané de l'opinion, il était naturel qu'il fût soucieux de ce qui se pensait, et qu'il cherchât à le modifier ou à le contrôler. Il ne faut pas oublier que l'opinion, c'est-à-dire l'opinion des gens cultivés, se formait alors dans l'entourage des grands. Le rôle des salons aristocratiques n'était peut-être pas aussi considérable que Saint-Simon, presque un siècle plus tard, veut bien l'écrire, quand il affirme sur la foi d'une tradition sans doute embellie : « L'Hôtel de Rambouillet était dans Paris... un tribunal avec qui il fallait compter et dont la décision avait un grand

---

1. Ce serait pour avoir critiqué *Roxane* que l'abbé d'Aubignac ne put entrer à l'Académie.

poids dans le monde, sur la conduite et sur la réputation des personnes de la Cour, autant pour le moins que sur les ouvrages qui s'y portaient à l'examen [1]. » Richelieu pouvait malgré tout s'en préoccuper. Si l'on en croit Segrais, il dépêcha son agent Boisrobert à la marquise de Rambouillet pour la disposer à informer le cardinal de ce qui se dirait chez elle. Une tentative analogue nous est racontée par Tallemant des Réaux, autre contemporain, qui conclut qu'elle fut vaine. Le désir de contrôler l'opinion et la production littéraire apparaît de même dans la fondation de l'Académie, s'il est vrai que le caractère officiel fut imposé par voie d'autorité aux réunions privées des premiers académiciens. Pellisson, dans son *Histoire de l'Académie*, décrit ingénument la réaction du public à l'initiative de Richelieu ; les gens « appréhendaient que cet établissement ne fût un nouvel appui de sa domination, et que ce ne fussent des gens à ses gages, payés pour soutenir tout ce qu'il ferait, et pour observer les actions et les sentiments des autres ». Si Pellisson, dont le témoignage est tardif, dit vrai, le public grossissait démesurément les intentions de Richelieu, mais enfin l'Académie devait servir les vues du gouvernement et celles du ministre : elle était à peine créée qu'elle en fit l'expérience dans l'affaire du *Cid*. Quels qu'aient été les motifs exacts de l'animosité de Richelieu à l'égard de cette tragédie, le succès du *Cid* dans le public et sa censure par le ministre apparaissent en fin de compte comme un épisode particulier d'un conflit plus vaste et plus latent entre l'opinion et celui qui incarnait, face à elle, l'autorité absolue.

*

L'œuvre de Corneille ne touche pas seulement à la politique par le caractère des valeurs morales qu'elle met

---

1. Saint-Simon, note sur le Journal de Dangeau, du 10 mai 1690.

en jeu ; elle s'organise tout entière comme un vaste drame politique, où se réfléchissent, avec toute l'intensité symbolique du drame, les oppositions de forces, les heurts de pensée et d'arguments qui agitent la vie des États à cette époque. C'est à tort que le style sentencieux et l'éloquence parfois conventionnelle qui enveloppent cet aspect de l'œuvre ont fait dire que la politique cornélienne « n'est et ne pouvait être que de la rhétorique[1] ». Sans doute Corneille n'est pas Retz. Il n'a pas pratiqué ce qu'il représente. Il ne connaît des affaires que ce que le public aime à s'en imaginer : de grands intérêts, de grandes actions et de grandes maximes. Mais la façon dont le public voit la politique est elle-même une importante partie de la politique ; c'est précisément parce qu'il a un rôle privilégié dans ce domaine de l'opinion que l'écrivain, même éloigné de l'action, y participe : la « rhétorique » de Corneille n'est pas séparable de l'opinion vivante de son temps ; elle interprète, suivant les goûts et les pensées du public, des situations dont la vie a fourni le modèle.

Il ne faudrait pas, sans doute, se représenter Corneille comme un partisan, ni voir en lui le défenseur conscient de la cause des grands. D'abord une pareille netteté de position ne se concevait pas à son époque. On n'était pas d'un parti ; plus exactement, ce qu'on appelait un parti n'était pas comme aujourd'hui un groupement aux frontières marquées, avec ses conceptions et ses hommes. Il y avait des intrigues de personnes et des clientèles privées, variables comme le jeu politique lui-même. Si les grands eux-mêmes vont et viennent de la cour à la rébellion, et, dans la rébellion, d'un clan à l'autre, poussés plus souvent par l'intérêt du moment que par des vues politiques suivies, comment imaginer que Corneille, homme sans importance et éloigné des affaires, puisse être plus conséquent ? Il

---

1. Brunetière, *Études critiques, loc. cit.*

acceptera volontiers, lors de la captivité du duc de Longueville, un des chefs de la Fronde, de prendre possession en
Normandie d'une charge qu'on venait d'enlever à un fidèle
du duc. Il saisit cette occasion comme les plus illustres des
princes et des ducs rebelles en saisirent de plus grandes. Par
définition tout tournait, dans la politique et les mœurs
aristocratiques, autour des intérêts particuliers. La versatilité est parmi les caractères les plus généraux de l'époque.
Les poètes y participaient dans leur domaine, mettant leur
gloire à briller de toutes les façons, disant tout ce qu'on
voulait leur entendre dire, sans qu'on les tînt pour vraiment
responsables de ce qu'ils disaient. C'est miracle déjà que
l'œuvre de Corneille soit aussi constamment hostile à
l'esprit du despotisme ; cette unité de sentiment était rare,
et elle repose sans doute sur un penchant profond de son
caractère, que nous savons avoir été glorieux et susceptible. Cependant la versatilité générale n'empêchait pas une
certaine tendance de sentiment et de pensée de dominer
dans l'ensemble du public, surtout chez les grands et leurs
admirateurs. C'est cette tendance générale que l'œuvre de
Corneille exprime en même temps que l'inclination particulière de son auteur.

D'ailleurs l'esprit d'intrigue, le jeu intéressé des ambitions ont leur place, qui est loin d'être négligeable, dans le
théâtre de Corneille. « Ce sont des intrigues de cabinet qui
se détruisent les unes les autres », dit Corneille lui-même
de sa tragédie d'*Othon*[1], sans mettre dans ce propos
aucune intention péjorative. Si l'on veut savoir à quel point
le public admirait les machinations savantes, qu'on lise
Retz ; son cynisme ne s'expliquerait pas si les lecteurs n'y
avaient vu la forme naturelle de l'esprit politique. L'aristocratie éprouvait depuis toujours un certain penchant à
chercher la grandeur dans le mépris des scrupules, dans

1. *Othon,* Au lecteur.

l'exercice incontrôlé du « droit de la guerre », qui justifie
aussi bien, si l'on y songe, l'usurpation que la conquête, et
la ruse que la force. La Fronde a connu cette race de
gentilshommes cyniques, qui plaçaient la politique comme
ils se plaçaient eux-mêmes, au-dessus de toute règle,
libertins au sens du temps, et aussi dédaigneux de la vertu
que de la canaille : Retz n'est pas trop loin de ce type.

Ajoutons que, par tout ce qu'il contient précisément
d'amoral, l'esprit noble contient en germe et justifie
l'absolutisme : que le bras du roi soit au-dessus des lois,
comment les seigneurs en seraient-ils choqués, puisqu'ils
réclament pour chacun d'entre eux le même privilège ?
L'idée d'une volonté suprême, s'exerçant librement et
gratuitement, d'une majesté que rien ne limite, hante les
esprits nobles : leur propre rêve de puissance et de gloire se
réalise de tout temps dans la royauté, où ils ont toujours
aimé voir quelque chose d'irréductible. L'établissement de
l'absolutisme fut grandement facilité par cet état d'esprit ;
au fond, le caractère sacré de la personne royale n'avait
jamais cessé d'être admis. Aussi ne doit-on pas s'étonner
d'en rencontrer si souvent l'affirmation dans Corneille, qui
pense même, avec la Camille d'*Horace,* qu'il faut chercher
l'inspiration directe des Dieux chez les rois,

> *De qui l'indépendante et sainte autorité*
> *Est un rayon secret de leur divinité*[1].

Mais le penchant de l'aristocratie au machiavélisme ou à
la divinisation de l'autorité est balancé, au temps de
Corneille, par un penchant contraire. Victimes de la
puissance des rois, les grands cherchaient, dans la tradition
même, un contrepoids à des maximes politiques qui
jouaient contre eux. Et de fait, le droit du plus fort ou du

1. *Horace*, III, 3.

plus rusé, compris abusivement, allait à l'encontre de
leurs propres intérêts. Aussi la critique des maximes
d'État et du despotisme au nom d'une morale généreuse
tient-elle la première place dans l'époque qui nous
occupe ; l'image du mauvais roi, qui mésuse et abuse de
son pouvoir, du tyran comme on disait déjà, est présente, d'un bout à l'autre du théâtre de Corneille, dans
Cinna, Pompée, Héraclius, Nicomède, Attila, Suréna.

Ainsi l'aristocratie admiratrice et victime à la fois du
pouvoir absolu, se trouvait dans une position indécise en
face de la royauté. Elle eût désiré, en même temps, que
le pouvoir des rois fût sacré et qu'il fût limité. Ne
sachant trop comment résoudre la contradiction, on a
recours à un stratagème qui concilie le conformisme et la
révolte ; on s'en prend à un bouc émissaire, qu'on imagine responsable de tous les péchés d'une royauté par
elle-même innocente : c'est le mauvais conseiller du roi,
le scélérat qui a surpris l'esprit du monarque ou flatté ses
mauvais penchants. Les abus de pouvoir du monarque
sont la conséquence de ses pernicieux conseils. On prétend défendre contre lui l'indépendance et la souveraineté sacrée de la personne royale. Voulant dire au roi :
« Régnez moins fort », on feint de lui dire : « Régnez
tout à fait, débarrassez-vous de votre mauvais démon[1]. »
D'ailleurs l'introduction de cette tierce personne n'était
pas seulement commode pour les besoins de la polémique ; elle correspondait à une réalité : les rois de France
s'étaient de tout temps entourés de conseillers privés,
auxiliaires dévoués de leurs visées absolutistes. Ceux-ci
avaient toujours encouru la haine de l'aristocratie, qui,
détestant en eux l'organe de son abaissement, feignait de

---

1. Cf. le sonnet, attribué à Corneille, sur la mort de Louis XIII
(survenue quelques mois après celle de Richelieu) :
      Après trente-trois ans sur le trône perdus,
      Commençant à régner il a cessé de vivre.

les rendre seuls responsables des crimes dont elle n'osait charger le roi.

Un théoricien anti-absolutiste de la Fronde, Claude Joly, tout en affichant un respect religieux des rois, s'en prenait à « la malice de leurs favoris et ministres[1] ». « L'autorité royale, disait-il, a été usurpée par ces ministres qui n'ont laissé à leurs maîtres que le seul nom de Roi[2]. » On saisit l'importance des « scélérats » cornéliens : ces suppôts cyniques du despotisme ne sont pas chez Corneille des créations conventionnelles ; leur rôle est capital dans le drame, comme dans la réalité qu'il représente.

*

Le monarque pusillanime, les ministres qui le conseillent mal, la cour enfin, sont dans la tragédie de Corneille le milieu où se trament les fourberies et les trahisons. La morale la moins généreuse y règne sans partage, formant comme l'antithèse ténébreuse des vertus qui brillent partout ailleurs. C'est l'envers de la magnanimité cornélienne : au lieu du courage, la lâcheté ; au lieu de la générosité, la cruauté, car

> *... Tel est d'un tyran le naturel infâme...*
> *S'il ne craint, il opprime ; et s'il n'opprime, il craint[3].*

Une reine criminelle invoque comme la déesse tutélaire de son trône la « haine dissimulée »,

---

1. Cl. Joly, *Recueil de Maximes véritables et importantes pour l'institution du Roi contre la fausse et pernicieuse politique du cardinal Mazarin*, 1652, *Avertissement au lecteur*.
2. *Ibid.*, chap. VI.
3. *Héraclius*, V, 5.

> *Digne vertu des rois, noble secret de cour* [1].

Une autre reine scélérate craint, alors qu'elle intrigue pour son fils, que celui-ci

> *... ne conçoive mal qu'il n'est fourbe ni crime*
> *Qu'un trône acquis par là ne rende légitime* [2].

Et quand elle voit sa crainte fondée, elle prédit à ce même fils :

> *Le temps vous apprendra par de nouveaux emplois*
> *Quelles vertus il faut à la suite des rois* [3].

Il est sans exemple dans Corneille que l'esprit de cour soit dépeint sous des couleurs flatteuses. Le Félix de *Polyeucte*, vieux courtisan aveuglé par sa propre bassesse, prend pour un piège destiné à éprouver sa fidélité à l'Empereur la prière généreuse que lui fait Sévère d'épargner Polyeucte

> *Je sais des gens de cour quelle est la politique ;*
> *J'en connais mieux que lui la plus fine pratique* [4].

Parcourant en sens inverse le chemin de la magnanimité, l'esprit de cour va au solide aux dépens du glorieux ; il tient la foi pour un fantôme chimérique :

> *Seigneur, quand par le fer les choses sont vidées,*
> *La justice et le droit sont de vaines idées,*
> *Et qui veut être juste en de telles saisons,*
> *Balance le pouvoir, et non pas les raisons...*
> *La justice n'est pas une vertu d'État.*

1. *Rodogune*, II, 1.
2. *Nicomède*, I, 5.
3. *Ibid.*, III, 6.
4. *Polyeucte*, V. 1.

Quand on veut être juste on a toujours à craindre;
Et qui veut tout pouvoir doit oser tout enfreindre[1]

L'hostilité à la cour et aux ministres atteignit son comble, ou plutôt apparut dans sa plus grande liberté après la mort de Richelieu. La noblesse, qui s'était crue délivrée par cette mort, avait beaucoup espéré de la régence d'Anne d'Autriche, alliée constante, du vivant de Richelieu, des conspirateurs aristocratiques. La conversion d'Anne d'Autriche à la politique absolutiste, l'élévation de Mazarin l'avaient vivement déçue sans l'intimider assez. Mazarin n'avait ni la naissance, ni le prestige de Richelieu. L'image abhorrée du mauvais conseiller de la royauté se colorait en lui d'une teinte de bassesse et de roture dont son prédécesseur avait été exempt. Les scélérats de l'entourage royal, tels que les imaginait la noblesse, étaient de préférence des roturiers, des parvenus. Mazarin vint à point pour donner corps à cette idée traditionnelle. En novembre 1643, Balzac, dans son *Discours à la Reine Régente*[2], demande à Anne d'Autriche d'établir dans le royaume une paix véritable, qui « n'élèvera point de domestiques, qui chassent les enfants de la maison ». Ce discours paraissait au moment où Mazarin venait de faire emprisonner le duc de Beaufort, petit-fils d'Henri IV, et tête principale du complot des « Importants ». L'année d'après, Corneille, faisant imprimer sa tragédie de *Pompée,* éprouvait le besoin de la dédier à Mazarin, qu'une pièce de vers publiée en outre en tête de l'ouvrage remerciait sur un ton dithyrambique de quelque bienfait. Or il y a dans *Pompée,* écrit et

1. *Pompée,* I, 1 c'est le conseiller du roi d'Égypte qui parle à son maître ; ce sont là les « maximes d'État » introduites par l'absolutisme et que les traîtres de Corneille développent d'ordinaire, cependant que ses héros les flétrissent : voir aussi *Nicomède,* vers 850 et *passim.*
2. On y trouve toutes les revendications de l'aristocratie : cessation de la guerre avec l'Espagne, adoucissement de l'absolutisme, rétablissement des droits du Parlement et des princes, etc.

représenté avant l'accès au pouvoir de Mazarin, des vers
qui n'étaient guère faits pour plaire au ministre. Cléopâtre,
par exemple, y reproche à son frère, le roi d'Égypte,

> *… D'écouter ces lâches politiques*
> *Qui n'inspirent aux rois que des mœurs tyranniques :*
> *Ainsi que la naissance ils ont les esprits bas.*
> *En vain on les élève à régir des États :*
> *Un cœur né pour servir sait mal comme on commande.*

Elle le supplie de chasser ses mauvais conseillers :

> *Affranchissez-vous d'eux et de leur tyrannie.*
> *Rappelez la vertu par leurs conseils bannie,*
> *Cette haute vertu dont le ciel et le sang*
> *Enflent toujours les cœurs de ceux de notre sang*[1].

Des vers semblables pouvaient éveiller de fâcheuses résonances : c'est exactement le langage que commençaient à
employer les aristocrates ennemis de Mazarin ; d'où, selon
toute vraisemblance, la précaution de la dédicace. Ces vers
traduisaient en tout cas le sentiment profond de Corneille,
puisqu'il en reprend l'idée vingt ans après, dans son *Othon,*
où il nous montre une noble Romaine accablant de son
mépris un affranchi, conseiller tout-puissant de l'empereur
Galba, et qui ose se croire digne de devenir son époux :

> *On m'avait dit pourtant que souvent la nature*
> *Gardait en vos pareils sa première teinture,*
> *Que ceux de nos Césars qui les ont écoutés*
> *Ont tous souillé leurs noms par quelques lâchetés*[2].

Les rois de France eux aussi avaient prétendu changer la
teinture naturelle des hommes. Ils avaient élevé jusqu'aux

1. *Pompée*, IV, 2.
2. *Othon*, II, 2.

plus hautes charges de l'État de simples roturiers. Ils en
avaient fait leurs hommes de confiance, ministres, secré-
taires d'État, commissaires, auxquels ils avaient donné la
puissance réelle, ne laissant aux grands seigneurs que
l'apparence honorifique du pouvoir. Corneille, en flétris-
sant la basse naissance des suppôts du despotisme, reproduisait, en même temps qu'un lieu commun, accrédité dans
l'opinion moyenne, une vieille récrimination aristocratique, la même que l'historien Mézeray, qui écrivait lui aussi
sous la Fronde, exprime rétrospectivement quand il
reproche à Louis XI « l'abaissement des grands et l'élévation des géants de néant[1] ».

*

La situation ainsi créée par l'absolutisme est, chez
Corneille, le point de départ du drame politique. Dans ce
drame la noblesse va s'attribuer, face à la tyrannie, le beau
rôle d'une révolte légitime et salvatrice. Ce qui disculpe la
noblesse de sa rébellion, ce sont les injustes traitements
dont elle est l'objet[2] : les grands, à les en croire, serviraient
avec fidélité si on savait reconnaître et récompenser leur
dévouement. Mais le défaut des rois est justement d'igno-
rer la reconnaissance, de se défier même de quiconque
acquiert trop d'éclat à leur service. Un serviteur trop
glorieux ne leur paraît pas assez dépendant. Prusias se
méfie de son fils Nicomède, qui remporte pour lui victoire
sur victoire. Et Araspe son conseiller s'emploie à le

---

1. Mézeray, *Abrégé chronologique de l'Histoire de France*, t. II, p. 155.
2. Ainsi Claude Joly blâme la révolte des grands, mais estime que « les
ministres sont cause que ces personnes illustres... se portent à ces extrémités
fâcheuses, leur faisant quelquefois des querelles à plaisir, et les persécutant
si fort qu'ils sont contraints de se jeter eux-mêmes dans le précipice »,
Recueil de maximes, chap. VII.

confirmer dans cette crainte et à discréditer les « grands
cœurs » à ses yeux :

> *C'est d'ordinaire ainsi que ses pareils agissent :*
> *A suivre leur devoir leurs hauts faits se ternissent ;*
> *Et ces grands cœurs, enflés du bruit de leurs combats,*
> *Souverains dans l'armée et parmi leurs soldats,*
> *Font du commandement une douce habitude*
> *Pour qui l'obéissance est un métier bien rude[1].*

Le spectacle de Nicomède injustement persécuté fut
donné pour la première fois en 1651, peut-être au début de
l'année, alors que « les princes », c'est-à-dire Condé, son
frère Conti et son beau-frère le duc de Longueville, étaient
encore en prison par ordre de Mazarin. La captivité des
princes, de Condé surtout, à qui la royauté devait, comme
Prusias à Nicomède, tant de victoires, ne s'acheva qu'en
février 1651. On imagine quelle pouvait être la résonance
de la pièce dans le public. Les arguments par lesquels la
cour justifiait l'arrestation des princes, à savoir leur indiscipline, leurs prétentions, leur arrogance, Corneille les
reproduisait, nous venons de le voir, changés en sophismes
flagorneurs, dans la bouche d'une « peste de cour ».
Nicomède d'ailleurs représentait bien le genre de héros
qu'on glorifiait ordinairement dans Condé : on l'appelle au
cours de la pièce « conquérant », « preneur de villes », et
ce sont là les titres dont les contemporains gratifiaient
Condé : ainsi, en tête du *Grand Cyrus,* la dédicace de
Scudéry à Mme de Longueville fait allusion à son frère, « le
preneur de villes et le gagneur de batailles ». Cette
dédicace est de 1649. Les Scudéry, dans les premiers tomes
de leur roman, devaient traiter longuement le thème du
grand capitaine persécuté par un roi soupçonneux qui
oublie qu'il lui doit son trône. Artamène, comme Nico-

1. *Nicomède,* II, 1.

mède et comme Condé, que d'ailleurs les « clefs » du
temps reconnaissent en lui, est injustement emprisonné
par son roi. Rappelons cependant que les premiers livres
du *Cyrus,* où se trouve l'histoire de la prison d'Artamène,
parurent avant 1650, c'est-à-dire avant la prison des
princes. Il est bon de s'en souvenir pour comprendre qu'en
tout ceci, l'actualité n'agit pas sur les œuvres littéraires par
le détail précis des événements, mais par les conditions
générales et par l'atmosphère. Les Scudéry ont raconté à
l'avance les malheurs futurs de Condé, parce que l'idée de
malheurs semblables hantait la noblesse. D'ailleurs, sur ce
chapitre de l'ingratitude des rois, comme sur tant d'autres,
l'esprit de la rébellion aristocratique se survécut en Corneille et survécut aux circonstances. Dans sa dernière
tragédie, *Suréna,* représentée trente ans presque après la
Fronde, Corneille fait dire encore à son héros, persécuté
par la famille royale, ces mots où reparaît toute la vieille
amertume des grands :

> *Plus je les servirai, plus je serai coupable*
> *Et s'ils veulent ma mort elle est inévitable...* [1]

La réaction des grands devant tant d'injustice peut aller
du complot caractérisé à une sorte d'insoumission sourde et
hautaine, mêlée de protestations d'extrême dévouement.
Artamène se défend devant son roi, qui le soupçonne de
trahison, en ces termes orgueilleux : « Il n'est pas aisé
d'imaginer qui pourrait corrompre à son gré la fidélité de
celui qui dispose à son gré des couronnes » [2]. Cette allusion
à ses services et à son pouvoir est, il est vrai, la seule
marque d'irrespect qu'il se permette ; ce ne sont par ailleurs
que déclarations d'aveugle obéissance. N'empêche qu'il

---

1. *Suréna,* V, 3.
2. *Le Grand Cyrus,* 1ʳᵉ partie, livre 1ᵉʳ, p. 141.

résiste aux volontés du roi, et qu'une révolte des grands, présentée comme sympathique, éclate en sa faveur. Suréna lui aussi sait rappeler tout ce qu'on lui doit :

> *J'ai vécu pour ma gloire autant qu'il fallait vivre ;*
> *Je laisse un grand exemple à qui pourra me suivre ;*
> *Mais si vous me livrez à vos chagrins jaloux*
> *Je n'aurai pas peut-être assez vécu pour vous* [1].

C'est toujours le même ton ; on a beau se dire dévoué, il y a un point à partir duquel on cesse au fond de se croire tenu à l'entière soumission :

> *Bien que nous devions tout aux puissances suprêmes,*
> *Madame, nous devons quelque chose à nous-mêmes* [2].

L'absolutisme heurté et les grands dressés contre la puissance royale, comment va se dérouler le drame ?

*

Le but vers lequel tend Corneille, c'est de concilier finalement la royauté et les « gens de cœur ». Mais, en attendant, les épisodes violents ne manquent pas : les gens de cœur peuvent prendre eux-mêmes les armes ; il peut arriver également que le peuple les prenne pour eux, et défende leur bon droit contre la tyrannie. Et en effet, dans ce temps de complots et d'émeutes, les grands se trouvèrent souvent alliés au bas peuple, ou plus exactement se servirent souvent de lui. Condé soutenait ainsi, avec tout le dédain qu'on imagine, les extrémistes de l'Ormée bordelaise. A Paris même, le peuple eut son rôle dans les calculs et les manœuvres des grands. Ce n'était évidemment pas de

1. *Suréna*, IV, 4.
2. *Othon*, III, 1.

gaieté de cœur que les grands employaient cet instrument dangereux. Comme les princes révoltés du *Cyrus,* ils étaient au désespoir d'être contraints de se servir d'un remède si plein de périls, « n'y ayant rien au monde de plus à éviter que la rébellion des peuples[1] ». Le théâtre de Corneille est plein de soulèvements populaires : le peuple s'émeut pour Polyeucte, pour Héraclius, pour Nicomède, mais évidemment il n'a pas sur la scène de représentants ; il joue tout entier un rôle de lointain comparse. A peine ceux dont il sert la cause parlent-ils de lui, et c'est pour le mépriser. Laodice, qui a soulevé le peuple contre la reine Arsinoé, vient déclarer à cette même reine :

> *Votre peuple est coupable, et dans tous vos sujets*
> *Ces cris séditieux sont autant de forfaits ;*
> *Mais pour moi qui suis reine, et qui, dans nos querelles,*
> *Pour triompher de vous, vous ai fait ces rebelles,*
> *Par le droit de la guerre, il fut toujours permis*
> *D'allumer la révolte entre ses ennemis[2].*

C'était ainsi que les grands du temps de la Fronde utilisaient le peuple pour se faire redouter de la cour. Le peuple n'avait plus qu'à disparaître, dès qu'ils recevaient satisfaction. Les émeutes dont ils rêvaient ne devaient pas les brouiller avec la royauté, mais les faire valoir auprès d'elle, corriger sa dureté. Dans ces Frondes de roman que leur imagination achevait mieux que la Fronde réelle, les grands finissaient en sauveurs de la royauté repentie et reconnaissante. Ils venaient offrir généreusement au roi désemparé la paix et la tranquillité générale. Nicomède et Laodice protègent, contre la foule qu'ils ont eux-mêmes déchaînée, le couple royal ; Nicomède vient dire au roi :

1. *Le Grand Cyrus,* IIIe partie, livre 1er, p. 32.
2. *Nicomède,* V, 6.

Tout est calme, Seigneur : un moment de ma vue
A soudain apaisé la populace émue[1].

L'émeute du *Cyrus* ne finit pas autrement : Artamène se jette aux pieds du roi au moment où le roi est à la merci des conjurés vainqueurs. Là aussi le monarque reçoit une leçon de clémence de sa victime délivrée. Là aussi la tyrannie confondue ouvre la voie à la bonne royauté.

Nicomède trace donc le tableau d'une Fronde imaginaire, d'une Fronde qui se serait terminée par la victoire et par l'élévation des princes[2] : la Fronde réelle avait comporté à un certain moment de telles espérances. Mais en général il fallait être plus modeste : la clémence volontaire des rois était encore, parmi les dénouements heureux, le plus vraisemblable. C'est le dénouement de *Cinna*. S'il est une tragédie parmi celles de Corneille qu'il soit difficile d'abstraire du temps où elle a été écrite, c'est bien celle-là. Sans prétendre y retrouver l'écho d'un événement précis, révolte de Normandie ou conspiration des Dames, il suffira de rappeler que sous Richelieu une dizaine de complots aristocratiques se succédèrent, que la haute société y était fortement intéressée, et qu'elle ne pouvait pas ne pas voir dans les intrigues politiques des tragédies de Corneille la reproduction des événements qui l'entouraient, présentés sous le jour qui lui convenait. « Les premiers spectateurs, dit Voltaire dans son *Commentaire sur Cinna,* furent ceux qui combattirent à la Marfée[3] et qui firent la guerre de la Fronde. » Inutile d'en dire beaucoup plus, pourvu qu'on étende la remarque à d'autres pièces qu'à *Cinna*.

1. *Ibid.,* V, 9.
2. Le fait que Nicomède, prince rebelle, est en même temps l'héritier du trône, ne change rien à l'affaire ; au contraire, la confusion dans le même personnage, du prince révolté et du futur bon roi est très significative.
3. Bataille livrée contre les armées royales par le comte de Soissons, qui y trouva la mort (1641).

La force pathétique du dénouement est peut-être plus grande encore dans *Cinna* que dans *Nicomède* : dans *Cinna*, c'était le crime consommé, la révolte ouverte ; puis l'échec brusque, la foudre suspendue, déjà l'atmosphère du martyre, quand, brusquement, la réconciliation survenait d'en haut, le crime était absous, et l'oppression changée en suzeraineté magnanime. Ce même Condé dont on peut retrouver les traits dans le personnage de *Nicomède*, assistant à vingt ans à la première représentation de *Cinna*, versa des larmes, dit-on, au moment du pardon d'Auguste. Dix ans après, il devait jouer lui-même un nouveau *Cinna*, réel celui-là, où il rencontrerait, avant d'être pardonné, la prison, la défaite, l'exil ; *Cinna* réalisé explique après coup les larmes versées, si elles le furent, devant le Cinna fictif.

*

Peu importe qui, du roi ou des grands, a le rôle le plus glorieux dans la réconciliation finale. La réconciliation se fait, et elle se fait moyennant le dépouillement de la tyrannie, pour la plus grande gloire de la vraie et bonne royauté. Une question subsiste : où finit la royauté, et où commence la tyrannie ? Corneille n'avait évidemment pas à résoudre ce problème théorique. Il se bornait à mettre en scène les situations, les types, les attitudes nées du conflit des grands et de l'absolutisme. Il cherchait, non pas à préciser les termes du débat, mais à en tirer l'effet dramatique le plus intense. D'autres que lui, et à son époque même, ont traité théoriquement la même question qu'il posait et résolvait dramatiquement. Tous les écrivains politiques de l'aristocratie, jusqu'à la révolution de 1789, se sont efforcés d'établir les critères qui devaient permettre de distinguer la royauté de la tyrannie, — la monarchie du despotisme ; toute l'œuvre de Montesquieu s'édifie autour de cette distinction. Le critère auquel ils s'arrêtent finalement est l'existence d'un contrat qui doit régler les relations d'un vrai monarque avec ses sujets, d'une sorte de loi constitutionnelle, forme modernisée du vieux pacte féodal. Ce serait une erreur de croire que les doctrines constitutionnelles, en France du moins, soient nées dans les milieux bourgeois ; elles marquent d'une empreinte beaucoup plus profonde la pensée aristocratique, qui confond l'espérance d'une constitution avec le souvenir des « anciennes lois » ou de l' « ancien gouvernement », c'est-à-dire des institutions féodales. En fait, le gouvernement féodal n'avait jamais connu de lois au sens propre du mot ; ce qui bornait l'autorité, ce n'était jamais une disposition légale, c'était l'état des choses et l'impuissance matérielle où se trouvait tout pouvoir, quel qu'il fût, à passer certaines limites. Mais les écrivains féodalistes représentaient volontiers comme une harmonie de droit ce qui n'avait été qu'une anarchie de fait, régularisée par l'usage. Pour le présent, ils dressaient l'idée de la loi et du contrat contre l'absolutisme. Ainsi Claude Joly, dont la tendance féodaliste n'est pas contestable, et qui maudit les « opinions nouvelles » introduites en France par les ministres des derniers temps, donne de la Loi cette idéale définition : « Un contrat synallagmatique, lequel se forme de deux pièces également essentielles, savoir est, de la proposition qui en est faite de la part du Roi ou du peuple d'une part, et de l'acceptation libre de l'autre [1]. » Pour Retz également, « les monarchies les plus établies et les monarques les plus autorisés ne se soutiennent que par l'assemblage des armes et des lois ». Il s'agit évidemment de lois qui puissent s'imposer au pouvoir royal lui-même ; pour en avoir détruit les derniers restes, Richelieu, selon lui, « forma dans la plus légitime des monarchies la plus scandaleuse et la plus dangereuse tyrannie qui ait

---

1. Cl. Joly, *Recueil de maximes,* chap. V.

peut-être asservi un État[1] ». Il fallait, pour réconcilier le roi et les grands, refaire en arrière le chemin parcouru par Richelieu. Mais alors on bornera, expressément, le pouvoir des rois ? Les monarques du vieux temps étaient faibles par la force des choses, les monarques modernes devront-ils l'être par la force des lois et des hommes ? Parfois, bien rarement d'ailleurs, surtout au XVIIe siècle, les théoriciens osaient le demander clairement ; mais en général, le public, moins audacieux, et qui ne trouvait nulle part dans la tradition une restriction proprement légale du pouvoir royal, ne formulait guère semblable exigence. Il rêvait d'une sorte de consentement généreux par lequel la royauté, sans abdiquer ses prérogatives, leur eût volontairement imposé certaines bornes. La littérature romanesque du XVIIe siècle se plaît à retracer souvent l'image paternelle d'une royauté qui met sa gloire à se limiter elle-même. Dans *L'Astrée,* le roi Mérovée, faisant la leçon à son fils Childéric, qui manifeste un penchant au dérèglement et au despotisme, s'exprime en ces termes : « Tout prince qui veut commander un peuple se doit rendre plus sage, et plus vertueux, que ceux desquels il veut être obéi, autrement il n'y parviendra jamais qu'avec la tyrannie, qui ne peut être assurée ni agréable à celui même qui l'exerce[2]. » Dans le *Cyrus*, le roi Cambyse « se laisse gouverner par les lois, et ne gouverne que par elles, de sorte qu'il semble par toutes ses façons d'agir avec ses sujets, qu'il est moins leur roi que leur Père[3] ». Corneille ne conçoit pas autrement la royauté idéale :

Je n'abuserai point du pouvoir absolu[4],

---

1. Retz, *Mémoires,* éd des Grands Écrivains, t. I, pp. 275, 278-279.
2. *L'Astrée,* IIIe partie, livre 12e, p. 679.
3. *Le Grand Cyrus,* 1re partie, livre 2e, p. 228.
4. *Don Sanche,* II, 2.

dit la reine Isabelle dans *Don Sanche*. Et dans *Pertharite*, un roi répond au conseiller qui l'invite à violenter sa captive :

> *Porte, porte aux tyrans tes damnables maximes :*
> *Je hais l'art de régner qui se permet des crimes.*
> *De quel front donnerais-je un exemple aujourd'hui*
> *Que mes lois dès demain puniraient en autrui[1] ?*

Corneille n'est pas théoricien. Mais ses personnages argumentent souvent, intercalent dans le drame l'écho des discussions politiques de son temps. Les ennemis de l'absolutisme commençaient déjà, à l'époque de Corneille, à prendre l'habitude qu'ils garderont longtemps, de comparer subtilement les divers régimes politiques. Ce que fera Montesquieu, insistant sur la diversité des constitutions des peuples, et analysant les ressorts de chacune d'elles pour en dégager l'idée de ce milieu parfait que constitue entre l'État populaire et l'État despotique la monarchie tempérée à l'ancienne mode, Corneille le fait à bâtons rompus dans ses tragédies. Ainsi dans *Cinna*, Maxime conseillant à Auguste d'abandonner le pouvoir :

> *J'ose dire, Seigneur, que par tous les climats*
> *Ne sont pas bien reçus toutes sortes d'États ;*
> *Chaque peuple a le sien conforme à sa nature,*
> *Qu'on ne saurait changer sans lui faire une injure :*
> *Telle est la loi du ciel, dont la sage équité*
> *Sème dans l'univers cette diversité.*
> *Les Macédoniens aiment le monarchique,*
> *Et le reste des Grecs la liberté publique ;*
> *Les Parthes, les Persans veulent des souverains,*
> *Et le seul consulat est bon pour les Romains.*

1. *Pertharite*, II, 3.

Cinna, qui, dans la même scène, feint de défendre le régime absolutiste, oppose à cette diversité selon l'espace, l'inéluctable variation des temps. C'étaient là deux arguments courants dans la controverse politique ; on invoquait le tempérament de la nation française pour justifier le maintien des vieilles institutions ; on invoquait la marche des choses pour justifier les progrès de l'absolutisme :

> *Il est vrai que du ciel la prudence infinie*
> *Départ à chaque peuple un différent génie ;*
> *Mais il n'est pas moins vrai que cet ordre des cieux*
> *Change selon les temps comme selon les lieux*[1].

Jadis la liberté, aujourd'hui le despotisme. Dans les discussions des personnages de Corneille comme chez Montesquieu la théorie des climats est faite justement pour résister à l'histoire et esquiver l'absolutisme. Voici maintenant, dans *Agésilas,* le panégyrique du gouvernement tempéré, opposé à l'épouvantail du despotisme asiatique, dont Montesquieu lui aussi fera un abondant usage dans son *Esprit des Lois.* Il s'agit justement ici des Perses de l'antiquité, que Corneille voit plus semblables aux Persans de Montesquieu qu'aux compagnons du grand Cyrus selon Mlle de Scudéry :

> *En Perse il n'est point de sujets ;*
> *Ce ne sont qu'esclaves abjets,*
> *Qu'écrasent d'un coup d'œil les têtes souveraines :*
> *Le monarque, ou plutôt le tyran général,*
> *N'y suit pour loi que son caprice,*
> *N'y veut point d'autre règle et point d'autre justice,*
> *Et souvent même impute à crime capital*
> *Le plus rare mérite et le plus grand service ;*
> *Il abat à ses pieds les plus hautes vertus,*

1. *Cinna,* II, 1.

S'immole insolemment les plus illustres vies[1],
Et ne laisse aujourd'hui que les cœurs abattus
A couvert de ses tyrannies...
La Grèce a de plus saintes lois,
Elle a des peuples et des rois
Qui gouvernent avec justice :
La raison y préside, et la sage équité ;
Le pouvoir souverain par elles limité
N'y laisse aucun droit de caprice[2].

Ces vers écrits en 1666 n'empêchaient pas Corneille de flatter, presque dans le même temps, l'omnipotence de Louis XIV[3] ; Corneille, flatteur par entraînement et par métier, se retrouve toujours auprès de Corneille ennemi de la tyrannie par penchant et par éloquence : toute sa génération avait été ainsi.

Autre écho des discussions politiques de son siècle, que le siècle suivant reproduira lui aussi amplifié : l'idée de la stabilité plus grande du gouvernement tempéré, qui règne par l'adhésion et non par la contrainte. Nous avons vu le rôle que joue dans Corneille l'émulation de générosité ; c'est sur un mécanisme semblable, jouant entre le gouvernement et les gouvernés, que les théoriciens du gouvernement aristocratique font reposer le bon gouvernement. Les mouvements généreux du dénouement de *Cinna* présentent en raccourci le fonctionnement d'une monarchie parfaite : jamais Auguste n'a été plus assuré de l'obéissance de ses sujets qu'après son pardon. La tyrannie, selon Joly, « n'étant reconnue que par force, ne peut produire que guerres, troubles et divisions, qui ruinent la véritable autorité[4] ». Ainsi le Childéric de *L'Astrée,* pour n'avoir pas

1. Il s'agit bien, on le voit, du despotisme ennemi des grands.
2. *Agésilas,* II, 1.
3. Voir *Attila,* vers 221 et suiv.
4. Cl. Joly, *Recueil des Maximes,* chap. VII.

écouté les conseils de justice de son père, est renversé par
une émeute et met toute son espérance de restauration
dans les manœuvres d'un de ses amis, qui, encourageant
exprès le nouveau roi dans la voie de la tyrannie, doit le
conduire, lui aussi, à sa perte[1]. La même situation, qui est
en même temps une argumentation, se retrouve dans
Corneille, lorsque le conseiller d'un roi, secrètement désireux de le supplanter, adopte à cette fin le plan suivant :

> *L'ériger en tyran par mes propres conseils,*
> *De sa perte par lui dresser les appareils[2]...*

La tyrannie est la ruine de la monarchie : elle ouvre la
porte à la subversion totale. Cet argument sera repris par
tous les théoriciens du gouvernement aristocratique : de
Fénelon à Montesquieu, ils prétendront montrer aux rois
leur perte là où ils croient voir leur grandeur. Ce sera aussi,
et jusqu'à nos jours, sur un plan fort différent, l'argument
du libéralisme contre l'aventure dictatoriale, préface de la
violence et du désordre. Filiation curieuse, mais qu'on
observe en bien des points, entre les thèmes politiques de la
noblesse mal soumise et ceux des partis libéraux du siècle
dernier et du nôtre, dont la base sociale est pourtant tout
autre. De là l'erreur relative par laquelle on a fait de
Montesquieu le premier des libéraux au sens moderne du
mot. De fait, toute cette littérature antidespotique, issue
des embarras d'une noblesse en mauvaise posture, devait
finir par se retourner contre elle. Le public s'enflamma
pour la liberté et pour les lois, mais en mettant derrière ces
mots autre chose que la nostalgie du régime seigneurial. Ce
malentendu, qui ne devait cesser qu'en 1789, alla en
s'accentuant jusque-là, et est beaucoup plus visible au

1. *L'Astrée,* V[e] partie, livre 3e, p. 148.
2. *Pertharite,* II, 2.

xviiiᵉ siècle qu'au xviiᵉ. Mais il apparaît déjà à l'époque de Corneille, et particulièrement dans cette vogue paradoxale du civisme romain, à laquelle se laissent entraîner le public aristocratique et ses auteurs favoris[1]. Quoi de plus différent pourtant du prince de Condé ou du duc de Beaufort, que les citoyens de la république romaine ? Et en quoi Cinna et Sertorius pouvaient-ils intéresser Louis XIII et Louis XIV ? C'est que la haute noblesse assimilait d'instinct sa destinée à celle de cette aristocratie de Rome, de ce Sénat que le despotisme finit par avilir en même temps qu'il détruisait la vieille liberté. Qu'on se rappelle Cinna, tel un gentilhomme ligueur ou frondeur, parlant aux conjurés de leurs « illustres aïeux ». La connaissance de l'histoire et des institutions romaines n'a pas seulement servi aux théoriciens français de l'absolutisme et de la raison d'État, qui allaient y chercher surtout l'idée de la majesté impériale, de la toute-puissance du prince et de l'État. Vue sous un autre aspect, l'histoire romaine est apparue comme la représentation saisissante de la décadence attachée aux progrès du despotisme[2]. En ce sens, le débat qui s'institue dans *Cinna* entre Auguste et ses conseillers sur la liberté politique et le gouvernement absolu, au moment où Rome vient de passer de l'une à l'autre, n'était pas, pour les contemporains de Corneille, un pur exercice de rhétorique.

La discordance est pourtant grande entre les deux mondes. Corneille a beau les mêler, les fondre presque, faire Cinna chevalier servant, attribuer à ses Romains la gloriole et la courtoisie des héros de son siècle, ce caractère

---

1. Voir notamment les discours de Balzac à Mᵐᵉ de Rambouillet sur *Le Romain,* sur *La Conversation des Romains,* sur *Mécénas.*
2. La polémique aristocratique sentait à tel point le profit qu'elle pouvait tirer de l'histoire romaine que Montesquieu — on en revient toujours à lui comme au représentant achevé de cette école — crut bon d'y consacrer un ouvrage spécial. Les *Considérations* ne sont autre chose que l'histoire de Rome interprétée selon l'esprit du libéralisme aristocratique.

républicain, qui dédaigne la grandeur royale, cette ardeur civique et patriotique sont pour ses spectateurs nobles des sujets d'exaltation mal accordés à leurs mœurs réelles. Guizot, dans le cinquième de ses *Essais sur l'Histoire de France,* établit une distinction des plus profondes entre le régime féodal et le gouvernement aristocratique de forme patricienne, exercé par un corps ou un sénat, et dont la république romaine est l'exemple le plus célèbre. Dans le premier, la souveraineté est tout individuelle, personnelle ; c'est une « collection d'absolutismes », et les assemblées n'y sont qu'une collection passagère de personnes. Le second admet des lois supérieures aux individus, expression d'une souveraineté collective. D'où toute une série de différences. Dans l'ordre moral, celle qui nous apparaît surtout est celle qui s'établit entre la morale du moi, la seule vraiment féodale, avec sa tendance vivace à la mégalomanie, à l'illimitation, et la morale romaine de la loi et de la chose publique. La noblesse française, en dépit de son verbiage, fut toujours incapable de passer d'une formule à l'autre. Aussi y a-t-il pas mal d'imprudence dans les déclamations romaines des aristocrates : tout ce civisme légaliste va condamner un jour le genre de prérogatives qu'on prétend défendre. La Révolution, à son début, n'a pas été autre chose que la lumière soudain faite sur ce malentendu. Cependant cette lointaine répercussion, si pleine d'enseignements qu'elle soit pour l'historien des idées, n'altère pas le sens des maximes politiques de l'aristocratie. Telles qu'elles apparaissent dans le théâtre cornélien, elles sont inspirées tout entières par les traditions et les problèmes politiques de l'ancienne France.

LA MÉTAPHYSIQUE
DU JANSÉNISME

Il n'est pas facile au premier abord d'attribuer une signification précise au courant de pensée qu'on nomme au XVIIᵉ siècle jansénisme, et qui, de l'aveu général, marque si profondément l'esprit de cette époque. Les notions fondamentales du jansénisme et les faits les plus importants de son histoire sont pourtant assez connus pour qu'il suffise de les rappeler brièvement.

L'origine du mouvement réside dans les échanges d'idées et de projets qui eurent lieu, de 1617 environ à 1635, entre Du Vergier de Hauranne, abbé de Saint-Cyran, et son ami Jansen (ou Jansénius), évêque d'Ypres. Ils projetaient en secret une réforme, d'ailleurs mal définie, de l'Église catholique ; de leurs projets ne subsista, dans la génération suivante, qu'un livre latin de Jansénius, l'*Augustinus*, sorte de compilation de saint Augustin, et l'empreinte laissée par Saint-Cyran sur le couvent de femmes de Port-Royal. Richelieu emprisonna Saint-Cyran en 1638 et la papauté condamna de façon non équivoque, dès 1653, le livre de Jansénius, paru après sa mort ; en 1656, la Sorbonne prononça l'exclusion d'Arnauld, continuateur de Saint-Cyran et défenseur de Jansénius. Le jansénisme se perpétua pourtant, appuyé d'une part sur le monastère de Port-

Royal, dont les religieuses refusèrent de souscrire à la condamnation de Jansénius en signant le formulaire imposé à cet effet au clergé de France en 1656, — et d'autre part sur les docteurs et « solitaires » de Port-Royal, notamment le grand Arnauld et Nicole, sur les amis du couvent, dont le plus illustre est Pascal, et sur leurs écrits. Les jansénistes pensaient que le salut de l'homme depuis le péché d'Adam et la chute ne peut résulter que d'une faveur gratuite de Dieu, et non de l'effort humain, aussi incapable d'obtenir par lui-même la grâce que d'y résister ; penser autrement c'était mettre l'homme au niveau de Dieu et rendre inutiles la venue et les souffrances du Christ, en attribuant à la créature le pouvoir de se sauver seule. En morale, les jansénistes étaient partisans de la thèse la plus rigoureuse ; qu'il s'agît de la vie individuelle ou de l'organisation de l'Église, ils s'en prenaient au relâchement des mœurs et à la corruption des principes du christianisme. Ils se heurtaient, dans ce double domaine de la théologie et de la morale, à la société de Jésus, promotrice d'une religion et d'une morale plus accommodantes, inspirées des vues du théologien jésuite Molina et des casuistes. La royauté et le haut clergé dans son ensemble persécutèrent presque sans arrêt le jansénisme et Louis XIV finit par faire raser le couvent de Port-Royal en 1710. Cette longue crise, qui devait se continuer au cours du XVIIIᵉ siècle avec des répercussions politiques diverses, laissa en tout cas une trace profonde dans les idées et dans la littérature du siècle de Louis XIV. Non seulement les écrits de Pascal, mais ceux de La Rochefoucauld, de Racine, de Boileau se ressentent de l'influence janséniste.

Tel est, vu de l'extérieur et dans ses grands traits, l'ensemble d'événements et d'idées qui se présente à nous. Mais, si nous nous demandons quel en est le sens, quelle en est la place exacte dans l'histoire de la société française, les difficultés nous arrêtent aussitôt. Nous n'avons plus affaire ici aux formules si nettement frappées, aux personnages si riches de relief de la littérature héroïque. Là s'affirmait avec éclat une certaine conception de l'homme et de la vie. Ici tout est complexe, tout se perd en controverses, en restrictions et en subtilités. Là triomphaient visiblement les habitudes vitales d'une classe, les caractères d'un milieu. Ici s'opposent des notions théologiques d'application obscure et lointaine. Aussi envisage-t-on d'ordinaire le jansénisme comme un pur phénomène de pensée, sans autre détermination que celle de sa logique propre, dont on s'efforce seulement d'éclairer les démarches. On accorde que l'activité extérieure du jansénisme, son histoire en tant que parti, ait été soumise aux influences du dehors, mais on juge cette histoire très négligeable ; on l'estime étrangère en tout cas à ce qui fait la grandeur du jansénisme ; on détache des péripéties du Port-Royal réel une sorte de Port-Royal éternel, qui ne doit presque plus rien à l'histoire, une pure réponse de l'esprit aux problèmes de la Liberté et du Bien.

Une semblable attitude, si commode qu'elle soit pour l'intelligence, gagne pourtant à n'être pas prise avec trop de hâte. On y est conduit surtout quand on s'enferme au centre de la doctrine fondamentale du jansénisme, selon laquelle le mérite humain n'a pas de rôle déterminant dans le salut, et qu'on refuse de la penser autrement que du dedans. Il est bien évident que cent ans de méditations ne lui découvriront pas alors d'autre sens que celui qu'elle a théologiquement. Mais on peut estimer au contraire que la vraie signification d'une pensée réside dans l'intention humaine qui l'inspire, dans la conduite à laquelle elle aboutit, dans la nature des valeurs qu'elle préconise ou qu'elle condamne, bien plus que dans son énoncé spéculatif. Il n'y a guère d'idée sans cet accompagnement moral, cette suite active dont l'étude éclaire mieux une doctrine que la pure méditation de ses formules. Jansénius estime, après saint Augustin, que le péché originel ayant radicalement corrompu la nature de l'homme, il n'a plus en lui-même, dans ses seules forces, le moyen d'avancer si peu que ce soit vers son salut. Il faut donc que la grâce soit absolument indépendante de nos mérites ou démérites naturels, qu'elle soit absolument gratuite, et irrésistible. D'une affirmation semblable, on imagine sans peine quels débats peuvent naître : à quoi sert le libre arbitre de l'homme si tout dépend du choix de Dieu ? que devient la justice de Dieu s'il ne choisit pas suivant les mérites ? Questions auxquelles on peut en opposer d'autres, que soulèverait la doctrine contraire : où est la souveraineté de Dieu si, notre choix étant libre, le sien cesse de l'être ? où est notre corruption si le salut est de plain-pied avec les mérites de notre nature ? Et ainsi de suite, une position moyenne étant impossible, car le moindre commencement d'initiative laissé à l'homme emporte tout le débat. Mais ces dilemmes, évidemment insolubles sur le plan de la pure raison (Bossuet lui-même le proclame et conclut au mystère), recouvrent le heurt de deux attitudes vitales ; les arguments théologiques puisent leur force obsédante à une source humaine plus vive que la pure exigence logique. Ce qui s'affronte dans la discussion, ce sont avant tout deux façons de juger l'homme et de poser les valeurs. Réduire la discussion à ses termes théoriques, c'est souligner, qu'on le veuille ou non, la démesure et la vanité de certaine prétention métaphysique de l'esprit. Ce qu'il faut chercher, pour donner un sens au débat, et quelque capacité humaine aux pensées qui s'y sont heurtées, c'est l'intérêt profond, la *passion* qui l'a réellement dominé.

La doctrine de la grâce efficace repose sur une représentation particulièrement sombre du péché originel et de la chute qui l'a suivi. Mais une idée aussi entière de la chute n'est, en fait, que la mise en œuvre théologique d'un parti pris de défiance et de sévérité envers l'homme tel qu'il est sous nos yeux, envers sa nature et ses impulsions. La doctrine de la grâce efficace est liée à une certaine attitude accusatrice à l'égard de l'humanité, et elle en est l'achèvement spéculatif et métaphysique plutôt que la source.

On a souvent voulu voir dans le jansénisme, comme d'ailleurs dans la Réforme, un sursaut violent du christianisme contre les premiers germes, déposés par la Renaissance, de cette réhabilitation de la nature qui devait ébranler tout l'édifice chrétien. Port-Royal s'opposerait surtout aux « libertins » du XVIIe siècle, et serait comme une condamnation anticipée de l'immense mouvement de pensée et de morale naturaliste du siècle suivant. On peut, si l'on veut, envisager le jansénisme sous cet angle ; mais alors il se fond dans l'ensemble du courant chrétien, et ses écrivains se mêlent à tous ceux qui, dans l'Église, depuis le début des temps modernes et même avant, ont combattu les « nouveautés » et l'impiété du siècle. De ce fait, ses traits distinctifs au sein même du parti religieux demeurent inexpliqués. Or c'est surtout dans l'Église que Port-Royal a lutté ; c'est à ce titre qu'il tranche historiquement. Le jansénisme se définit beaucoup plus par rapport à une certaine forme de religion qu'il condamne, que par rapport à l'impiété. Son mouvement propre, comme celui de toutes les doctrines intransigeantes, est de s'attaquer à ses voisins les plus immédiats, ceux à qui ne manque justement que la suprême rigueur, marque nécessaire de la vérité. Ce mouvement est assez visible dans les *Pensées* de Pascal, qui, écrites pour servir à une apologie de la religion chrétienne contre les libertins, frappent surtout par ce qui les oppose à la religion commune et tirent aujourd'hui

Pascal

encore leur originalité de cette opposition[1]. La théologie
janséniste est destinée à écraser, non pas le matérialisme,
mais plutôt toute forme de spiritualisme, même chrétien,
qui ne s'accompagne pas d'une négation absolue des valeurs
humaines, toute forme de vertu ou de grandeur suspecte de
pactiser avec la nature et avec l'instinct. Le XVIIᵉ siècle a
connu un idéalisme optimiste, confiant jusqu'à un certain
point dans les mouvements naturels de l'homme. C'est là le
véritable adversaire du jansénisme, qu'il faut reconnaître et
situer lui-même si l'on veut s'expliquer Port-Royal. Nous
avons vu s'exprimer tout au long de l'œuvre de Corneille
une conception semblable, antinaturelle sans doute dans la
mesure où elle oppose sans cesse la sublimité à la bassesse,
mais fort opposée à l'exigence jalouse du jansénisme,
puisque le sublime lui-même y procède d'une impulsion
glorieuse, jaillie de la nature et suffisante à l'ennoblir. C'est
cette confiance dans l'homme que le jansénisme dénonce
comme une illusion criminelle. Mais l'optimisme moral se
ressent encore au XVIIᵉ siècle de ses origines aristocratiques ; c'était avant tout une habitude de l'homme noble
que cette projection du moi humain dans le grand. Chimère
de la créature déchue, que l'orgueil même qui l'a perdue
aveugle encore, dira Port-Royal ; et cette condamnation, si
générale et métaphysique qu'elle soit, atteindra au vif
l'individu noble. Le rappel du mythe chrétien de la chute

---

1. Nous admettons comme un fait évident, au cours des pages qui suivent,
l'étroite union de Pascal avec Port-Royal et le jansénisme. Cette union est
pourtant contestée aujourd'hui à divers degrés par plusieurs écrivains
catholiques également soucieux d'exclure Port-Royal et de conserver Pascal.
Ce n'est pas ici le lieu d'une discussion détaillée sur ce sujet ; on sait que le
débat a été compliqué par de prétendues découvertes sur l'hostilité de Pascal
au jansénisme dans les derniers temps de sa vie et sa soi-disant rétractation
finale. Toute l'érudition qu'on a dépensée dans ce sens et de façon si peu
convaincante est d'un bien faible poids devant le texte des *Pensées*. Pascal
continue d'appartenir à Port-Royal et il ne semble pas qu'il soit au pouvoir
de personne de le lui enlever.

n'était pas seulement à Port-Royal un parti pris théologique ; il tendait à la condamnation de toute une morale, de tout un ensemble d'idées sur l'homme, et, au-delà de ces idées, de tout un système de relations sociales. Port-Royal a contribué à désagréger les idéaux hérités du moyen âge, en mettant en conflit de façon ouverte l'idéalisme aristocratique et la religion. Le jansénisme, sous l'aspect d'un christianisme renforcé, a fait à sa façon œuvre moderne.

*

Sans doute le conflit était-il chronique entre la loi chrétienne et les valeurs issues spontanément de l'individualisme noble. Le christianisme portait en lui un principe d'universalité et de contrainte, une loi d'en haut opposable à l'orgueil des grands, et qui pouvait permettre à l'Église de jouer le rôle de régulateur universel. En fait, dominée par la force des choses et le souci de ses intérêts, l'Église avait toujours exercé très prudemment cette fonction. Son histoire avait en partie épousé celle du monde laïque, dont elle avait reproduit les institutions et les mœurs. Dans le domaine des idées et de la morale, la distinction du sacré et du profane n'avait pas empêché leur interpénétration, leur accommodation réciproque. Tout l'idéalisme chevaleresque est bâti sur ce compromis, et l'on peut dire qu'il est à la fois une conquête du christianisme sur la société laïque et un recul du christianisme devant les valeurs issues spontanément des conditions de la vie noble. Dans la chevalerie, la gloire humaine et la charité chrétienne s'accordent jusqu'à un certain point, cessent au moins de se combattre de front pour se hiérarchiser. Ce sont deux points d'une chaîne continue. Sans doute cette tradition de compromis n'était pas tout le christianisme ; l'Église demeurait autre chose et gardait toujours de quoi censurer et fulminer ; mais la tendance à la synthèse et à la conciliation des

valeurs était si ancienne et si forte que l'exigence contraire,
celle qui ne veut considérer que l'opposition des deux
termes, nature et grâce, gloire terrestre et mérite chrétien,
apparaît davantage au cours des siècles comme une nouveauté subversive pour la société et pour l'Église, que
comme un retour à une pureté doctrinale originelle, qu'il
serait difficile de situer dans le temps. En fait, tous les soi-
disant restaurateurs des principes stricts du christianisme —
et les jansénistes, après les réformés, sont du nombre —
eurent maille à partir avec l'Église réelle.

Le compromis séculaire de la religion et du monde, de la
grâce et de la nature se retrouva intact après l'échec de la
Réforme : une certaine valorisation de l'homme naturel et
de ses ambitions continua d'avoir place au sein du catholicisme, dans la mesure où le permettaient les affirmations
essentielles du dogme. Henri Bremond a décrit sous le nom
d'*humanisme dévot*[1] les conceptions de cette école, aussi
favorable à la nature humaine, à ses dons, à ses facultés
spontanées, à sa prééminence au sein de l'univers, que le
jansénisme devait leur être impitoyable. Ici les vertus et les
talents naturels forment autant de ponts qui conduisent de
l'excellence purement humaine à l'excellence selon Dieu.
On est aux antipodes de la phrase de Pascal : « De tous les
corps et esprits, on n'en saurait tirer un mouvement de
vraie charité ; cela est impossible, et d'un autre ordre, et
surnaturel[2]. » Au lieu de cette infranchissable séparation,
l'humanisme dévot établit entre la nature et la charité des
échelons successivement accessibles de perfection ; sans
prétendre évidemment qu'il soit absolument au pouvoir de
l'homme de franchir toutes les étapes, et surtout la
dernière, et sans nier la nécessité de la grâce, il répugne à
condamner tout ce qui a déjà pu se faire sans elle, tout ce

1. Bremond, *Histoire littéraire du sentiment religieux en France,* vol. I.
2. Pascal, *Pensées,* édition Brunschvieg, 793.

qui la préfigure et qu'elle ne peut guère ne pas récompenser. Cette doctrine essentiellement optimiste conduit à créer toute une région intermédiaire entre la concupiscence et la sainteté, région fertile en productions morales délicates et spirituelles, et où la nature humaine, dégagée de sa propre bassesse et se ressentant à peine de la souillure originelle, accède presque à Dieu sans être sortie tout à fait d'elle-même. C'est comme une nature idéale au-dessus de la nature vulgaire ; l'homme se dédouble et en se dédoublant il gagne d'échapper pour moitié à sa déchéance, tenue désormais pour partielle, non pour radicale ; il reste en lui quelque chose de l'Éden[1].

Sans doute ce courant de réhabilitation de l'excellence humaine dans les limites du christianisme, tel qu'il apparaît au XVIIe siècle, a-t-il beaucoup emprunté à l'humanisme de la Renaissance. Mais l'influence de la pensée antique ressuscitée n'a fait qu'affecter dans ses modalités une tradition déjà existante de conciliation entre l'homme naturel et la loi chrétienne. Cette région sublime qui n'est plus celle de la nature brutale et qui n'est pas tout à fait encore celle de la grâce, ce pays de merveilles humaines et spirituelles qui est l'antichambre de la grandeur céleste et que décrivent sans cesse les disciples de François de Sales au XVIIe siècle, qu'est-ce d'autre que le champ glorieux où la tradition aristocratique place la source idéale de toute vertu ? Il y avait longtemps que le christianisme prenait appui dans cette région, parce qu'il y avait longtemps qu'il se trouvait noué à la morale noble ; et défendre l'excellence de l'homme au sein de la doctrine chrétienne, c'était, au XVIIe siècle encore, plaider pour l'accord de la charité avec la gloire, le parfait amour et le bel esprit.

---

1. Tous les écrivains de cette école insistent sur cette dualité de l'homme, résultat d'une imparfaite déchéance, et notamment François de Sales, qui domine tout ce courant d'idées. Le jansénisme rejette à la fois cette conception de l'homme et cette théologie.

Ainsi a fait parmi beaucoup d'autres un des ennemis les plus connus du jansénisme, esprit curieux et remarquable malgré la médiocrité de son talent, et que l'on retrouve dans toutes les polémiques du grand siècle, Desmarets de Saint-Sorlin. Dans son ouvrage aujourd'hui bien ignoré des *Délices de l'Esprit,* qui fut publié en 1658, il décrivait tous les degrés intermédiaires qui conduisent l'homme des plaisirs charnels à l'union avec Dieu. Il s'agit d'un mécréant qu'un chrétien convertit en lui faisant apprécier successivement les plaisirs de plus en plus délicats que l'esprit humain peut goûter lorsque, sans être encore uni à Dieu, il a déjà dépassé, par son mouvement naturel, les satisfactions de la concupiscence grossière. Tout se retrouve dans cet ouvrage : glorification des puissances nobles de l'homme, optimisme moral et théologique, enfin nature aristocratique profonde de ces « délices », sur lesquelles Desmarets fonde son optimisme, et dont il place les temples dans les faubourgs de la ville divine de la Vraie Volupté. Ce sont d'abord les délices des Arts : l'auteur les conçoit suivant les vues du bel esprit traditionnel, élargi et dignifié par les théoriciens de la Renaissance, et si puissant encore, sous cette forme, au xviiᵉ siècle ; les délices des Arts sont pour lui le fruit d'un raffinement constant du goût « qui s'aiguise par la connaissance[1] », et auquel la gloire joint d'ailleurs ses charmes, car si l'on aime les ouvrages d'art, c'est que « l'homme, par l'amour-propre qui le porte à aimer la gloire de son espèce, aime l'Imitation bien plus que la Nature même[2] ». Viennent ensuite les délices des Sciences, plus spirituelles encore que les Arts, et dont l'auteur, en dépit d'une défiance toute mystique à l'égard de la recherche trop purement intellectuelle, fait à plusieurs reprises l'éloge dans un style qui fait penser aux *Femmes*

1. Desmarets de Saint-Sorlin, *Délices de l'Esprit,* IVᵉ journée.
2. *Ibid.,* IVᵉ journée.

savantes. Puis ce sont les délices de la Réputation, que Desmarets acclimate sans trop de difficulté dans les faubourgs de la cité de Dieu : en effet, l'amour de la gloire provient de ce que « l'âme qui est immortelle désire qu'une belle action ou une belle œuvre soit immortelle aussi bien qu'elle[1] ». « Ainsi l'honneur ou la renommée fait une harmonie avec Dieu et avec l'âme, comme la quinte en musique fait une harmonie avec les deux octaves[2]. » Ce sont ensuite les délices de la Fortune, c'est-à-dire de la puissance ou de la grandeur, délices d'autant plus fortes qu'elles s'attachent davantage à la pensée du pouvoir, et moins à sa réalité, qu'elles sont davantage spiritualisées ; les délices de la générosité ou de la clémence en sont le couronnement, car un des plaisirs les plus grands et les plus nobles, « c'est de pouvoir se venger et de ne se venger pas. Car vous triomphez d'autrui en puissance, ce qui vaut mieux que de triompher en effet ; vous triomphez de vousmême ; et toutes les bouches publient à l'envi cette grande victoire[3]. » Enfin viennent les délices de la Vertu, les dernières avant celles de l'union mystique : « L'amant de la vertu goûte la gloire de son propre triomphe, et goûte en même temps, et goûte encore bien plus délicieusement, la gloire de la vertu qu'il aime quand elle triomphe en lui[4]. » C'est par l'attrait irrésistible qui émane de toute cette région intermédiaire entre la nature et Dieu, que l'homme est attiré vers le chemin du salut ; la doctrine chrétienne épouse les procédés flatteurs de l'idéalisme noble : sublimation des appétits ou gloire, raffinement de la raison ou

1. *Ibid.*, VIᵉ journée.
2. *Ibid.*, IVᵉ journée.
3. Cette belle description de la magnanimité selon la philosophie noble pourrait être une excellente définition de l'Auguste de *Cinna*, faite par un homme qui sentait certainement mieux le sublime cornélien que bien des critiques modernes. (*Ibid.*, VIIᵉ journée.)
4. *Ibid.*, VIIIᵉ journée.

bel esprit ; dans ce vestibule aristocratique de la foi, ou, si l'on préfère, dans ce prolongement chrétien de la gloire, les mouvements du moi sont utilisés, et non réprimés[1].

•

Le lien du christianisme conciliant avec l'idéalisme aristocratique est partout visible dans la littérature du XVIIe siècle. Ainsi Balzac, dans son discours sur la *Gloire*, désapprouvant ceux qui prétendent opposer de façon irréductible la gloire du monde à celle du ciel, écrit : « La belle passion dont il s'agit s'accorde avec la plus haute sainteté, avec celle qui est la plus proche de la divine. » Et tout son discours n'est qu'un long panégyrique du vieux sentiment de l'honneur. Rien de plus faux que le rapprochement que l'on fait quelquefois entre Corneille et Port-Royal : ils sont aux antipodes l'un de l'autre. Comment la gloire cornélienne trouverait-elle grâce devant la doctrine janséniste ? Sainte-Beuve lui-même, qui prétend unir Corneille à Port-Royal par *Polyeucte*[2], ne peut se dispenser de rappeler que les écrivains de Port-Royal furent toujours sévères pour cette tragédie. Les conversions subites, les coups soudains de la grâce qu'elle contient n'ont rien de proprement janséniste, mais appartiennent à la tradition chrétienne la plus commune. Par contre, les réflexions qui s'y trouvent sur Dieu et la grâce (I,1) sont bien conformes aux idées des Jésuites :

1. Desmarets n'est pas le seul chez qui l'inspiration aristocratique soit sensible ; voir notamment chez Bremond, *Humanisme dévot*, dans l'ouvrage déjà cité, le chapitre relatif à Yves de Paris : capucin d'origine noble, il plaide pour le sentiment de l'honneur et pour son utilité morale, il défend les beautés de l'amour épuré et spirituel, même s'adressant aux créatures terrestres, etc.

2. Sainte-Beuve, *Port-Royal*, livre I, ch. VI et VII.

Il est toujours tout juste et tout bon, mais sa grâce
Ne descend pas toujours avec même efficace[1];
Après certains moments que perdent nos longueurs[2],
Elle quitte ces traits qui pénètrent les cœurs.
Le nôtre s'endurcit, la repousse, l'égare :
Le bras qui la versait en devient plus avare;
Et cette sainte ardeur qui doit porter au bien
Tombe plus rarement[3], ou n'opère plus rien[4].

Une opposition foncière sépare Corneille, dont toute l'œuvre glorifie les « beaux mouvements » de l'homme, et les pensées qui les accompagnent, de ceux qui déniaient à l'homme déchu toute grandeur et à ses jugements toute lucidité[5]. Et qu'on n'aille pas s'imaginer que l'élévation stoïque des personnages cornéliens ait eu de quoi plaire aux jansénistes. Jansénisme et stoïcisme étaient à couteaux tirés. Jansénius est très violent contre les Stoïciens, et cela se conçoit. Le stoïcisme, qui eut tant de vogue en France dans la société cultivée de l'époque classique, apparaissait,

1. Les jansénistes appellent eux-mêmes leur doctrine doctrine de la grâce efficace, c'est-à-dire toujours irrésistible quand elle se manifeste, — et ils pensent qu'elle se manifeste rarement. C'est tout le contraire dans ce passage, où elle est donnée pour présente à tout instant, mais d'efficacité variable selon le mérite du sujet.
2. C'est bien l'homme qui démérite, qui décourage la faveur divine.
3. Il en reste toujours un peu de temps en temps; nul n'en est complètement privé.
4. Elle devient complètement *inefficace*, et par la faute de l'homme, qui a pu lui résister. La tragédie d'Œdipe (III,5) contient un long plaidoyer, de signification aveuglante celui-là, en faveur du libre arbitre : Sainte-Beuve le donne et en marque bien le sens antijanséniste, mais dans une note (liv. I, ch. VIII, *in fine*); le Corneille janséniste était un ornement dont il avait besoin pour la beauté de la journée du Guichet, mais il ne pouvait y croire qu'à demi.
5. M. F. Strowski marque bien cette opposition, quand retraçant la polémique de Pascal-Arnauld contre le théologien de Sorbonne Lemoine sur le mérite et la lucidité de l'homme, il écrit : « Un Auguste, un Rodrigue, sont selon M. Lemoine » (*Pascal et son temps*, t. III, p. 83).

malgré toute sa dureté, comme une glorification de la liberté humaine, comme une apothéose philosophique de l'orgueil. L'acceptation stoïque du malheur, la constance, comme on l'appelait, avait encore trop de faste et de brillant au gré du jansénisme. Port-Royal demandait un dépouillement plus sévère. Ce n'est pas par hasard que Pascal s'emploie à réfuter Épictète, auquel d'ailleurs il pense sans cesse. Le stoïcisme, par le caractère sublime dont il revêtait l'humanité, par sa vogue auprès des « grandes âmes » de l'aristocratie, dont il encourageait le penchant naturel, se situait, de toute évidence, dans le camp opposé à Port-Royal.

*

Entre toutes les manifestations de l'esprit aristocratique, celles qui touchent à la conception de l'amour sont mêlées le plus fréquemment peut-être au christianisme optimiste. François de Sales fréquenta en Savoie Honoré d'Urfé, auteur de *L'Astrée* et théoricien de l'amour romanesque. Un de ses amis et voisins, évêque comme lui, Camus écrivait des romans où l'esprit et le style habituel du genre recouvraient des récits édifiants et étaient employés à glorifier l'amour divin. La suavité de l'inspiration et du langage, l'usage des métaphores fleuries, la nuance même du sentiment rapprochent curieusement *L'Astrée* et l'*Introduction à la vie dévote*. Le christianisme optimiste joue sur la conception courtoise de l'amour, voit dans l'amour terrestre épuré une ébauche imparfaite, mais précieuse, de l'amour de Dieu et des choses célestes. Depuis les troubadours, on avait coutume de faire voisiner, avec plus ou moins d'orthodoxie, l'amour profane purifié et une dévotion de caractère adoratif qui s'adressait volontiers aux créatures intermédiaires entre l'homme et Dieu : aux saints et aux saintes, à la Vierge, aux anges. Cette adoration, doublant l'adoration courtoise profane, la couronnait, en élevait l'élan jusqu'au ciel, et se fondait comme elle sur l'idée de l'excellence possible de l'affectivité humaine, une fois déliée de ses attaches grossières.

Ce christianisme, qu'on pourrait appeler christianisme de sublimation, parce qu'il transfigure et élève le cœur humain jusqu'au divin, culmine dans l'oraison mystique. Aussi n'est-il pas étonnant que les états d'oraison, en dépit de toutes les précautions dont la discipline religieuse les entoure, soient l'objet de la suspicion janséniste. Port-Royal, dès qu'il précisait sa doctrine, ne pouvait être que très hostile au mysticisme, qui croit possible à la créature, dès ce monde même, de goûter Dieu[1]. Un Pascal distingue toujours la *grâce,* qui touche l'élu sur la terre, de la *gloire* qu'il ne goûte qu'au ciel. Au contraire, le converti de Desmarets n'est pas plutôt touché de la grâce qu'il se déclare en possession d'une « gloire incomparable[2] » : en échange des sacrifices qu'il a consentis l'instinct humain reçoit ici un avant-goût du bien suprême ; dans la morale noble, toute vertu a des appâts de ce genre : la charité suit la règle.

Le débat sur le mysticisme dissimulait au fond un problème très concret que la simple morale posait déjà : est-il possible que l'instinct de l'homme s'épure réellement, qu'il attache sa satisfaction à un objet idéal, qu'il mette sa chaleur naturelle au service du bien ? La vertu aristocratique ne peut guère se passer de ce concours ; la morale

1. Sans doute, l'antimysticisme n'a-t-il atteint toute sa netteté que dans la génération louisquatorzienne de Port-Royal ; mais aussi le jansénisme doctrinal n'a guère existé avant.
2. *Délices de l'Esprit,* XIIe journée. Desmarets n'est pas un grand mystique, ni une autorité très sérieuse, mais il donne bien la monnaie courante du genre, et il la donne naïvement. C'est ce qui nous intéresse avant tout ici. Ce qu'on appelle côté faible ou petit côté des choses en est souvent le fond.

janséniste, au contraire, justifie par l'idée de la corruption
radicale de l'homme sa défiance à l'égard des sublimations
de l'instinct. Les discussions relatives aux états d'oraison
évoquent tout le problème des impulsions dites idéales, de
leur valeur et de leur existence. Or ce problème, les temps
modernes à leur début l'ont sans cesse posé au moyen âge
finissant, et ils l'ont bien souvent résolu, comme Port-
Royal, dans le sens le plus réaliste.

Rien n'est plus significatif sous ce rapport que le débat
qui opposa vers 1665 Nicole et Desmarets. Desmarets
accusait les jansénistes de vouloir supprimer complètement
l'oraison, de n'avoir « jamais éprouvé les divins attraits, ni
les goûts spirituels[1] », bref de ne rien entendre à la
« spiritualité intérieure ». Nicole lui répond dans ses
Visionnaires par une critique psychologique des états
d'oraison qui met en cause l'existence même d'une sensibilité idéale dans l'homme. Il est bien difficile, dit-il en
substance, de distinguer l'oraison naturelle, dans laquelle
les mouvements de l'âme vers Dieu sont de pures impulsions humaines, inspirées de nos intérêts, où la grâce n'a
aucune part et qui, par suite, n'ont aucune valeur, de
l'oraison surnaturelle, dont les mouvements sont inspirés
par Dieu lui-même. En effet, nous n'avons pas le moyen de
discerner en nous de façon nette ces deux sortes d'oraisons,
ni le droit d'attribuer tel mouvement intérieur à la grâce,
parce que nous le ressentons comme venant d'elle ; intéressés dans le débat et sans autre lumière pour l'éclairer
qu'un sentiment intérieur très sujet à caution, nous pouvons constamment prendre les effets déguisés de la concupiscence pour des élans de piété véritable. Le danger est
d'autant plus grand qu'il existe des puissances trompeuses
qui s'emploient activement à nous donner le change : notre

---

1. Desmarets, *Réponse à l'insolente apologie des Religieuses de Port-
Royal,* 2ᵉ partie, chap. XVI.

« amour-propre », qui colore toutes choses en nous, et le démon, qui le met en œuvre.

De là toute une psychologie pessimiste, inséparable de la théologie janséniste. Le raffinement de la spiritualité mystique, que l'on prend pour un effet de la grâce, n'est qu'un « raffinement d'orgueil » : on se flatte de goûter Dieu, et on ne goûte en réalité que le plaisir d'un rare privilège dont on se croit favorisé ; dans la ferveur et les élans de la dévotion, Nicole pense retrouver les agitations mauvaises du cœur humain, spiritualisées par un faux langage mystique ; le ravissement parfait que l'on éprouve dans l'oraison n'est que « le règne tranquille de l'amour-propre[1] » : si l'âme qui se croit unie à Dieu dans ses extases se sent rassurée, c'est que « le démon lui procure cette paix qu'il donne à ceux qu'il possède[2] ».

Toutes ces critiques reviennent finalement à jeter le doute sur la valeur du sentiment que chacun peut avoir, même sincèrement, de ses propres états. Doute facilement généralisable et qui peut atteindre finalement toute connaissance introspective de l'homme, en la déclarant sujette aux puissances trompeuses de l'amour-propre. Il en résulte que l'homme devient un être obscur à lui-même, qui ignore ses vrais mobiles et se conduit sans se connaître. La connaissance que nous avons de nous n'atteint que l'extérieur de notre être ; ou plutôt, elle façonne elle-même cet extérieur, elle conçoit de belles pensées qu'elle prend pour des penchants profonds, en vertu d' « une inclination naturelle de l'amour-propre qui nous porte à prendre nos pensées pour des vertus, et à croire que nous avons dans le cœur tout ce qui nage sur la surface de notre esprit[3] ».

Une semblable distinction établie dans l'homme entre la

1. Nicole, *Visionnaires,* 7.
2. *Ibid.,* 3.
3. *Ibid.,* 7.

surface et les profondeurs conduit à dénier toute validité aux données de la conscience : « On peut désirer par amour-propre d'être délivré de l'amour-propre ; on peut désirer l'humilité par orgueil. Il se fait un cercle infini et imperceptible de retours sur retours, de réflexions sur réflexions dans ces actions de l'âme, et *il y a toujours en nous un certain fond, et une certaine racine qui nous demeure inconnue et impénétrable toute notre vie*[1]. » Cette résolution de chercher la vérité sur l'homme ailleurs que dans le sentiment intérieur, ailleurs que dans la conscience, est commune à tous ceux qui, dans le XVIIe siècle, entreprennent de ruiner le sublime aristocratique. Le recours à l'inconscient est, nous le verrons, leur arme suprême, quand ils veulent révoquer en doute les affirmations de l'idéalisme. Le jansénisme a su utiliser dans ce sens la vieille obsession chrétienne du démon et, confondant les pièges du Malin avec ceux de l'instinct, faire concourir au même dessein le mythe démoniaque et l'examen lucide de la nature humaine.

*

On voit à quel point tout est solidaire dans le jansénisme et comment la théologie, la religion, la psychologie de Port-Royal sont animées d'un mouvement fondamental, qui consiste à nier tout prolongement héroïque ou divin de notre nature. Cette négation s'étend à tous les degrés de l'ambition humaine, de la simple vertu jusqu'aux sommets de l'oraison mystique, et se manifeste aussi bien dans l'analyse du cœur humain que dans les débats sur la grâce.

---

1. *Ibid.*, 7 Saint-Cyran parlait de même des « fosses profondes » de l'âme et du « monde invisible » de la concupiscence, plus difficile à ruiner que le monde visible. Il s'agit là, d'ailleurs, d'une notion commune à tout le christianisme, mais qui prend dans le jansénisme une importance de premier plan.

Évidemment c'est aux échelons les plus proches de la vie, dans la discussion sur la morale et sur l'homme, que s'accomplit l'œuvre de subversion la plus efficace. Mais le reste ne doit pas moins nous intéresser, si nous voulons montrer comment l'impulsion première du jansénisme s'agence en une philosophie spéculative, comment un besoin crée et développe une doctrine.

Que n'a-t-on dit de la vertigineuse métaphysique de Pascal, de ces oppositions soudaines de pensée, de ces surprises constantes par lesquelles il passe d'un ordre de choses à l'ordre contraire, faisant jaillir de l'exercice de la raison une source de doute, de la contradiction une source de certitude, de l'abêtissement une source de lumière? Mais cette métaphysique des sauts brusques, des retournements, des liaisons inopinément surgies était la seule ressource possible à qui voulait comme lui, et comme le jansénisme tout entier, couper les ponts de l'homme à Dieu sans renoncer à les faire exister l'un pour l'autre. Le christianisme optimiste, au contraire, liait l'ordre naturel à l'ordre divin par une gamme ascendante et continue de perfections. Sans doute le dogme imposait-il des plans distincts : celui de la grâce, celui de la nature excellente, vertu et connaissance, celui de la nature brute ; autrement dit : Dieu, l'Éden, l'homme déchu. Deux fossés devaient se creuser, l'un entre la concupiscence et le bien, l'autre entre le bien et la charité. Mais la question ne se posait pas si simplement : sur le terme moyen, sur l'héritage de l'Éden, il y avait discussion. Si l'on admettait, comme faisait le christianisme optimiste, qu'il restât quelque chose encore dans l'homme du paradis perdu, quelque chose de réel et d'agissant, grandeur, instinct du bien, intellect souverain, du même coup la séparation des ordres s'estompait ; le fossé vers la grâce était à moitié comblé ; celui qui séparait la grandeur de l'homme de sa bassesse était franchi dès l'abord par certaines natures en qui l'impulsion prenait spontanément sa forme la plus sublime. La réhabilitation de l'homme se traduisait donc sur le plan philosophique par une tendance à effacer, à adoucir l'hétérogénéité des ordres. Pascal, au contraire, partant lui aussi de la distinction des trois ordres, les envisage essentiellement sous l'angle de l'hétérogène, du discontinu : « La grandeur de la sagesse, qui est nulle sinon de Dieu, est invisible aux charnels et aux gens d'esprit. Ce sont trois ordres différant de genre... Tous les corps ne valent pas le moindre des esprits... Tous les corps ensemble et tous les esprits ensemble, et toutes leurs productions, ne valent pas le moindre mouvement de charité[1]. » Mais cette hétérogénéité absolue n'est possible que par une conception particulière du terme moyen : la séparation des ordres est liée à la ruine de l'ordre intermédiaire, de celui que Pascal appelle l'ordre des esprits ou de la grandeur de l'homme. Ce n'est plus là un échelon de passage, aussi réel que ceux de la concupiscence et de la grâce et conduisant de l'un à l'autre : la grandeur humaine, anéantie effectivement de façon radicale depuis le péché originel, n'existe plus qu'à l'état de trace, ou plutôt de manque douloureux ; l'excellence de l'homme, viciée jusque dans son principe, ne se manifeste que dans le sentiment qu'il a de sa déchéance : « La grandeur de l'homme est grande en ce qu'il se connaît misérable[2]. » Ainsi la seule grandeur de l'homme est qu'il ressent sa misère ; sa nature n'est haute que parce qu'elle ne peut être basse avec tranquillité, et quand Pascal plaide la grandeur de l'homme, c'est toujours pour conclure à l'inquiétude et à l'angoisse. Seul subsiste le contraste des deux termes extrêmes, et ce qui a pu rester dans l'entre-deux de l'état premier de l'homme, loin d'adoucir ce contraste, ne sert, dans son état actuel, qu'à l'accuser

1. Pascal, *Pensées,* éd. Brunschvicg, 793.
2. Br., 397.

davantage. Pascal fait mieux que de nier la grandeur humaine, il la force à se nier elle-même, à creuser son propre gouffre.

Par exemple, c'était un lieu commun de la philosophie idéaliste depuis l'antiquité que de faire dériver le désir de gloire d'un sentiment confus du destin immortel de l'âme humaine. Pascal reprendra bien la même idée, sous le titre de *Grandeur de l'homme* : « Nous avons une si grande idée de l'âme de l'homme que nous ne pouvons souffrir d'en être méprisés[1]. » Un autre conclurait par une réhabilitation idéale de la gloire ; mais le dessein de Pascal est tout autre. Ne nous y trompons pas ; il s'agit de faire ressortir, au regard d'une aspiration idéale, le caractère intolérable de notre condition réelle : « S'il se vante, je l'abaisse ; s'il s'abaisse, je le vante, et je le contredis toujours, jusqu'à ce qu'il comprenne qu'il est un monstre incompréhensible[2]. » La grandeur se tirant de la misère et la misère de la grandeur, l'élévation de l'homme n'est qu'un élément, ou un moment, d'une dialectique qui vise à détruire, avec la quiétude, l'idée d'une valeur solide résidant dans l'espèce humaine, et qui ne laisse finalement d'espérance que dans le saut suprême de la grâce.

Ce que Pascal pense de la gloire peut se transposer dans le domaine intellectuel, la connaissance étant, elle aussi, un des fondements de la prééminence de l'homme. La dignité humaine trouverait son compte dans une connaissance rationnelle, uniquement faite de définitions claires et de preuves incontestables ; seule une connaissance de cette sorte répondrait vraiment à la prétention de la pensée. Ainsi le sentent les hommes, qui voient une abdication de leur dignité dans toute diminution de la clarté rationnelle ; ainsi en juge Pascal lui-même qui attribue « la plus haute

1. Br., 400.
2. Br., 420.

excellence[1] » à cette impossible perfection. Impossible, car
il est évident qu'on ne peut tout définir et tout prouver : la
raison même oblige à admettre, à la limite, des notions non
définies et des axiomes non prouvés. Toute certitude va
reposer par conséquent, en dernier ressort, sur une évidence fondamentale qui ne doit rien à la raison, mais prend
sa source dans un domaine tout différent : cœur, instinct[2],
lumière naturelle[3], tels sont les noms que Pascal donne à
cette faculté intuitive, seule capable, selon lui, d'affirmer,
de poser quelque chose, la raison se bornant à travailler sur
ses données. Mais Pascal ne voit généralement dans cette
évidence intuitive qu'un pis-aller au regard de la connaissance idéalement démonstrative qui nous est refusée. Ainsi
la seule forme de certitude dont nous disposions, s'imposant à nous hors de la raison, n'est d'aucun profit pour
notre gloire, car comment serions-nous fiers de savoir ce
que nous n'avons pas démontré ? Cette certitude que nous
donne le cœur ne suppose aucune activité de notre part, et
n'émane nullement d'une excellence de notre être, mais de
la nature qui nous oblige à croire sans nous demander notre
avis. Quand la raison, poussée par son ambitieux désir de
preuves, aboutit, de doute en doute, au vide complet, c'est
bien la nature qui la soutient et « l'empêche d'extrava-
guer[4] ». Notre certitude dépend de l'ordre des choses, non
de la raison. Mais une semblable certitude, comme elle
s'élabore, rationnellement parlant, dans l'arbitraire, nous y
maintient sans cesse[5]. S'il est vrai que Pascal semble

1. *De l'esprit géométrique,* petite édition Brunschvicg, p. 165.
2. « C'est sur ces connaissances du cœur et de l'instinct qu'il faut que la
raison s'appuie, et qu'elle y fonde tout son discours », Br., 282.
3. *De l'esprit géométrique,* p. 168.
4. Br., 434.
5. L'ordre du cœur et de l'instinct est inférieur en dignité et en clarté à
celui de la raison. Il est vrai que la pensée de Pascal semble parfois indécise
sur ce point. Ainsi, dans son *Esprit géométrique,* après avoir déclaré l'ordre
fondé sur l'intuition « inférieur en ce qu'il est moins convaincant, mais non

soustraire à cet arbitraire les évidences géométriques, sans
d'ailleurs expliquer clairement sur ce privilège, si privilège
il y a, il n'anéantit pas moins tout fondement théorique des
certitudes intuitives quand il écrit : « Tout notre raisonnement se réduit à céder au sentiment, de sorte qu'on ne peut
distinguer entre ces contraires. L'un dit que mon sentiment
est fantaisie, l'autre que sa fantaisie est sentiment[1]. Il
faudrait avoir une règle. La raison s'offre, mais elle est
ployable à tout sens ; et ainsi il n'y en a point[2]. » Ainsi
l'homme a bien gardé l'idée et le désir d'une connaissance
parfaite, mais ce désir, comme l'ambition rationnelle qui en
est l'expression, s'exerce à vide ; et le peu de connaissance
effective qui reste à l'homme est attaché à la partie de son
être la moins responsable, la moins susceptible de justification. Pascal ne veut nier ni la dignité de la pensée, ni la
certitude de la connaissance, mais il les sépare irrémédiablement ; il établit un vide entre les conditions d'une
pensée idéale et celles de la certitude réelle, entre la raison
et l'évidence.

Il résulte de cette séparation que la raison, recherchant la
certitude et se découvrant incapable d'y atteindre, est
conduite, dans l'état actuel des choses, à abdiquer en vertu

---

pas en ce qu'il est moins certain » (p 168), il écrit que « le manque de
preuve n'est pas un défaut, mais plutôt une perfection » et que la « clarté
naturelle... convainc la raison plus puissamment que le discours » (p. 175).
La contradiction tombe si l'on se souvient que Pascal, conformément à sa
dialectique habituelle, veut rabaisser l'une par l'autre les deux sources de la
croyance. En dernière analyse, il estimerait la méthode purement rationnelle plus satisfaisante pour notre intelligence et pour la dignité de l'esprit
humain, mais inapplicable, et les intuitions du cœur plus substantielles, mais
moins éclairantes. Toute l'originalité de Pascal consiste justement à
n'anéantir ni la raison, ni l'instinct, à se servir de l'un contre l'autre sans
bâtir ni sur l'un ni sur l'autre, et finalement à tout remettre, faute de mieux,
à l'instinct, en attendant la grâce qui peut le toucher.

1. *Fantaisie* signifie évidence illusoire ; *sentiment,* évidence vraie.
2. Br., 274.

de ses propres lois, à remettre aux mains d'une puissance étrangère des fonctions qu'elle-même ne peut remplir. Toutes ses démarches témoignent ainsi d'une lacune dans les facultés humaines. Non que Pascal l'anéantisse, car il faut qu'elle subsiste pour que ses démarches mêmes conduisent jusqu'au vide qui se creuse sous elle et donnent la mesure de ce vide, dont nous n'aurions pas conscience sans elle. « La raison est l'aspiration à la grandeur, a dit un commentateur de Pascal, mais elle est la conscience de la misère[1] » ; elle est toujours active et toujours grande, à condition d'aboutir à sa propre disqualification. Ainsi entre la raison et le cœur s'institue le même combat qu'entre la grandeur et la misère, l'un détruisant l'autre et le renforçant tour à tour et chacun des deux se nuisant à lui-même autant qu'à l'autre. Combat dont le dernier mot pourtant, à la limite, appartient au cœur, comme il appartenait tout à l'heure à la misère. Certes, ce que le sentiment naturel croit percevoir légitimement comme vrai peut être une illusion de notre faiblesse, qu'à chaque instant la raison pourra corriger. Le « sentiment naturel » que Méré invoque contre la divisibilité infinie de l'espace ne résiste pas à un examen qui fait vite apparaître l'absurdité de la proposition contraire ; mais pareille évidence n'en met pas moins la raison à la gêne : car la raison voudrait comprendre ce qui est ; elle voudrait, comme dit Pascal, posséder la vérité directement, et c'est justement ce qui ne lui est pas donné[2]. Le grand enseignement des mathématiques, pour Pascal, réside dans la défaite finale de la raison devant l'évidence : « Tout ce qui est incompréhensible ne laisse pas d'être[3]. »

---

1. Brunschvicg, Introduction à l'édition des *Pensées* (coll. des Grands Écrivains). Voir également pour tout ce qui concerne la théorie de la connaissance chez Pascal, les autres ouvrages du même auteur, notamment *Spinoza et ses contemporains*, chap. X.
2. *De l'esprit géométrique*, p. 175 et suiv.
3. Br., 430.

Dans l'ordre de la connaissance morale, même combat sans fin, même impuissance de la raison, bannie hors de la vérité[1]. Sans doute c'est elle qui dissipera les fausses évidences dont les « puissances trompeuses », coutume, imagination, maladie, emplissent une sensibilité corrompue ; c'est elle qui forcera l'homme à regarder les vérités que le « divertissement » dérobe exprès à sa vue. Mais outre que les influences corruptrices peuvent s'étendre jusqu'à son propre fonctionnement, la raison ne peut s'attaquer à une évidence que pour recourir à une autre évidence, également indépendante d'elle. Ainsi, après nous avoir fait sentir combien tout est imparfait sans elle, il faudra qu'elle s'avoue imparfaite elle-même. Car « la dernière démarche de la raison est de reconnaître qu'il y a une infinité de choses qui la surpassent ; elle n'est que faible, si elle ne va jusqu'à connaître cela[2] ». Son rôle n'est pas de couronner nos facultés sensibles pour nous rapprocher de la connaissance de Dieu, mais de creuser davantage le gouffre qui sépare l'homme déchu de la vérité : elle ne laisse entre la connaissance humaine et un objet qui la dépasse d'autre liaison qu'un passage brusque, que la grâce seule peut opérer, et qui va conduire du règne de l'évidence naturelle à celui de l'évidence surnaturelle, de l'instinct au sens de Dieu.

C'est bien à ce saut final que tout conduit dans Pascal. L'ordre intermédiaire aboli, et tout ce qui reste de l'état premier d'Adam étant réduit à faire mieux éclater la bassesse de son état présent, le passage ne peut se faire vers Dieu que par un brusque changement d'ordre qui ne dépend que de lui. L'apologétique de Pascal tend seulement à préparer le terrain pour cette opération en faisant ressentir la misère comme telle, avec tout le dégoût que

1. Voir notamment les fragments Br., 381, 382, 383.
2. Br., 430.

cette conscience comporte, à faire parier pour Dieu et agir
extérieurement de façon chrétienne en attendant la grâce.
Pascal fait un vide, propose un simulacre et attend que tout
sorte soudain du néant par un acte gratuit auquel l'homme
n'a point de part. Toute la concupiscence se tourne alors
miraculeusement en charité et toute obscurité de la connaissance se change en preuve du « Dieu caché ».

Telle est la dialectique de Pascal, ce « renversement
continuel du pour ou contre[1] » qui se communique à tous
les domaines, même les plus accessoires, de sa pensée, et
qui anime chaque page des fragments de son Apologie. On
voit que cette dialectique est tout entière issue de la
substitution à l'ordre ascendant des perfections, d'un ordre
irrégulier et dramatique, dont l'acte initial est la négation
d'un terme moyen, persistant comme tel, entre la nature et
Dieu, le refus d'admettre l'existence, à quelque degré que
ce soit, d'une valeur purement humaine. C'est si vrai que
dans l'état de grâce même, Port-Royal ne retrouve pas
cette valeur. Le cœur humain, en aimant Dieu, n'a pas
changé de nature. Sa délectation a changé d'objet par la
grâce de Dieu, mais elle demeure délectation brute, et
reste comparable, dans l'ordre psychologique s'entend, à la
délectation naturelle. Aussi les ennemis des jansénistes au
sein de l'Église leur reprochent-ils de concevoir grossière-
ment l'oraison, et de la décrire en termes d'affectivité
brutale[2]. Mais justement le jansénisme ne serait plus lui-

1. Br., 328.
2. Ainsi de nos jours, Bremond, *op. cit.*, volume relatif à Port-Royal,
chapitres sur Pascal et sur Nicole. Il serait oiseux d'entrer dans le détail de
cette polémique, mais on aperçoit assez la différence du « Dieu sensible au
cœur » de Pascal, au Dieu non moins sensible au cœur des chrétiens
optimistes et des mystiques. Le cœur est chez Pascal une puissance brutale,
mais la seule qui nous définisse vraiment, et Dieu se signifie à elle par la joie
ou la crainte, l'angoisse ou la certitude. Le cœur chez les mystiques est le
lieu ineffable de nos expériences spirituelles, le chemin de notre bassesse à
l'union divine.

même, — et nous touchons de nouveau à l'aspect humain du débat, qui commande tout — s'il croyait à des formes sublimées, éclairées, de l'instinct, et s'il ne superposait sans transition la grâce aux appétits naturels qu'elle oriente différemment, mais sans les transfigurer dans leur essence.

Toute la dialectique de Pascal, loin d'accorder le réel et l'idéal comme le faisait ingénieusement l'idéalisme aristocratique, loin de se dépenser dans la conciliation brillante ou la hiérarchisation harmonieuse des entités en présence, s'emploie à en approfondir l'opposition. Elle isole finalement les appétits naturels et les exclut irrémédiablement de toute élaboration idéale. Le sursaut dernier de la grâce n'empêche pas qu'une image basse et commune de l'homme ait été tracée, qui demeure sans adoucissement. C'est à cette image qu'il faut en venir maintenant, comme au nœud réel du débat.

LA DÉMOLITION DU HÉROS

Le héros, tel que Corneille l'avait conçu, cette nature plus grande que nature, ce type d'homme plus qu'homme, qui fut le modèle idéal de l'aristocratie tant qu'elle demeura fidèle à sa tradition, n'a pas de pire ennemi que le pessimisme moral qui va de pair avec la doctrine de la grâce efficace. Ce pessimisme agressif, plus ou moins explicitement fondé sur la théologie janséniste, est fort répandu au XVIIᵉ siècle. Un vaste courant de pensée morale accompagne et porte le jansénisme proprement dit, se renforçant, dans la seconde moitié du siècle, au moment même où s'accuse, avec le triomphe de l'absolutisme louis-quatorzien, la désuétude du vieil idéal héroïque de l'aristocratie. A ce courant peuvent se rapporter, avec celles des *Pensées* de Pascal qui concernent le caractère humain, les *Maximes* de La Rochefoucauld et les ouvrages contemporains du même genre. Il semble même que le genre des pensées séparées se soit constitué en grande partie autour du problème de la valeur humaine, et plus volontiers pour la nier que pour l'admettre. Le salon de Mᵐᵉ de Sablé, mi-précieux, mi-janséniste, semble avoir été un des foyers principaux de la discussion. La Rochefoucauld le fréquentait ; le traité de la *Fausseté des Vertus humaines,* de l'abbé Esprit, fut publié après la mort de l'auteur par les soins de

Mme de Sablé et de Mme de Longueville, en 1678 ; la même
année, qui est celle de la mort de Mme de Sablé, parurent,
avec des *Maximes* de sa composition, les *Pensées diverses*
de l'abbé d'Ailly ; vers la même époque paraissaient les
Essais de Morale de Nicole. Mais qu'il s'agisse de pesants
traités ou de réflexions brèves, d'ouvrages doctrinaux ou
d'écrits mondains, la littérature morale du siècle de Louis
XIV semble concentrée tout entière autour du problème de
la grandeur de l'homme ou de sa bassesse, de l'élévation de
ses instincts ou de leur brutalité. Dans cette polémique, où
l'on employait toutes les ressources de finesse et de
pénétration psychologique de cette époque, et qui constitue un des débats les plus profonds qui se soient jamais
engagés sur l'homme, c'est la condamnation d'une époque
révolue qui s'accomplit. Si la note pessimiste domine, c'est
que, sous le règne de Louis XIV, le surhomme aristocratique était bien mal en point.

Jacques Esprit, dès la préface de son livre, se vante de
dissuader les hommes « de se croire des héros et des demi-
dieux ». Et de fait, tout va être mis en œuvre pour montrer
dans l'homme l'être le plus éloigné de cette invincibilité, de
cette fidélité consciente à soi, qui sont la marque des héros
et des demi-dieux tels que l'aristocratie les imaginait et tels
qu'ils apparaissent chez un Corneille. Vu avec des yeux
nouveaux, l'homme devient la plus faible, la plus incons-
tante, la plus infidèle des créatures. Il était un *moi* au-
dessus des choses, et il devient comme une *chose* parmi les
autres ; une nature brute, et non plus une volonté ou une
raison. Volonté et raison le faisaient maître de lui, dépositaire d'un pouvoir unique au sein de l'univers, le sous-
trayaient au torrent des choses : le voilà tout entier le jouet
de puissances naturelles qui prennent sur lui, le traversent,
lui ôtent l'être. Ce sont d'abord les forces extérieures
écrasantes qui font de lui, physiquement, le roseau le plus
faible de la nature. C'est le jeu fortuit des circonstances, le

hasard, qui le conduit plus qu'il ne se conduit lui-même :
« Il faudrait pouvoir répondre de sa fortune pour pouvoir
répondre de ce que l'on fera », écrit La Rochefoucauld[1].
Pascal dit la même chose : « La chose la plus importante
de toute la vie est le choix du métier : le hasard en
dispose[2]. » Ainsi l'homme croit à tort trouver dans son
moi l'explication de son destin. Si elle est en lui, c'est
plutôt dans la partie de son être qui lui est imposée et
sur laquelle il ne peut agir.

On sait la place que donne Pascal à la coutume, dont il
juge la puissance assez grande pour que la figure même
de l'homme en soit devenue insaisissable : « J'ai grand
peur que cette nature ne soit elle-même qu'une première
coutume, comme la coutume est une seconde nature[3]. »
La coutume empiète jusque sur l'esprit : « La coutume...
incline l'automate, qui incline l'esprit sans qu'il y
pense[4]. » Dans cette entreprise de dissolution de l'autonomie humaine, on en arrive tout naturellement à invoquer l'influence de l'organisme sur la vie morale. L'automate ne peut incliner l'esprit que parce qu'il y a communication constante entre la « machine » corporelle et la
pensée. Les affirmations d'allure matérialiste relatives à
l'homme abondent dans Pascal comme dans La Rochefoucauld : « La force et la faiblesse de l'esprit, dit ce
dernier, sont mal nommées ; elles ne sont, en effet, que
la bonne ou la mauvaise disposition des organes du
corps[5]. » Et Pascal : « (Les maladies) nous gâtent le
jugement et les sens ; et si les grandes l'altèrent sensible-

1. La Rochefoucauld, maxime 574. Nous suivrons le numérotage de
l'édition des Grands Écrivains.
2. Br., 97.
3. Br., 93. Pascal donne ailleurs l'explication théologique de cet état de
choses : « *La vraie nature étant perdue,* tout devient sa nature », Br., 426.
4. Br., 252.
5. Maxime 44.

ment, je ne doute point que les petites n'y fassent
impression à leur proportion [1]. »

De la même source procèdent la théorie du « tempérament [2] », et aussi celle des « humeurs » par laquelle La
Rochefoucauld explique si souvent les actions des hommes.
L'organisme n'agit pas seulement sur l'âme en tant qu'automate, en lui transmettant les dispositions durables qu'il a
lui-même acquises ; il est parcouru sans cesse par une foule
d'influences changeantes, qui se communiquent elles aussi
invinciblement à l'esprit : « J'ai mes brouillards, dit Pascal,
et mon beau temps au-dedans de moi ; le bien et le mal de
mes affaires mêmes y fait peu [3]. » « Le caprice de notre
humeur, écrit La Rochefoucauld, est encore plus bizarre
que celui de la fortune [4]. » Tous deux reviennent sans cesse
sur la versatilité de l'homme, sur ce que Pascal appelle son
« inconstance », sa « bizarrerie », ses « contrariétés ».
Comme l'imagination l'attache à une chimère, de même
elle l'en dégoûte, sans que le jugement prenne part à aucun
de ses caprices : « On croit toucher des orgues ordinaires,
en touchant l'homme. Ce sont des orgues à la vérité, mais
bizarres, changeantes, variables... Ceux qui ne savent
toucher que les ordinaires ne feraient pas d'accords sur
celles-là [5]. » La Rochefoucauld dit pareillement : « L'imagination ne saurait inventer tant de diverses contrariétés
qu'il y en a naturellement dans le cœur de chaque
personne [6]. »

Ces contradictions sont le dernier mot de la nature
humaine, sa définition la plus profonde ; ce qu'on trouve

1. Br., 82.
2. Voir notamment les maximes concernant les jeunes gens, les femmes,
les vieillards, et les pensées admirables sur la paresse : surtout maxime 630.
3. Br., 107.
4. Max. 45.
5. Br., 111.
6. Max. 478 ; « contrariétés » signifie ici « contradictions ».

finalement dans l'homme, c'est une sorte d'affectivité
indifférenciée, qui peut s'extérioriser en conduites
contraires : « L'homme est naturellement crédule, incré-
dule, timide, téméraire », dit Pascal[1] ; La Rochefoucauld
va plus loin encore : « L'avarice produit quelquefois la
prodigalité et la prodigalité l'avarice ; on est souvent ferme
par faiblesse, et audacieux par timidité[2]. » En dernière
analyse, l'être de l'homme réside dans un flux affectif dont
les manifestations capricieuses sont toutes d'égale valeur
dans une « génération perpétuelle de passions » —
l'expression est de La Rochefoucauld — dont le cours ne
donne aucune prise réelle à la pensée raisonnable ou à la
volonté libre. L'exclusion constante de ces deux facultés
s'explique surtout par le fait qu'elles fondent l'autonomie
de l'homme dans le monde, que par elles il croit manifester, avec chacun de ses actes, un pouvoir irréductible : avec
leur aide, l'impulsion humaine se ressent comme autre
chose et plus que le donné ; elle se confère une vertu
indépendante ; par elles, l'individu héroïque se glorifiait de
dépasser l'ordre des faits bruts. Le moi « haïssable », de
Pascal, il y insiste bien, est justement celui qui ne se situe
pas comme un fait ou un effet parmi la nature, mais s'y
attribue une place unique, à part : « Je le hais parce qu'il
est injuste, qu'il se fait le centre de tout[3]. » Pascal
s'acharne à dissiper cette prétention, et finalement, ayant
décomposé l'individu en qualités variables, étrangères à sa
volonté et à son jugement, demande pathétiquement :
« Où donc est ce moi[4] ? » En réduisant l'homme à une
sensibilité aveugle et dépendante, absolument inconciliable
avec l'idée que nous avons de la liberté et de la raison, en le
faisant rentrer tout entier dans la nature brute, dont sa vie,

1. Br., 125.
2. Max. 11.
3. Br., 455.
4. Br., 323.

ses désirs et ses actes ne sont plus qu'un fragment lié à tous les autres, les moralistes jansénistes ou jansénisants aboutissent à une véritable dissolution de ce moi sur lequel on prétendait tout fonder et qui s'est dispersé lui-même au sein des choses.

*

Cependant toute la gloire du moi, ainsi démentie par la faiblesse de l'homme au sein de l'univers, pourrait trouver refuge dans le désir même que la gloire inspire, s'il était prouvé que ce désir fût noble. C'est à quoi s'emploie la morale aristocratique quand elle représente l'amour de la gloire comme un mouvement vers un bien immatériel, par lequel l'âme échappe à l'injurieuse dépendance des choses, comme une démarche spontanément idéale de la nature humaine. Et comme le désir de gloire peut accompagner et ennoblir tous les mouvements de notre être, c'est notre être tout entier qui rejette le poids de la matière, qui se revêt de sens et de valeur. Au contraire, les écrivains qui prétendent rabaisser l'homme présentent toujours le désir sous son aspect le plus esclave, le moins délié, le plus intéressé. L'instinct est avant tout pour eux instinct d'appropriation, d'absorption jalouse ; au mouvement du dedans au dehors, au don généreux, ils substituent, pour définir la nature humaine, un mouvement en sens inverse, une tendance à l'accaparement et à la possession. A l'instinct humain ainsi conçu et dépouillé de tout prestige, ils vont rattacher le désir de gloire lui-même, qui est le centre du débat. « Si on avait ôté à ce qu'on appelle force [1] le désir de conserver et la crainte de perdre, il ne lui resterait pas grand-chose »,

_____

1. C'est-à-dire force d'âme.

lit-on dans certains textes des *Maximes*[1]. Pour la pensée
noble, la qualité morale attribuée au désir de gloire était
l'objet d'un véritable postulat. Le christianisme, si on le
prend dans sa forme stricte, contenait le postulat
contraire : tout appétit est bas, l'impulsion et le bien sont
par définition deux termes antithétiques ; le désir de gloire
n'est qu'une forme de l'intérêt, une nuance de la *libido
dominandi* ; l'affirmation glorieuse de soi ne vaut pas mieux
que la cupidité. Entre ces deux attitudes, il ne saurait y
avoir de discussion véritable ; on choisit l'une ou l'autre. A
un personnage cornélien qui, lorsqu'il prononce les mots de
gloire et d'orgueil, croit nommer les valeurs les plus hautes,
quelle réfutation opposer ? Comment le convaincre que son
ambition est basse ? Or c'est justement ce que disent
Pascal, La Rochefoucauld, Esprit. Ils débaptisent la gloire
et l'appellent du nom même de l'égoïsme, « amour-
propre[2] », amour de soi. Ils anéantissent les prétentions
idéales de l'orgueil, dissipent la vaine auréole dont
s'entoure l'appétit de domination. « Il n'y a que la maîtrise
et l'empire qui fasse la gloire et que la servitude qui fasse la
honte[3] », écrit Pascal. Les apologistes de la gloire ne le
nieraient pas ; ils demanderaient seulement si l'horreur de
la servitude n'est pas, dans une grande âme, la source de
toute vertu, et ne pourraient comprendre que ce débat de
l'âme entre la maîtrise et la dépendance soit tenu pour
misérable. On lit de même dans Pascal : « Curiosité n'est
que vanité. Le plus souvent on ne veut savoir que pour en

1. Cette pensée se trouve dans les quatre copies manuscrites de 1663 et
dans l'édition hollandaise de 1664. Voir l'appendice au tome I de l'édition
des Grands Écrivains, p. 51.
2. Par un destin bizarre, cette expression n'a subsisté qu'avec un sens
idéal et « glorieux » ; l'amour-propre est aujourd'hui quelque chose comme
la dignité.
3. Br., 160.

parler[1]. » Voilà anéantie, sans discussion, la gloire de connaître, d'inventer et de briller, le prestige des Muses. Ou encore : « Nous sommes si présomptueux que nous voudrions être connus de toute la terre, et même des gens qui viendront quand nous ne serons plus[2] » : un tour de phrase a suffi à présenter comme un appétit ridicule et démesuré le souci de l'immortalité terrestre, tant de fois célébré comme une source de vertu. La Rochefoucauld est presque ambigu quand il écrit : « Le désir de mériter les louanges qu'on nous donne fortifie notre vertu[3] », et, si l'on ignorait le reste de son œuvre, on pourrait se demander s'il a voulu, en alliant la gloire à la vertu, plaider pour la première ou confondre la seconde. C'est que la louange ou la gloire, la grandeur, l'ambition, l'orgueil, s'entendent dans un sens idéal chez les uns, intéressé chez les autres. L'éternelle discussion sur La Rochefoucauld et son système moral porte trop souvent à faux, du fait que la dualité de sens de certains mots premiers demeure inaperçue. « La modération des hommes dans leur plus haute élévation, lit-on dans les *Maximes* (il s'agit de la fameuse vertu de clémence ou magnanimité) est un désir de paraître plus grands que leur fortune[4]. » Et l'on se demande aussitôt si la magnanimité se réduit vraiment à ce désir, alors qu'il faudrait se demander tout simplement si un tel désir, pris en lui-même, mérite ou non la réprobation. Ce n'est pas seulement sur des faits, c'est sur des valeurs que roule le vrai débat. Pour l'Auguste de Corneille comme pour l'abbé Esprit, la magnanimité est bien « le souverain degré de l'ambition[5] », mais tous deux ne portent pas sur l'ambi-

1. Br., 152.
2. Br., 148.
3. Max. 150.
4. Max. 18.
5. Esprit. *Fausseté des vertus humaines,* 2ᵉ partie, chap XIV.

tion le même jugement. C'est toute la différence, et c'est
un monde [1].

Ainsi la désaffection des valeurs héroïques se manifeste
par un malentendu profond. Il faut remarquer pourtant
que les tenants de l'idéalisme aristocratique ne nient pas
que la gloire, le désir d'accaparer les suffrages et d'éclipser
autrui, ait ses côtés ridicules ou bas. Le malentendu est
ailleurs : il leur semble tout naturel de distinguer la belle
ambition de la mauvaise, celle qui dédaigne l'intérêt et
celle qui est elle-même un intérêt, celle qui donne et celle
qui convoite, celle qui procure la liberté et celle qui rend
esclave. Ils font deux étages dans la nature humaine. Et
c'est cette distinction que leurs adversaires ne veulent pas
admettre, ne conçoivent même pas.

Ici apparaissent peut-être le plus nettement la signification humaine et la portée pratique du malentendu. Si
l'appétit de gloire peut être tantôt bas, tantôt sublime, s'il
est tourné tantôt vers l'intérêt, tantôt vers la plus haute
vertu, à quoi tiendra-t-il qu'il s'oriente dans l'une des deux
directions plutôt que dans l'autre ? Le choix va dépendre
essentiellement de la *qualité* de chaque âme. La dualité
introduite dans la nature morale revient en fin de compte à
la dualité des âmes bien nées et des âmes vulgaires [2]. Et la

----

1. La Rochefoucauld et Pascal, dans leur désir d'ôter à la gloire tout son
prestige idéal invoquent le fait qu'elle peut être attachée au vice comme à la
vertu : « Un certain genre de mal est aussi difficile à trouver que ce qu'on
appelle bien, et souvent on fait passer pour bien à cette marque ce mal
particulier. Il faut même une grandeur extraordinaire d'âme pour y arriver,
aussi bien qu'au bien » (*Pensées*, Br., 408). « Il y a des héros en mal comme
en bien » (max. 185). Mais cela non plus, le héros ne le nierait pas ; nous
avons vu Corneille définir ses grands criminels presque dans les mêmes
termes.
2. Cf. Bremond, à propos de la théorie de Nicole sur l'*amour-propre* qui
se dissimule dans les mouvements de l'oraison : « Les humanistes dévots lui
répondraient qu'il y a deux sortes d'amour-propre, dont l'une est le fait des
âmes généreuses. »

nature sublimée en morale, c'est sous une forme transposée, la *naissance* noble dans la société. Ce qu'entreprennent des écrivains comme La Rochefoucauld ou Pascal quand ils traitent de l'homme, c'est de faire cesser la dualité au sein de la nature, de happer vers le bas les penchants qu'on prétend émanciper, de les montrer tout entiers attachés à leur objet le plus terrestre. Le mot de nature n'a plus chez eux qu'une seule signification : c'est le domaine de la nécessité brute et moralement indifférente, et ils en étendent les bornes à tout ce qui est, Dieu et l'ordre de la grâce mis à part. Mais en unifiant la nature aux dépens du sublime moral, ils unifient l'humanité aux dépens des prérogatives de la naissance. Nicole, dans son *Traité de l'Éducation d'un Prince,* s'en prend à « cet oubli où les grands tombent de ce qui leur est commun avec tous les autres hommes, en n'attachant leur imagination qu'à ce qui les en distingue [1] ». Pascal, dans le premier des *Trois discours sur la condition des Grands,* adressé à un jeune prince, écrit : « Si la pensée publique vous élève au-dessus du commun des hommes, que l'autre vous abaisse et vous tienne dans une parfaite égalité avec tous les hommes, *car c'est votre état naturel.* » Plus hardiment encore il raille l'opinion du peuple qui « croit que la noblesse est une grandeur réelle et considère presque les grands comme étant d'une autre nature que les autres ». Même opinion en termes presque identiques chez l'abbé d'Ailly, selon lequel « l'illusion de la plupart des nobles est de croire que la noblesse est en eux un caractère naturel [2] ». La lutte philosophique contre les prétentions de l'homme atteint ici sa dernière conséquence, ou plutôt retrouve sa source vivante dans la lutte contre la prétention aristocratique : le refus d'admettre une hiérarchie de qualité entre les senti-

---

1. 1re partie, XXIV ; paru en 1670.
2. *Pensées diversés,* 82.

ments est dirigé contre la doctrine traditionnelle qui institue des différences de qualité entre les hommes[1].

*

Dans leur effort pour anéantir la distinction des étages différents de l'âme humaine et pour tout niveler au plus bas, les auteurs jansénistes disposent d'un argument suprême, par lequel ils espèrent faire avouer à leurs adversaires leur propre défaite. Il s'agit du procédé qui consiste à prouver que les amis de la gloire se trompent sur eux-mêmes et que, s'ils pouvaient se voir tels qu'ils sont, ils se verraient tout entiers conformes à l'image basse qu'on leur trace de l'homme. Toute leur assurance repose en dernier ressort sur le sentiment qu'ils ont d'aimer et de rechercher un bien idéal, et ce sentiment est faux ; comme toutes les intuitions que nous pouvons avoir de notre nature ou de nos penchants, il demeure à la surface de l'âme, qui serait désabusée si elle pouvait sonder ses propres profondeurs. Tout ce que nous croyons percevoir d'exaltant en nous-mêmes n'est qu'un mirage de notre conscience. Rien n'est plus imprudent que de mettre dans le sentiment intérieur le critère de la vérité humaine. Nous avons vu Nicole dresser cette objection contre les mystiques ; mais elle peut s'appliquer généralement à tous les cas où l'homme ressent ses propres mouvements comme sublimes ; il faut alors lui montrer que ses mouvements réels sont bien différents du sentiment qu'il en a, et lui expliquer ce sentiment même par un mouvement caché de

1. Le manteau de pessimisme chrétien couvre parfois des hardiesses singulières ; ainsi dans la pensée 85 de l'abbé d'Ailly : « On s'étonne tous les jours de voir des personnes de la lie du peuple s'élever et s'ennoblir, et l'on en parle avec mépris : comme si les plus grandes des familles du monde n'avaient pas eu un commencement semblable, à les rechercher jusque dans le fond de leur origine. »

l'intérêt. On en arrive ainsi au point où l'argumentation de l'adversaire n'a plus à être envisagée en elle-même, comme argumentation, où elle devient à son tour un simple fait à expliquer comme les autres, bref où elle s'absorbe, elle aussi, dans la nature. Il ne reste plus rien du héros.

On n'a jamais assez remarqué le rôle capital que joue dans la psychologie des écrivains naturalistes du XVIIᵉ siècle la critique du témoignage de la conscience, et comment, parce que l'homme se connaît trop grand à leur gré, ils sont conduits à affirmer qu'il se connaît faussement. On admire généralement leur pénétration psychologique, leur sens aigu de l'analyse morale, mais on se les figure surtout adonnés à une sorte de recherche introspective, qu'éclaire seulement un sens abstrait de l'universel. La vérité est qu'ils sont trop près du sens commun, auquel justement on les félicite si souvent d'être demeurés fidèles, pour n'avoir pas appris de lui à se défier des vues subjectives, à juger l'homme autrement que par le dedans. L'idée si commune selon laquelle chacun se fait illusion sur soi, ils l'ont reprise, approfondie et enrichie au point que leur œuvre psychologique se caractérise avant tout par la défiance à l'égard du sentiment intérieur. C'est leur réalisme même qui les conduit à cette attitude critique, en leur suggérant la notion d'une causalité naturelle qui dépasse et enveloppe la conscience : l'inconscient n'est pour eux que la marge qui sépare l'homme tel qu'il est de l'homme tel qu'il se pense ; les erreurs de l'œil intérieur en donnent la mesure. « Il s'en faut bien que nous connaissions toutes nos volontés[1] », écrit La Rochefoucauld, qui nous donne nous-mêmes pour dupes, autant et plus qu'autrui, des déguisements de notre amour-propre. Toute son œuvre repose sur cette idée, d'ailleurs plusieurs fois explicitement formulée[2]. Les habi-

1. Max. 295.
2. Voir Max. 119, 233, 373, etc.

letés de l'amour-propre, loin d'être des calculs conscients, sont ourdies sur notre propre aveuglement, et ses prodigieuses mises en scène se font dans les ténèbres, à l'insu de l'acteur principal. Qu'on se reporte à l'admirable pensée sur l'amour-propre qui ouvre l'édition de 1665 : « ... Rien n'est si impétueux que ses désirs, rien de si caché que ses desseins, rien de si habile que ses conduites : ses souplesses ne se peuvent représenter, ses transformations passent celles des métamorphoses et ses raffinements ceux de la chimie. On ne peut sonder la profondeur ni percer les ténèbres de ses abîmes. Là, il est à couvert des yeux les plus pénétrants, il y fait mille insensibles tours et retours. *Là il est souvent invisible à lui-même ; il y conçoit, il y nourrit et il y élève, sans le savoir, un grand nombre d'affections et de haines ; il en forme de si monstrueuses que, lorsqu'il les a mises à jour, il les méconnaît ou il ne peut se résoudre à les avouer. De cette nuit qui le couvre naissent de ridicules persuasions qu'il a de lui-même ; de là viennent ses erreurs, ses ignorances, ses grossièretés et ses niaiseries sur son sujet*[1]... »*

A partir de ces vues, toute une méthode psychologique s'édifie, qui découvre sous le sublime moral les appétits réputés les plus bas et les plus inavouables ; le déguisement qu'ils ont subi s'explique par le besoin naturel à l'homme, et inconsciemment agissant, d'éviter le spectacle de sa propre vérité, toujours humiliante[2]. Cette psychologie nouvelle va comporter un bouleversement complet des rapports entre l'instinct brut et l'intelligence, entre le cœur et l'esprit. L'esprit, ou la raison, au lieu d'accompagner et d'éclairer l'épuration de l'affectivité, ne servent plus qu'à en dissimuler les hontes. L'intellect, de serviteur conscient

1. Max.563.
2. Cf Pascal, Br., 100 « ... *ce moi humain*... veut être grand, et il se voit petit » etc. ; d'où « une haine mortelle contre cette vérité », une « aversion pour la vérité..., inséparable de l'amour-propre ».

de la gloire, devient l'instrument aveugle de l'égoïsme.
L'éclatante subtilité du bel esprit[1] se change en une
prestidigitation mensongère où la raison a abdiqué toute
dignité ; l'esprit n'est plus que la « dupe du cœur »,
suivant la formule si expressive de La Rochefoucauld[2].
Le janséniste Domat, ami de Pascal, disait de même :
« Toute la déférence que le cœur a pour l'esprit est que,
s'il n'agit pas par raison, il fait au moins croire qu'il agit
par raison[3]. » Mais il ne peut le faire croire qu'en
trompant l'esprit, qui est le siège de la croyance, de sorte
que cette déférence peut s'appeler plus justement corruption et asservissement. Pascal, toujours plus fort et plus
saisissant que les autres, fait surgir la même disqualification de l'intelligence d'un jeu d'arguments qui se croisent
et se surpassent : « M. de Roannez disait : « Les raisons
me viennent après, mais d'abord la chose m'agrée ou me
choque sans en savoir la raison que je ne découvre
qu'ensuite. » Mais je crois, non pas que cela choquerait
par ces raisons qu'on trouve après, mais qu'on ne trouve
ces raisons que parce que cela choque[4]. » Il ne suffit pas
à Pascal que l'intelligence soit devancée par un instinct
aveugle : il faut, quand elle se met en mouvement,
qu'elle n'agisse ni de sa propre initiative, ni pour la

---

1. Le seul endroit où il y ait du bel esprit dans Pascal encore qu'assez
inégalement, est le *Discours des Passions de l'amour ;* mais sans poser la
question d'authenticité, on conviendra que c'est une inspiration toute
différente des *Pensées* que celle de passages comme ceux-ci : « Dans une
grande âme tout est grand... Un esprit grand et net aime avec ardeur et il
voit distinctement ce qu'il aime », — de même qu'on ne retrouve guère
l'esprit des *Maximes* dans ces lignes du portrait de leur auteur, fait par
lui-même : « J'approuve extrêmement les belles passions ; elles marquent
la grandeur de l'âme... »
2. Max. 102.
3. Domat, pensées publiées par V Cousin dans : *Jacqueline Pascal,*
Appendice n° 3.
4. Br., 276.

vérité, mais pour une mauvaise besogne qu'à son insu on lui commande[1].

*

L'homme n'est pas grand. Le désir qu'il a de se grandir ne le grandit pas. Telles sont les deux vérités sous lesquelles doit succomber la morale glorieuse. Mais comment expliquer alors ce sentiment immédiat du grand et du sublime, qui est commun à tous les hommes, cette intuition de noblesse spirituelle qui accompagne partout la gloire et la vertu ? Il ne suffit pas, dira-t-on, de dénoncer l'erreur, si erreur il y a, il faut en rendre compte, surtout quand elle revêt aussi généralement le caractère de l'évidence. Je sens que je poursuis un bien idéal dans la gloire, un bien distinct de mon intérêt, et que vous n'arriverez pas à me faire confondre avec lui ; d'ailleurs chacun sait distinguer dans la vie les hommes intéressés des glorieux : ce sont deux caractères bien différents. Pouvez-vous de bonne foi pré-

---

1. Ces remarques sur le rôle de l'idée d'inconscient chez les écrivains naturalistes du XVIIᵉ siècle sont forcément très brèves. Nous avons là encore, dans ce renversement des rapports habituels entre l'instinct brut et les facultés les plus élevées de l'homme, sens du sublime, conscience, intelligence, un des aspects de ce qu'on pourrait appeler le matérialisme janséniste. Ajoutons à cela que les écrivains dont nous parlons assoient volontiers cette notion d'inconscient, qui pourrait paraître une hypothèse gratuite, sur l'observation du *comportement* humain et des divergences qu'il présente avec le sentiment intérieur du sujet et les déclarations, si sincères soient-elles, qui le traduisent. La distinction dans l'âme humaine de la surface et du fond risquerait, sans ce recours au critère objectif de la conduite, de tourner à la mythologie. Voir La Rochefoucauld, maxime 43 : « L'homme croit souvent se conduire lorsqu'il est conduit, et pendant que par son esprit il tend à un but, son cœur l'entraîne insensiblement à un autre. » Il s'agit bien ici de ce que l'homme finit par *faire*, et qui permet de juger sainement ce qu'il a dit ou pensé. C'est d'ailleurs l'habitude ordinaire de tous ces écrivains de soumettre les vertus à l'épreuve des événements : ainsi pour l'amitié, quand la personne qu'on croit aimer se ruine, etc.

tendre qu'on ait tort de les séparer ? Et si l'on a raison, il faut que ce soit vous qui ayez tort. L'objection est importante et ceux à qui elle s'adresse se sont bien gardés de l'oublier. Il faut bien qu'ils admettent la distinction qu'on leur oppose ; La Rochefoucauld le fait très claire- ment quand il écrit que par le mot d'intérêt il n'entend pas toujours un intérêt de bien, mais le plus souvent un intérêt d'honneur ou de gloire[1]. Mais cette distinction même ne sert chez lui et ses pareils qu'à discréditer davantage encore l'honneur et la gloire. Car si l'on ressent comme « désinté- ressé » ce qui n'est qu'un intérêt d'honneur, c'est tout simplement parce que cet intérêt-là, au contraire des « intérêts de bien », est sans objet réel et ne poursuit qu'une fumée. Aussi égoïste dans son mouvement que les autres appétits, il n'a sur eux que la supériorité de l'extravagance. Tous les désirs de l'homme vont à la jouissance, à la domination, et la gloire n'échappe pas à la règle ; tout son absurde prestige vient de ce qu'elle met son bien dans un fantôme, c'est-à-dire de ce que la sottise est jointe en elle à l'égoïsme. La notion de *vanité* vient compléter celle d'intérêt dans la critique de la gloire. Et la vanité n'innocente pas l'intérêt, elle le vide seulement de réalité.

Cette conception avait autant de racines que la concep- tion contraire dans le sens commun, qui n'en est pas à une contradiction près. Vanité de la naissance, vanité de la gloire et des prouesses : une secrète malveillance à l'égard des grands avait toujours couvé dans le public sous l'admiration officielle ou sincère. Le christianisme, sous sa forme sévère, faisait traditionnellement vibrer cette corde. Aussi l'idée de la vanité humaine revient-elle sans cesse chez les écrivains jansénistes : « Nous ne nous contentons pas, écrit Pascal, de la vie que nous avons en nous et en

---

1. *Avis au lecteur* de l'édition de 1668 des *Maximes*.

notre propre être : nous voulons vivre dans l'idée des autres une vie imaginaire, et nous nous efforçons pour cela de paraître. Nous travaillons incessamment à embellir et conserver notre être imaginaire, et négligeons pour cela le véritable... Grande marque du néant de notre propre être, de n'être pas satisfait de l'un sans l'autre, et d'échanger souvent l'un pour l'autre[1]. » Le prix attaché instinctivement à la gloire, loin de sauver l'honneur de l'homme, est ici le signe le plus frappant de sa misère.

La réduction de la gloire à une idée fausse et irréelle a joué un rôle capital dans la dissolution de la morale héroïque. « La gloire et l'infamie, dit l'abbé d'Ailly, sont vaines et imaginaires, si on ne les rapporte aux biens et aux maux réels qui les accompagnent[2]. » Et il prend aussitôt l'exemple des vaillants, « dont toute la gloire se termine à leur imagination[3] ». De même le mépris de la mort est « plutôt extravagance que grandeur et fermeté d'âme[4] ». En ce sens toute la pensée janséniste apparaît comme une entreprise dirigée contre l'idéalisme moral, et elle l'est. Sans doute l'adoration de la souveraineté divine est-elle le dernier terme de cette critique, et le plus important ; mais en deçà de ce point d'aboutissement, qui doit d'ailleurs tout contredire, on ne voit qu'un effort pour étendre le pouvoir et les limites de la nature. Le jansénisme, en déblayant au sein des choses et de l'homme, pour la plus grande gloire de Dieu, tout ce qui peut lui faire concurrence, éloigne Dieu lui-même du monde et n'accorde de réalité, dans un univers aveugle, qu'à une humanité sans gloire et sans vertu.

*

1. Br. 147.
2. Pensée 5.
3. Pensée 6.
4. Pensée 56.

En rendant à l'instinct son avidité, en récusant le
témoignage de la conscience et en dénonçant le vide de la
gloire, on a atteint la grandeur humaine jusque dans ses
principes, on l'a submergée jusque dans ses sommets les
plus hauts. Et les flots qui l'ont battue et recouverte sont
ceux qu'une époque nouvelle jetait à l'assaut du héros
noble. Il suffit, pour s'en apercevoir, de regarder quelles
sont les vertus qui ont sombré avec le moi « haïssable » de
Pascal. Ce sont toutes celles qui composaient depuis
toujours l'idéal de l'homme noble. Les écrivains que nous
citons n'en avaient peut-être pas conscience ; sans doute
croyaient-ils ne s'attaquer qu'à une illusion éternelle de
l'homme, et leur entreprise peut, si l'on veut, se situer sur
ce plan ; mais ce serait en méconnaître l'inspiration véritable que de l'abstraire dès l'abord des conditions réelles où
elle s'est poursuivie. Nous sommes à dix ou vingt ans de
l'échec de la Fronde, au moment du plus grand affaisse-
ment politique de la noblesse qui se soit encore jamais vu ;
la discipline monarchique n'a connu en aucun temps pareil
degré de force, et l'individu noble pareil degré d'impuissance. Tel est le sens profond de la polémique morale
évoquée plus haut : elle contient en raccourci un long
épisode de l'histoire sociale ; on sent bien que c'est un type
déjà à demi révolu qui hante ces agressifs recueils de
pensées où sa silhouette criblée de coups se détache
encore.

Les seules citations contenues dans ce chapitre suffisent à
nous renseigner sur l'identité de cette victime. La table des
matières des déguisements de l'amour-propre selon La
Rochefoucauld se confond avec la liste des vertus chevaleresques : grandeur éclatante, amour de la gloire, désintéressement, magnanimité ou « modération » dans le succès,
loyauté, sincérité, amitié, reconnaissance, fidélité au souvenir, « constance » stoïque, mépris de la mort, vaillance,

amour épuré et spirituel. On a faussé le sens véritable des *Maximes,* en discutant surtout à leur propos de l'existence ou de la non-existence de l'altruisme dans l'homme. Certes il est question de cela aussi chez La Rochefoucauld, mais ce n'est pas l'essentiel. Le grandissement héroïque de l'image humaine, la puissance souveraine du moi, la hauteur des désirs sont en cause dans les *Maximes* beaucoup plus que la bonté, et à cette époque il ne pouvait en être autrement, car telles étaient surtout les formes sous lesquelles on avait coutume alors de concevoir ou nier le sublime. L'abbé Esprit termine son livre par un portrait de la vertu humaine singulièrement ressemblant dans la plupart de ses traits avec la vertu noble telle que nous la connaissons : « La vertu humaine veut avoir un grand nombre de témoins et d'approbateurs... La vertu humaine est présomptueuse... La vertu humaine est fière et orgueilleuse, elle ne veut jamais ni céder, ni s'abaisser, ni souffrir rien qui l'égale...[1]. » Le sublime aristocratique, essentiellement personnel, reposait sur les victoires éclatantes du moi. Le sublime plus fortement socialisé qui a cours aujourd'hui dans l'opinion courante repose davantage sur la bonté, sur la capacité de se sacrifier pour autrui, d'agir pour autre chose que pour soi. D'où l'inévitable exemple du sauveteur dans les modernes controverses sur les *Maximes*. C'est substituer au débat qui préoccupait leur auteur, avec toute son époque, un autre débat, qu'il n'a ni conçu ni engagé.

Une contribution des plus intéressantes à l'étude du courant de morale pessimiste qui nous occupe nous est fournie par l'examen des réactions du public aristocratique à la lecture des *Maximes*. On a trouvé dans les papiers de la Marquise de Sablé [2] une douzaine de lettres, provenant

1. *Fausseté des vertus humaines,* 2ᵉ partie, chap. XXVII.
2. On les trouvera dans l'édition de La Rochefoucauld, collection des Grands Écrivains, t. I, p. 371 à 399.

surtout de ses amies, et qui sont unanimes dans la protestation, si l'on met à part deux écrits, d'ailleurs anonymes, et qui respirent la doctrine janséniste. Mme de Guéméné estime ce qu'elle a lu des *Maximes* « plus fondé sur l'humeur de l'auteur que sur la vérité ». Mme de Liancourt demande « qu'on ôte l'équivoque qui fait confondre les vraies vertus avec les fausses », opposant naïvement cette traditionnelle distinction des deux étages de l'âme à un livre qui n'est fait que pour la ruiner. Mme de La Fayette ne croit pas à la « corruption générale ». Mme de Schomberg juge les *Maximes* « dangereuses » puisqu'elles suppriment la responsabilité morale. Mme de Sablé elle-même émettait une opinion analogue dans un projet d'article pour le *Journal des Savants*. On lit d'ailleurs dans les *Maximes* dont elle est l'auteur : « Quand les grands espèrent de faire croire qu'ils ont quelque grande qualité qu'ils n'ont pas, il est dangereux de montrer qu'on en doute : car en leur ôtant l'espérance de pouvoir tromper les yeux du monde, on leur ôte aussi le désir de faire les bonnes actions qui sont conformes à ce qu'ils affectent [1]. » On peut voir dans cette remarque une réfutation générale des *Maximes* de La Rochefoucauld, réfutation bien significative à la fois par l'évocation sociale qu'elle contient et par son caractère modeste : Mme de Sablé se place sur le plan de l'opportunité, comme quelqu'un qui défend timidement une cause déjà mal en point. Quant à La Rochefoucauld lui-même, sa qualité de grand seigneur ne change rien à la signification de son œuvre ; des motifs personnels, son caractère, ses échecs, peut-être le désir de s'élever au-dessus des illusions communes, peuvent expliquer qu'un aristocrate comme lui soit parmi les démolisseurs les plus acharnés de l'idéal aristocratique. Le sens des choses n'est pas changé par ce genre de désertions individuelles,

---

1. Mme de Sablé, *Maximes*, 75.

communes dans l'histoire des idées. Le pessimisme moral tel qu'il apparaît au XVIIe siècle, et la théologie sur laquelle il se fonde, n'en sont pas moins dirigés, à les prendre dans leur signification générale, contre la tradition morale du milieu noble.

LE PARTI JANSÉNISTE

Nous nous sommes surtout préoccupé jusqu'ici de définir ce que le jansénisme tendait à détruire ; nous avons trouvé en lui, toujours variée et toujours fidèle à elle-même, la même volonté d'agression contre les prérogatives du moi aristocratique. Resterait à décrire le dessein positif et le destin réel du mouvement janséniste. Il ne faut pas oublier que le jansénisme a été, en même temps qu'une doctrine, un milieu et un parti. Or le jansénisme comme parti, secte, ou cabale, a échoué ; en aucun moment son histoire n'a été heureuse : c'est le long avortement d'une nouveauté dans un milieu qui, il faut le croire, lui était contraire. Corneille a derrière lui toute la chevalerie héroïque, Molière pense avec le présent ou l'avenir : Port-Royal commence par de grands hommes aussitôt condamnés et exilés, et finit par des convulsionnaires. Et toute la tragédie de son histoire semble préfigurée dans sa pensée première, volontiers indécise, insoutenable, mêlée d'audaces et de reculs.

Pourtant Port-Royal, par tout ce que nous en avons vu jusqu'ici, allait bien dans le sens de l'histoire, et aurait dû avoir le vent en poupe. En effet le discrédit du sublime héroïque était général sous le règne de Louis XIV, et tous les grands écrivains de cette époque, Racine, Molière, Boileau, sont, chacun à sa façon, les témoins et les artisans de ce discrédit, conséquence d'une évolution irrésistible. Évolution politique d'abord, qui, par les progrès de la puissance monarchique et le renforcement définitif de l'État, rendait anachronique le moi chevaleresque et toute la morale qui pouvait se fonder sur lui. Or justement la conception janséniste de l'instinct est empreinte d'une extrême méfiance à l'égard des mouvements du moi ; elle aboutit en dernier ressort à une morale de la coercition, à une réglementation sévère de la vie intérieure et de la conduite, où le moi et ses impulsions sont des ennemis, avec lesquels il ne saurait y avoir de compromis. Plus profondément encore, l'évolution économique condamnait tout le système des comportements de l'homme noble. Si l'étalage de soi, la dépense brillante et plus ou moins gratuite, peuvent être des vertus dans l'aristocratie, c'est que l'accumulation de l'argent serait dépourvue de sens dans cette classe sociale, terrienne à l'ancienne mode ou courtisane. C'est dans la bourgeoisie que l'épargne des revenus est la condition de tout accroissement. Ce dernier procédé devait, en envahissant de plus en plus la vie économique, aboutir à la condamnation du gaspillage, de la dépense somptuaire. Pendant longtemps, la bourgeoisie n'a créé du luxe que pour la consommation aristocratique. Il y aurait bien des choses à dire sur le rôle de la dépense glorieuse dans la genèse de l'idéologie noble ; on voit en tout cas qu'en l'absence d'un mécanisme d'accumulation, cette dépense est le signe principal de la supériorité sociale. Une situation semblable peut expliquer le caractère désintéressé attribué aux impulsions naturelles de l'homme noble, la confiance dans la sublimation des appétits, l'optimisme en morale. A l'origine de la conception idéaliste de l'instinct, chère à l'aristocratie, il y a une certaine attitude large à l'égard de l'argent. Avec la nécessité bourgeoise de l'épargne est apparue une conception nouvelle de l'instinct, plus agrippé à la réalité, plus palpable dans son objet : comment sublimer l'instinct, s'il vise avant tout à prendre, à garder, à entasser du réel, à absorber toutes choses pour se grandir ? Telle est la définition même de l'« amour-propre » selon le jansénisme. Dans l'idéalisation de l'instinct on sent ou devine alors un danger de déperdition, un geste vers le dehors : geste absurde, geste impossible. Ce qui seul existe, et qu'on nomme nature, c'est une impulsion à se satisfaire aux dépens du monde. Il faut que cette impulsion défie tout embellissement, et qu'elle soit la loi, irrésistible et sans prestige, de l'humanité. Mais, dans la condition bourgeoise, l'abandon à la loi naturelle est contredit par un calcul constant, une comptabilité des gains et des espérances, qui suppose une contrainte générale exercée sur les forces désordonnées de l'affectivité. La victoire de la nature s'accompagne donc de sa condamnation, d'un recours à une instance différente destinée à en réprimer les mouvements ; le naturalisme bourgeois se lie ainsi, tout naturellement, à une morale de la répression.

La sympathie de la critique bien pensante du XIXᵉ siècle pour le jansénisme s'alimente à cette double source [1], car le jansénisme a fortement contribué à accréditer les deux postulats, éminemment bourgeois l'un et l'autre, de la toute-puissance de la nature, et de la nécessité de la contenir durement. Par là il a créé un caractère bien différent de celui du gentilhomme impulsif, paradeur et gaspilleur : un type à la fois positif et contraint, conscient de ses appétits et guindé contre leur désordre. On peut mesurer l'influence et la force du jansénisme au fait que le bourgeois français, sitôt qu'il domina la société, y imposa comme un idéal ce type, devenu classique, en qui un sens

---

1. Il est vrai que cette sympathie est mitigée, et souvent effacée par l'aversion pour ce que le jansénisme contient d'insoumission à l'autorité.

terre à terre des choses s'unit à une dignité compassée[1].

Sainte-Beuve, à qui l'idée de définir socialement le jansénisme ne paraissait ni déplacée ni saugrenue, y constate à plusieurs reprises l'action prépondérante de la haute bourgeoisie, et surtout de cette élite de la fortune et de la culture que constituait au sein du tiers état la catégorie des robins. « Port-Royal, écrit-il sans détours, fut l'entreprise religieuse de l'aristocratie de la classe moyenne en France[2]. » Et il remarque que presque tous les grands hommes du jansénisme sont issus de cette aristocratie bourgeoise : les Le Maître, les Arnauld, les Sainte-Marthe, les Pascal, Nicole, Domat, pour ne citer que les noms les plus connus. Il est naturel que la bourgeoisie ait eu pour interprètes ses éléments les plus cultivés, les plus considérés, les plus proches de l'aristocratie : le reste ne comptait guère. Sans doute les robins étaient-ils déjà des privilégiés ; mais ils formaient une catégorie sociale très distincte encore de la noblesse dans le sentiment public et dans le sien propre, et qui, déçue par l'expérience de la Fronde, réagissait par un sentiment de dignité hostile aux insolences dont elle était toujours l'objet de la part des aristocrates[3]. Bourgeoisie malgré tout, elle tâchait de l'être avec le plus de grandeur possible. D'où l'aspect imposant de cette réfutation, étayée sur la majesté du christianisme, de tout le système moral qui justifiait son infériorité.

De tout cela il résulte bien que Port-Royal traduisait un mouvement profond de la société française, qu'il avait ses

1. Il y a dans la bourgeoisie, dès sa naissance, tout un côté de contention morne et sans éclat qu'on néglige trop souvent. On imagine trop exclusivement la bourgeoisie montante sous un aspect riant, hardi, naturaliste au sens épanoui. La réalité est différente, surtout au XVIIᵉ siècle.

2. *Port-Royal,* Discours préliminaire.

3. On lit dans les pensées de Domat, magistrat et juriste, janséniste notoire et ami de Pascal, la réflexion suivante : « Les gens d'épée appellent les officiers (*on appelait officiers les détenteurs d'offices, les robins*) gens d'écritoire ; il faut appeler les officiers gens de tête, et eux gens de main. »

racines dans un milieu relativement neuf et robuste. Pourquoi, s'il en est ainsi, a-t-il à ce point échoué ? Cela paraît d'autant plus surprenant qu'en un sens, et comme philosophie à la fois naturaliste et répressive, il a bien imprégné tout l'esprit du siècle de Louis XIV. Comment expliquer dans ces conditions qu'en tant que secte il soit resté en marge de la société, en butte aux persécutions des puissances officielles et incapable d'en triompher, et que finalement il ait agi sur l'ensemble du corps social à la façon d'un ferment actif, mais lui-même éliminé ? Il faut qu'il y ait eu entre le jansénisme et le mouvement des choses une incompatibilité profonde : ce désaccord, comme on peut le voir à chaque moment de l'histoire de Port-Royal, a porté sur la question de l'autorité et de l'obéissance. Le jansénisme a été tenu en suspicion pour ce qu'il renfermait de contraire à l'esprit de docilité ; il a représenté la seule forme d'esprit bourgeois ou moderne qui ne fût pas acceptable dans la France de Louis XIV, celle qui consistait à opposer à l'autorité extérieure les commandements de la conscience. Toute l'histoire du jansénisme est celle de ce conflit.

*

L'hérésie sociale du jansénisme a consisté surtout dans l'affirmation d'une certaine indépendance de la conscience, que Port-Royal liait indissolublement à la rigueur morale. Il y a dans le jansénisme la même tendance que dans la Réforme, quoique à un degré beaucoup plus faible et plus amorti, à distinguer la sévérité intérieure de la contrainte reçue du dehors. Dans la Réforme, le resserrement de la règle morale que chacun s'impose tend à rendre plus directs les rapports entre l'homme et Dieu ; l'homme, plus strict à l'égard de lui-même, est aussi moins aisément maniable de l'extérieur, la garantie de la moralité se situant dans la conscience. Port-Royal, malgré ses dénégations, malgré l'extrême modération de ses démarches, reproduit la même attitude. A cet égard le jansénisme peut être considéré comme la dernière manifestation d'un grand mouvement de pensée qui traverse tout le début des temps modernes et met en cause les habitudes autoritaires de l'Église catholique. Port-Royal ne s'attaque pas seulement au relâchement dans la chrétienté et à la corruption dans le gouvernement de l'Église, mais il s'en prend plus ou moins ouvertement à l'absolutisme romain, auquel il refuse ou marchande sa soumission.

La théologie même de Port-Royal, en même temps qu'elle fonde une discipline intérieure sévère, contient un principe, ou plutôt traduit un désir d'autonomie morale. En effet la doctrine de la grâce efficace, si elle semble, en rendant le secours de Dieu indépendant du mérite de l'homme, conduire logiquement au fatalisme et à l'apathie, répond en réalité à une intention contraire ; elle donne tant de valeur surhumaine et surnaturelle à l'élection divine que les âmes qui en sont l'objet se sentent d'emblée supérieures à toute crainte terrestre, à toute soumission servile. La grâce efficace faisait des natures solides, débarrassées des fumées de la gloire, et pourvues par surcroît d'un appui divin qui décuplait leurs forces. Le prestige des institutions terrestres tendait à s'effacer devant l'idée de cette investiture d'en haut, si rare et si directe. D'où le penchant au « remuement » qui accompagnait ordinairement dans l'Église les doctrines sévères de la grâce, et qui s'y trouve liée dans Port-Royal comme dans la Réforme [1]. Le jansénisme, en même temps qu'il réagissait contre l'individualisme à la vieille mode, a prétendu s'opposer à l'esprit

---

1. Dans la vigueur combative du puritanisme et des mouvements analogues issus de la Réforme, la théorie de la prédestination, fort voisine de celle de la grâce efficace, a certainement joué un grand rôle.

d'autocratie qui triomphait de plus en plus complètement au XVIIᵉ siècle, dans l'Église comme dans la société civile. C'est par là que Port-Royal s'est mis en marge de son temps, c'est en cela qu'il a été vaincu.

L'Église catholique tendait depuis longtemps — et le grand assaut de la Réforme ne fit qu'accélérer ce mouvement — à se constituer en une monarchie absolue, où un chef unique, le pape, fixait la doctrine et régissait la hiérarchie. Port-Royal tenta de résister au courant, et, à peu près seul en France, fit entendre une voix sourdement insoumise. Le problème des droits respectifs de l'autorité et de la conscience est parmi ceux que ses écrivains ont posés avec le plus d'obstination. Ce problème, Pascal l'envisage déjà, au moins sous l'aspect intellectuel, dans le *Fragment d'un Traité du Vide,* écrit plusieurs années avant la période proprement janséniste de sa vie, et il le résout en soustrayant à l'autorité la connaissance des sujets qui tombent sous le sens ou sous le raisonnement. Même solution dix ans après dans la dix-huitième *Provinciale :* « Ce fut aussi en vain, dit-il aux Jésuites, que vous obtîntes contre Galilée ce décret de Rome qui condamnait son opinion touchant le mouvement de la terre. Ce ne sera pas cela qui prouvera qu'elle demeure en repos. » Sans doute cette affirmation des droits de la raison, strictement limitée d'ailleurs à la connaissance des choses naturelles, au-delà desquelles il faut s'en remettre aux décisions de l'Église, n'est-elle pas exclusivement janséniste : ce partage d'influence de la raison et de l'autorité était généralement admis depuis longtemps et l'Église même en tolérait l'idée. Mais cette conception revêt dans le jansénisme un caractère assez particulier, et les circonstances dont elle s'entoure la rendent plus dangereuse. Tout d'abord, il est bien difficile de dire avec précision où s'arrête le domaine des choses naturelles et où commence celui de la révélation : la croyance aux vérités révélées peut impliquer à

chaque instant la soumission sur des matières plus directement dépendantes de notre jugement. L'esprit de conciliation, le désir d'éviter les débats scabreux pouvaient maintenir en sommeil cette difficulté. Mais justement Port-Royal
l'a réveillée en exigeant la liberté d'appréciation pour tous
les points de fait, y compris ceux qui se trouvaient évoqués,
à l'occasion d'une décision relative au dogme, par l'autorité
suprême de l'Église ; ainsi, par exemple, de l'attribution de
telle ou telle proposition condamnée à un auteur, en
l'occurrence à Jansénius : ses disciples s'estiment autorisés,
de par les droits de la raison naturelle, à ne pas trouver, là
où on prétend la condamner, la proposition hérétique que
par ailleurs ils reconnaissent pour telle. Il arrive ainsi que la
distinction banale des objets naturels et surnaturels de la
connaissance se transforme en une arme sournoise dirigée
contre l'autorité dogmatique. A cette séparation du fait et
du droit, célèbre dans l'histoire du jansénisme, un des
ennemis les plus acharnés de Port-Royal, que nous connaissons déjà, Desmarets de Saint-Sorlin, objectait assez
justement que la nécessité d'examiner librement le fait
pourrait conduire à chaque instant à refuser le respect à
l'autorité, même reconnue : ainsi, qui assure que l'hostie
ait été réellement consacrée, et par un vrai prêtre ? On
aurait donc le droit de refuser, sur le passage du saint-
sacrement, les marques de vénération habituelles aux
catholiques en cette occasion, en arguant que les faits sont
douteux [1]. L'argument est moins sophistique qu'il ne semble. Il faut choisir entre la pensée qui se détermine du
dedans, et celle qui se plie à des suggestions extérieures
toutes-puissantes, et perd l'habitude d'en discuter ou d'en
contrôler le bien-fondé. Pascal veut que la raison, quand
elle renonce à ses droits, le fasse de bon gré : « Il n'y a rien

---

1. Desmarets de Saint-Sorlin, *Réponse à l'insolente apologie des religieuses de Port-Royal*, 3e partie, chap. XVIII, 1666.

de si conforme à la raison que ce désaveu de la raison[1]. »
« Soumission et usage de la raison, en quoi consiste le vrai
christianisme[2]. » « Il faut savoir douter où il faut, assurer
où il faut, en se soumettant où il faut. Qui ne fait ainsi
n'entend pas la force de la raison[3]. » Il ne s'agit plus ici
d'un banal accommodement de la raison et de la foi dans un
domaine purement spéculatif, mais d'une refonte complète
des rapports de la conscience avec l'autorité extérieure[4].

On pourrait s'étonner de trouver dans le jansénisme, si
sévère à l'égard de l'homme naturel, un pareil attachement
aux prérogatives de la raison. L'anomalie disparaît si l'on
songe que les jansénistes défendaient sous le nom de
raison, non pas l'excellence de l'homme, mais les droits de
sa conscience, tels qu'ils pouvaient les concevoir en tant
que chrétiens. La dialectique de Pascal, par exemple,
anéantit la raison en tant que principe d'orgueil, mais
l'encourage et l'exalte en tant qu'exigence de vérité.
L'exercice de la raison apparaît comme une simple nécessité de la conscience, mais sous cette forme il est indispensable à la foi : « C'est l'amour-propre, écrit Nicole, qui
porte les hommes à croire qu'on ne pèche point en
obéissant, parce qu'il aime naturellement la sûreté, et qu'il
serait ravi de voir son chemin si bien marqué qu'il ne pût
craindre de s'y égarer... Dieu n'a pas voulu s'accommoder
de cette inclinaison des hommes... il a voulu qu'il y eût
piège partout et tentation partout... Ainsi les véritables
obéissants ne croient point que leur chemin soit entièrement hors de danger, ni qu'ils puissent marcher les yeux

1. *Pensées,* éd. Br., 272.
2. Br., 269.
3. Br., 268.
4. En tout cela, Pascal, sa dialectique propre mise à part, est l'écho de
Port-Royal tout entier : voir notamment l'*Apologie pour les religieuses de
Port-Royal,* par Arnauld, Nicole et Sainte-Marthe (1665), et la 10ᵉ des
Lettres imaginaires, de Nicole (1665).

fermés... Ils ne se croient pas dispensés de demander à Dieu la direction de son esprit pour s'y conduire. » Il faut entendre qu'ils doivent s'adresser à Dieu directement, par-dessus les puissances établies ; autrement, continue en effet Nicole, ils seraient « non seulement esclaves, mais adora-teurs d'un homme mortel... [1] ». Toute la raison janséniste est bien là : c'est une critique de l'obéissance aveugle, c'est le moyen de se soustraire, dans les rapports avec Dieu, aux injonctions de l'autorité. L'exercice de la raison ainsi entendue n'est pas seulement toléré ; il est exigé pour la sauvegarde de la foi véritable car la servitude conduit à la superstition, et toutes deux sont la ruine de la religion [2]. On voit aisément que cette solution nouvelle du problème de la raison et de l'autorité, moins éclectique, plus violente que la solution ordinaire, était aussi plus redoutable à la tranquillité de l'Église.

D'ailleurs, sur le plan du gouvernement ecclésiastique, l'esprit janséniste se traduisit par une opposition plus ou moins ouverte à l'absolutisme papal envahissant et à l'affirmation, déjà triomphante en fait, de l'infaillibilité pontificale [3]. Les jansénistes repoussaient l'idée d'une Église organisée à la façon d'une monarchie absolue, le chef imposant d'en haut et du dehors sa volonté aux membres. Ils considéraient volontiers l'Église comme une communauté en même temps que comme une monarchie. « En considérant l'Église comme unité, dit Pascal, le Pape, qui en est le chef, est comme tout. En la considérant comme multitude, le pape n'en est qu'une partie... La multitude qui ne se réduit pas à l'unité est confusion, l'unité

---

1. Nicole, 9ᵉ *Lettre imaginaire.*
2. Voir Pascal, *Pensées,* Br., 254. On sait l'éloignement des jansénistes pour la dévotion purement extérieure et superstitieuse ; voir le début de la 9ᵉ *Provinciale.*
3. Voir *Pensées,* Br., 871 : « Il n'y a presque plus que la France où il soit permis de dire que le Concile est au-dessus du Pape. »

qui ne dépend pas de la multitude est tyrannie[1]. » Et encore : « L'unité et la multitude... Frreur à exclure l'une des deux[2]. »

Le jansénisme, en essayant de remonter l'irrésistible courant qui entraînait l'Église, se heurtait tout naturellement à la Société de Jésus, incarnation tentaculaire dans toute la catholicité de l'autorité croissante de Rome. Les deux forces qui animaient Port-Royal et les Jésuites n'étaient pas seulement contraires dans leur inspiration philosophique ou morale, mais dans leur essence politique. D'une façon générale, Port-Royal se défiait des réguliers, contraints le plus souvent par la règle de leur ordre à une discipline passive, et directement rattachés à l'autorité romaine, qui s'en servait pour bouleverser à son profit les traditions gênantes. Les Jésuites étaient les plus marquants, mais voici comment Pascal fait parler un dominicain, auquel on demande pourquoi il accepte de s'allier aux Jésuites malgré sa conviction profonde[3] : « Nous dépendons des supérieurs : ils dépendent d'ailleurs. Ils ont promis nos suffrages : que voulez-vous que je devienne ? » Nous l'entendîmes à demi-mot, ajoute Pascal, et cela nous fit souvenir de son confrère, qui a été relégué à Abbeville pour un sujet semblable[4]. »

Cependant les jansénistes, quel que fût leur désir de ranimer le corps de l'Église pour lui faire secouer l'excessive tutelle romaine, demeuraient bien en deçà de l'idée d'une Église démocratique. Ils pouvaient parler avec admiration de l'Église primitive, où parfois la foule des fidèles faisait les évêques : ce n'était là qu'un souvenir édifiant et légendaire. Les jansénistes, ceux au moins du

1. Br., 871.
2. Br., 874.
3. Il s'agit du procès et de la censure d'Arnauld en Sorbonne : les dominicains avaient contribué à la condamnation.
4. Seconde *Provinciale*.

XVIIe siècle, se préoccupaient même assez peu des droits du
petit clergé. L'échelon important à leurs yeux, celui au-
dessous duquel ils ne descendaient guère et qu'ils auraient
voulu voir moins dépendant de Rome, c'était l'épiscopat[1].
Saint-Cyran déplorait que les évêques ne fussent plus
choisis par les chapitres comme jadis et que l'Église les
reçût d'en haut. Tout Port-Royal déplorait de même le fait
que les évêques, résidant souvent loin de leurs diocèses, n'y
gouvernaient plus de façon réelle et proche, mais prenaient
leur inspiration à la cour ou chez le nonce. Ainsi ce que
Port-Royal eût rêvé de substituer à la monarchie romaine,
c'était, comme le dit Sainte-Beuve, « une aristocratie sous
la conduite des évêques[2] ». Le « patriciat de la haute
bourgeoisie » où le jansénisme, selon Sainte-Beuve, plon-
geait ses racines, voyait volontiers le gouvernement des
choses religieuses aux mains d'un patriciat ecclésiastique.

Dans la société civile, la même prétention eût été plus
difficile à concevoir et à formuler. L'absolutisme royal était
plus directement redoutable, et moins discuté. Le haut tiers
état ne pouvait être pour toutes sortes de raisons qu'un
opposant bien timide. Mais si le loyalisme politique des
jansénistes n'est pas douteux, il n'est pas douteux non plus
que leurs dispositions générales d'esprit, leur façon de
concevoir la discipline et l'obéissance, détonnaient dans la
France de Richelieu et de Louis XIV. On le leur fit bien
sentir, en les traitant, pour quelques lointaines aspirations
à l'indépendance, avec la même rigueur qu'on aurait
appliquée à des ennemis conscients du pouvoir.

Hostile à l'autocratie en même temps qu'au vieil esprit

---

1. Noter pourtant le mouvement des curés de Paris et de Rouen venant à
la rescousse des *Provinciales* contre les Jésuites en 1656 ; Pascal leur prêta
même sa plume ; mais c'étaient des curés de grandes villes, gens relativement importants et notables.

2. Sainte-Beuve, *Port-Royal*, t. I, p. 318, à propos du *Petrus Aurelius* de
Saint-Cyran.

féodal, le jansénisme fut comme une velléité de la haute bourgeoisie de fonder la vie religieuse et sociale sur une discipline plus grande, mais plus imprégnée de conscience. A travers lui on peut apercevoir ce qu'aurait été en France le gouvernement des notables, s'il avait pu s'y établir. Avec le gouvernement des notables, bourgeois importants, robins, seigneurs, si les seigneurs avaient été capables de renoncer à leurs insolences et à leurs désordres, Port-Royal renfermait en germe, dans le mélange de règle et d'indépendance qui le caractérise, toute une entreprise de renouvellement et d'émancipation, au sens évidemment très mesuré où les notables pouvaient l'entendre. Le jansénisme aurait peut-être réussi si la France avait pu devenir un pays de patriciat solide et conscient, un pays de constitution sévère et de légalité[1]. Mais depuis longtemps la force des vestiges féodaux dans la société française, les aspirations rétrogrades ou la dissipation de l'aristocratie et son divorce moral profond avec le haut tiers état rendaient impossible une évolution dans ce sens. La haute bourgeoisie demeura timide avec toute sa rancœur, tandis que l'aristocratie devenait impuissante avec tout son orgueil. La haute société française se trouvant incapable d'accéder au niveau du pouvoir, une puissance extérieure et supérieure à elle, de plus en plus soustraite à son contrôle, et se nourrissant indéfiniment de sa faiblesse, la monarchie, acquit le monopole de la puissance publique. Au temps de Pascal, tout esprit d'indépendance et d'autonomie, même aussi timide, même aussi limité dans son objet qu'il pouvait l'être à Port-Royal, était réputé subversif et traité comme tel.

---

1. Il faut remarquer que le gouvernement des notables aurait assez bien correspondu à l'esprit de la Réforme française. Ainsi Calvin donne des préférences à un régime qu'il appelle sans doute « aristocratique », mais qu'il définit très largement comme étant « la domination gouvernée par les principaux et gens d'apparence ».

Le despotisme monarchique et le despotisme romain avaient à cet égard les mêmes intérêts profonds. L'époque qui avait suivi la Réforme et les guerres de religion, ce début du XVIIe siècle où la société française retrouva et fixa pour longtemps son assiette, avait vu se sceller leur entente. Rome, délaissant les écarts de doctrine de la Ligue, issus des circonstances et oubliés avec elles, fournissait la doctrine du droit divin ; elle habituait les hommes à voir Dieu derrière le commandement. En échange les rois de France ouvraient le royaume aux Jésuites, devenus leurs confesseurs attitrés, et faisaient taire, d'accord avec Rome, la voix des églises locales. Les évêques, créatures de la cour et du Saint-Siège, représentaient bien ce double despotisme ; de plus en plus tout ne fut qu'obéissance au-dessous d'eux, et eux-mêmes exécutaient les volontés d'en haut. Tel était l'état des choses quand Port-Royal traçait le portrait de l'évêque idéal, et s'efforçait d'équilibrer la soumission et la conscience. Toutes les puissances existantes allaient contre lui ; Rome et les Jésuites, la Royauté, les dignitaires de l'Église de France, telle qu'elle était en réalité, se liguaient pour l'écraser. Jusqu'en 1715 seulement, quatre papes le foudroyèrent d'une dizaine de brefs, bulles, constitutions et excommunications, cependant que trois gouvernements successifs déployaient contre lui tout l'appareil de la persécution ecclésiastique et policière. Richelieu mit et garda Saint-Cyran en prison, et dispersa les solitaires de Port-Royal ; Mazarin et Anne d'Autriche firent condamner et exclure par la Sorbonne le grand Arnauld, qui dut vivre caché pour échapper aux poursuites, contraignirent de nouveau les solitaires à se disperser et amorcèrent la grande persécution du Formulaire[1] ; Louis

---

1. C'était un texte préparé par les Jésuites, adopté en 1656 par l'Assemblée du clergé, et que le roi enjoignait à tous les ecclésiastiques de signer : il impliquait l'adhésion aux bulles et à la condamnation des fameuses propositions de Jansénius.

XIV commençait à peine de régner personnellement, qu'il renouvela les exigences du pouvoir, fit détruire les petites écoles de Port-Royal, expulser les pensionnaires et les novices du couvent, interroger par l'archevêque de Paris, surveiller, déplacer et exclure des sacrements les religieuses qui refusaient de se soumettre ; la persécution, interrompue dix ans, reprit de plus belle en 1679, sous un nouvel archevêque : nouvelle dispersion des « Messieurs », nouvelle fuite d'Arnauld, nouvelle défense au couvent de recruter ; enfin, dans les dernières années de son règne, désireux d'en finir, Louis XIV fit renaître le Formulaire et l'exigence de la signature, obtint l'excommunication des religieuses, les dispersa, fit saisir les biens du couvent voué à l'extinction, enfin fit démolir l'abbaye, et exhumer les restes des solitaires. Tant d'acharnement, contre un ennemi si peu redoutable en effet, ne peut s'expliquer que par l'incompatibilité profonde que l'absolutisme sentait entre ses propres principes et les aspirations du jansénisme. Le jansénisme fut éliminé dans la mesure où il contredisait l'évolution de la société française, et les puissances qui en étaient issues.

*

Les rapports du jansénisme avec la société officielle n'en demeurent pas moins fort complexes à définir, car, s'il contenait un principe dangereux d'insoumission, il introduisait par contre, nous l'avons vu, des nouveautés morales nécessaires. Une religion plus indulgente à l'homme, plus complaisante aux instincts, contenait sans doute un principe de détente morale, et par suite d'accommodement avec les puissances établies, qui la rendait préférable pour la royauté à un christianisme intransigeant et offensif. Sans doute encore le christianisme optimiste, relativement sympathique aux arts, aux sciences, à la civilisation, s'adaptait il mieux que le jansénisme à tout ce qu'il y avait d'épanoui et de brillant dans cette époque, au progrès du luxe et des connaissances ; ce christianisme radouci dans ses principes, volontiers magnificent dans ses rêveries et accommodant dans sa conduite, était bien plus en accord avec la civilisation du grand siècle, comme avec sa politique. Mais l'absolutisme n'avait pas seulement besoin de gens souples et faciles à vivre : dans un pays aussi grand et cultivé relativement qu'était la France, il était bien difficile de ne pas fonder l'obéissance sur une tension intérieure, sur des habitudes de discipline morale. La méthode jésuitique qui consistait à dresser la conduite en apaisant les scrupules, si elle était conforme à l'esprit du despotisme, choquait une opinion publique malgré tout influente, et qui exigeait quelque chose de plus sérieux, de moins évidemment mensonger. Les casuistes de la société de Jésus n'avaient pas bonne presse. Le besoin général de discipline et de régularité morale inclinait à la sévérité ; le jansénisme n'était à cet égard que la pointe avancée d'un mouvement de réforme et de ressaisissement commencé au lendemain des guerres de Religion. D'ailleurs la monarchie elle-même ne pouvait regarder d'un œil favorable le scandale des maximes jésuitiques : le relâchement de la conscience risquait à la fin de ruiner l'obéissance elle-même. Les pères jésuites excusant l'homicide dans le duel devaient être moins proches de ses vœux que le Pascal de la *Quatorzième Provinciale,* refusant de faire dépendre la vie ou la mort d'un homme d'un « fantôme d'honneur », et réservant à des « personnes publiques » le droit de requérir un châtiment quand il y a lieu, « de la part du Roi, ou plutôt de la part de Dieu [1] ».

1. Certaine théologie des Jésuites n'avait pas meilleure presse que leur morale ; quelques-uns d'entre eux soutinrent qu'il suffisait de craindre l'enfer pour être sauvé. Richelieu avait jadis soutenu de son autorité une doctrine analogue, et on dit que, si Saint-Cyran fut mis à Vincennes, c'est en

En somme la monarchie, et toute la société officielle avec elle, avaient besoin de concilier une vertu décente et une conduite docile, des mœurs réglées et des consciences traitables. Il leur fallait un jansénisme expurgé, filtré du poison de la rébellion. Tout l'effort des bien-pensants de l'époque, d'un Bossuet par exemple, va dans ce sens. Tâche délicate et remplie d'indécisions qui se répercutent en douloureuses vicissitudes et contradictions dans le destin du jansénisme lui-même, et le marquent d'un bout à l'autre de son histoire. En gros, on résolut pourtant la question, en condamnant à la fois, chez les Jésuites, les « maximes relâchées » des casuistes, et chez les jansénistes, la doctrine turbulente de la grâce efficace. Les propositions de Jansénius furent condamnées les premières, comme c'était naturel, Rome y ayant l'intérêt le plus grand. Mais l'opinion et le clergé français, après avoir approuvé cette condamnation, obtinrent de Rome celle des casuistes, qui fut reprise à grand fracas en France par l'assemblée du clergé de 1700, alors que les *Provinciales* ne furent jamais condamnées par une autorité ecclésiastique française. Aussi a-t-on coutume de dire que le jansénisme, battu en théologie, triompha en morale. Bossuet, toujours très prudent sur le chapitre de la grâce, et qui approuvait la condamnation des cinq propositions, comme marquant les limites exactes de l'hérésie et de l'orthodoxie dans un domaine délicat[1], fraternisait en morale avec les jansénistes, et fut un des plus acharnés parmi les ennemis des casuistes, et l'organisateur de leur condamnation en

---

partie pour l'avoir contredite. Elle fut généralement mal accueillie ; elle avait le bon sens contre elle, autant qu'on puisse parler de bon sens dans ce domaine, et elle souleva une indignation, dont la *Dixième Provinciale* et l'*Épître XII* de Boileau, écrites à quarante ans de distance, sont les témoins principaux dans la littérature.

1. Bossuet, *Oraison funèbre de N. Cornet,* 1663.

France. Cette discrimination qui fut faite entre la théologie et la morale jansénistes a sa raison profonde : les puissances officielles s'arrêtent, dans la voie du jansénisme, avant le point où l'exigence chrétienne met en danger le principe d'autorité. La doctrine de la grâce efficace était ce point, parce qu'elle témoignait d'un désir de nouveauté frappant, de scandale intellectuel et affectif, d'une volonté de tout rapetisser devant l'élection divine et ceux qui pouvaient s'en croire investis. En deçà de cette doctrine, les sévérités de la conscience semblaient compatibles avec l'obéissance.

Ainsi purifié de ce qu'il contenait de dangereux, le jansénisme imprègne bien tout le siècle de Louis XIV. Il ne faut pourtant pas identifier ce jansénisme refroidi à celui qui s'agitait en marge de la société officielle, et que la société officielle persécutait. Le jansénisme proprement dit tire sa vigueur du fait qu'il représente une protestation contre le train des choses et les puissances établies, qu'il fonde sa sévérité même sur des pensées outrées et des aspirations importunes à la société réelle. C'est en définitive parce qu'il relève d'un certain esprit d'intranquillité, tenace en dépit des circonstances contraires, parce qu'il a produit Pascal et les *Pensées,* que le jansénisme s'est inscrit dans l'histoire de la pensée.

*

Il n'en reste pas moins qu'une position d'intransigeance rigoureuse était difficile à tenir pour le jansénisme au sein d'une société dont la structure et les puissances établies lui étaient contraires. Aussi est-il dominé lui-même, dans tout le cours de son histoire, par une invincible timidité, par une appréhension chronique des gestes irrémédiables, des ruptures trop éclatantes. Tous ceux qui ont étudié le jansénisme ont observé son infirmité. Sainte-Beuve, qui, dans son *Port-Royal,* s'efforce pourtant de mettre en valeur ce que le jansénisme contenait d'imposant et de fort, reconnaît sa faiblesse foncière : « Il y avait dans le jansénisme, écrit-il, un principe concentré et énergique, mais qui devient vite stérile et qui tendait au resserrement. Il n'avait rien d'expansif [1]. » Traînant à son pied le boulet de l'orthodoxie et enlisé dans un amas de controverses paralysantes, destinées précisément à établir cette orthodoxie, le jansénisme se condamna lui-même à l'échec avant d'y être réduit par ses ennemis [2].

A l'acharnement des puissances, Port-Royal ne pouvait opposer que les armes des faibles : l'entêtement, la discussion, l'art de couper théologiquement les cheveux en quatre ; il n'affronta jamais l'ennemi et garda jusqu'au bout la psychologie indécise et la pensée contradictoire du dissident qui s'affirme plus orthodoxe que ses persécuteurs. Saint-Cyran et Jansénius, complotant ensemble la réforme de l'Église, projetaient de gagner le pape lui-même à leur

---

1. Sainte-Beuve, *Port-Royal,* t. I, p. 294, note.
2. Il ne sert à rien de distinguer des époques dans Port-Royal, époque de Saint-Cyran, époque d'Arnauld : le vice de timidité et d'hésitation est commun à toutes. De Sainte-Beuve lui-même il ressort que le destin de Port-Royal est toujours suspendu à des « si » et à des « peut-être ». L'auteur du *Port-Royal* fait remarquer comme une singulière coïncidence que les plus conséquents selon lui des jansénistes, et les plus capables par leur caractère d'aller jusqu'à la rupture avec Rome, Jansénius, Saint-Cyran et Pascal sont morts tous les trois avant le moment décisif ; reste qu'ils ont hésité jusqu'à leur mort, malgré de grandes occasions du contraire, au moins pour les deux derniers. — Les ennemis de Port-Royal insistent plus cruellement encore sur la faiblesse congénitale du jansénisme, quand toutefois ils ne cèdent pas à la tentation d'exagérer la malignité et la puissance du monstre : voir notamment comment Bremond s'efforce de dissoudre presque comiquement le colosse de Sainte-Beuve, Saint-Cyran (*Hist. litt. du sent. religieux en France,* Port-Royal, chap. III, IV, V.) Il est pourtant difficile d'admettre sa conclusion, suivant laquelle le jansénisme est une absurdité historique, un à-côté aberrant et inconsistant de l'histoire chrétienne. Le jansénisme a existé, aussi obstiné que timide, et il faut croire qu'il représentait, dans son échec même, quelque chose de profond.

grand et vague dessein. Pascal, au moment même où il
côtoie la rupture avec Rome, où il préconise avec Arnauld
et Nicole le refus de signer le Formulaire sans additif, où il
écrit les fameuses paroles de révolte : « Si mes lettres sont
condamnées à Rome, ce que j'y condamne est condamné
dans le ciel[1] », s'en prend aux huguenots antipapistes,
« qui excluent l'unité[2] » de l'Église. Arnauld et Nicole, au
plus dur de la persécution antijanséniste, s'acharnèrent à
combattre les Réformés ; Arnauld exilé, au milieu des
malheurs de Port-Royal, approuva la révocation de l'édit
de Nantes. Tous deux inventèrent la distinction du fait et
du droit qui leur permettait de se déclarer soumis à Rome
pour le fond, tout en refusant d'admettre que les propositions coupables fussent dans Jansénius. La rigueur doctrinale n'exista chez eux qu'en puissance ; elle eût été l'âme
du mouvement, mais elle se perdait sans cesse dans le
marécage de leur loyalisme ; il n'est pas en effet jusqu'à
l'austérité de la théologie janséniste qu'ils n'aient entourée,
à travers diverses vicissitudes et fluctuations, de correctifs
destinés à la rendre moins choquante[3]. Face à la puissance
royale, même attitude. On cite des propos de Saint-Cyran,
qui semblent bien traduire une hostilité instinctive au
despotisme, mais toujours sur le ton de la simple mauvaise
humeur[4]. En fait Port-Royal, qui pourtant avait toutes les
raisons de s'y laisser tenter, ne conspira jamais au sens
politique du mot, contrairement à une légende fausse[5].

1. Br., 920.
2. Br., 874.
3. Nicole fléchit complètement à la fin de sa vie. Il y avait un clan à Port-
Royal qui avait été souvent choqué de sa tiédeur, et Arnauld même
n'échappait pas à tout reproche.
4. Ainsi son propos à la mère Angélique Arnaud, sur le gouvernement
qui ne veut que des esclaves ; voir Sainte-Beuve, t. I, p. 486.
5. Les sympathies de certains frondeurs repentis (Mme de Longueville,
les Conti) pour le jansénisme, si elles sont importantes dans l'histoire des
amitiés et des vicissitudes de Port-Royal, le sont beaucoup moins pour qui

Pascal, à en croire sa sœur, voyait dans la puissance royale « non seulement une image de la puissance de Dieu, mais une participation à cette même puissance[1] ». Et Racine affirme qu'on était persuadé à Port-Royal « qu'un sujet ne peut jamais avoir de justes raisons de s'élever contre son prince[2] ». Tels étaient les sentiments des jansénistes à l'époque même où la royauté les contraignait à vivre en cachette ou dans l'exil, et où eux-mêmes enfreignaient chaque jour la volonté royale par leurs entrevues, leurs projets, leurs publications clandestinement répandues.

Le jansénisme demeura toujours tiraillé au xviiᵉ siècle entre la force qui le poussait à se séparer et celle qui le happait vers le courant commun. Les résistances du patriciat bourgeois à l'esprit du gouvernement absolu, la conscience qu'il pouvait avoir de son importance expliquent la durée et l'obstination du mouvement ; le train général de la société, où les jeux étaient faits contre lui, explique sa faiblesse, et cette habitude qu'il avait de se nier lui-même, de se nommer par la bouche de ses plus acharnés promoteurs le « fantôme du jansénisme ».

*

Le jansénisme, même dans ce qu'il a de plus passionné, apparaît, au contraire du calvinisme, comme purement négatif au regard de la vie réelle. Il n'y a rien de semblable

---

veut juger de son esprit et de ses tendances. Les intrigues des jansénistes avec Retz sont postérieures à la Fronde, et n'ont rien à voir avec elle ; ils le soutenaient contre la cour comme archevêque en titre de Paris, croyant se ménager une puissance favorable, et sans dessein plus vaste. Le jansénisme, et c'est bien dans son caractère, eut toujours l'apparence et les inconvénients du complot, et n'en eut jamais ni la réalité ni les avantages.

1. *Vie de Pascal* par Mᵐᵉ Périer.
2. Racine, *Abrégé de l'histoire de Port-Royal.*

en lui à ce sens du devoir ou de la vocation terrestre qui accompagnait dans le calvinisme une théologie inhumaine. La Réforme, tout en poussant jusqu'à l'extrême les affirmations antinaturelles du christianisme, évitait de déprécier la vie laïque ; le contrôle chrétien s'étendait partout, mais il rehaussait toute chose. C'était pratiquement, et quoique sous une forme très particulière, la réhabilitation de la vie terrestre. Par une sorte de compensation, où résida le sens moderne de la Réforme, le renforcement de la morale chassait l'ascétisme, les pratiques mortifiantes, dissolvait en partie l'anathème jeté sur la vie. Au contraire, le catholicisme, quand il est violent, l'est volontiers contre la vie ; toute la dureté catholique, quand elle ne s'exerce pas uniquement sur le plan de la discipline extérieure, peut tendre vers une sorte de protestation désespérée contre la nature humaine. C'est bien dans ce sens que le jansénisme, coupé de la réalité et de l'action, s'est dirigé. Un fort parfum monacal s'en dégage ; grandi autour d'un couvent, et d'un couvent de femmes, il conduit à ses dernières conséquences l'opposition du ciel et de la terre. En dépit de tendances contraires, qui existent en lui, mais sans pouvoir s'y épanouir, il apparaît surtout comme une forme aiguë de la négation. Qu'on se reporte aux scrupules de Pascal dans la vie courante tels qu'ils nous sont rapportés par sa sœur, et on comprendra sans peine, au spectacle de cette macération de tous les instants, à quelle impuissance profonde était liée la fidélité catholique du jansénisme.

Ce qui demeure pourtant de redoutable dans le jansénisme c'est la tournure volontiers agressive que prend chez lui la négation des valeurs terrestres, de la justice humaine notamment, et de l'autorité. Il a existé sur ce point une sorte de nihilisme janséniste, d'autant plus audacieux que la société réelle offrait moins de prise à la subversion. Les passages des *Pensées* de Pascal qui furent corrigés ou retranchés dans l'édition de Port-Royal donnent la mesure

de cette audace. On est ici bien au-delà des pensées
naturalistes qui disqualifient la magnanimité ou la gloire.
Tant qu'il ne s'agit que de naturalisme moral, Port-Royal
se fond dans un courant plus vaste venu de tous les coins de
l'horizon moderne. Il tranche davantage quand il se met à
traiter la société et sa justice de la même façon que
l'homme et sa vertu, quand le désaveu des valeurs
humaines vient atteindre le prestige de l'autorité et la
dépouiller de son auréole. Si déjà les *Maximes* de La
Rochefoucauld ont pu sembler socialement dissolvantes,
que dire des réflexions de Pascal sur la coutume, les
dignités, la justice, l'autorité ? Sainte-Beuve, après Joseph
de Maistre, compare Jansénius à Hobbes, et le rapprochement s'impose en effet entre certaines vues jansénistes et
les critiques matérialistes du droit et de la justice. Un
Pascal ne peut admettre qu'il y ait quelque parcelle de
justice, si faible soit-elle, dans les institutions des hommes.
Les variations des lois et des coutumes à travers le monde,
leurs contradictions, leur inconsistance du point de vue de
la raison et du droit, leur soumission au caprice ou au
hasard, voilà ce qui se présente à l'esprit de Pascal chaque
fois qu'il veut définir la société humaine. Un seul principe
d'unité dans ce chaos : la force. On connaît la fameuse
phrase : « Ne pouvant faire que ce qui est juste fût fort, on
a fait que ce qui est fort fût juste[1]. » La prétendue justice
n'est dans les sociétés humaines que le masque de la
puissance brutale, comme la vertu était dans les individus le
déguisement des appétits. Tout au plus Pascal ajoute-t-il à
la force l' « imagination » ou l' « opinion », élément
accessoire d'ailleurs, car « c'est la force qui fait l'opinion[2] ». Au surplus « l'empire fondé sur l'opinion et
l'imagination règne quelque temps... ; celui de la force

1. Br., 298.
2. Br., 304.

règne toujours [1]. » Tout l'ordre social ainsi rétabli dans sa
vérité, nous ne nous étonnerons pas de constater que le
nihilisme de Pascal renferme dans son propre sein, suivant
l'habitude du jansénisme, de quoi se rendre lui-même
inopérant. Car, si la croyance que les institutions existantes
sont conformes à la justice est absurde, l'illusion selon
laquelle des institutions justes pourraient les remplacer
n'est pas moins chimérique, et s'inspire, dans l'état de
corruption radicale de l'espèce humaine, d'une sacrilège
présomption. Aussi est-il insensé de s'élever, au nom d'une
justice impossible, contre une inévitable injustice : c'est ce
que font les « demi-habiles », contre lesquels à plusieurs
reprises Pascal donne raison au vulgaire. Les « effets »
devant lesquels le peuple s'incline ont leur raison, quoique
non perçue par le peuple, dans l'inanité de toute prétention
humaine à la justice, et dans la nécessité de l'ordre et de la
paix. Tout le nihilisme de Pascal aboutit donc à la
soumission, et au respect effectif de l'ordre établi. La
double nature, à la fois entravée et révoltée, impuissante et
réformatrice du jansénisme apparaît dans la nuance de ce
respect, qui, pour entier qu'il soit, se veut exempt de toute
illusion sur la valeur intrinsèque de ceux auxquels il est
rendu. Les vrais « habiles », selon Pascal, sont ceux qui
honorent les grands de ce monde, mais sans les estimer
pour leur grandeur. Il y a dans l'obéissance de Pascal ce
qu'il appelle lui-même une « pensée de derrière [2] », qui la
distingue de l'obéissance vulgaire. Si Pascal se soumet à la
force, c'est pour des motifs dont l'énoncé le met moralement au-dessus de la force. C'est ainsi qu'il appelle
tyrannie, non pas l'excès dans l'exercice du pouvoir, car la
puissance a tous les droits dans son domaine, mais la
prétention à dominer « hors de son ordre », c'est-à-dire à

1. Br., 311.
2. Br., 336 et 337.

usurper une catégorie d'hommages à laquelle on n'a pas droit, hommage d'estime par exemple quand on n'est que fort[1]. La dialectique pascalienne, avec ses ordres distincts et sa gradation constante du pour au contre, s'emploie ici à accoupler ingénieusement le mépris et l'obéissance.

Il faut bien se garder d'ailleurs de confondre l'attitude de Pascal, quand il revendique le droit de tenir les puissants pour ce qu'ils sont, avec celle du philosophe qui, sa dette payée à la nécessité sociale, veut être libre au-dedans. Pascal a plutôt le ton d'un partisan, à qui les circonstances contraires ne permettent pas d'autre dissidence que celle du mépris. Car il s'agit bien d'une sorte de mépris passionné, autorisé par le zèle chrétien, et non pas, comme chez d'autres, d'une liberté tranquille du jugement. Ce mélange de conformisme et de négation recouvre une amertume aisément agressive ; témoin cette évocation : « Quand la force attaque la grimace, quand un simple soldat prend le bonnet carré d'un premier président, et le fait voler par la fenêtre[2]. » La violence, abstraction faite de l'appréciation que Pascal pouvait porter sur elle en dernier ressort, apparaît ici jusqu'à un certain point comme l'organe de la vérité. Derrière la construction apparemment équilibrée où semblent se concilier la dépendance de l'homme social et la liberté du penseur, persiste la trace amère d'un drame dont Port-Royal a ressenti les vicissitudes douloureuses : le drame d'une rébellion condamnée dans sa naissance. La société française ne connaîtra plus cette position du problème politique, à la fois hardie dans son principe, désespérée dans son dessein, et banale dans ses conclusions, parce que plus jamais ne se reproduira le

---

1. Voir les *Trois discours sur la condition des Grands,* et toute la section V de l'édition Brunschvicg. Nicole a repris les idées de Pascal dans le groupe d'écrits qu'il a intitulés *De l'éducation d'un Prince* (1671), et auxquels il a adjoint les trois discours de Pascal.

2. Br., 310.

cas du jansénisme, c'est-à-dire d'un mouvement réformateur également dépourvu de tradition et d'avenir, ne
s'inspirant ni de ce qui a été, ni de ce qui sera, mais de ce
qui aurait pu être et qui, par le fait de l'évolution
monarchique triomphante, n'a pas été : le règne des
familles notables émancipées et de la morale contrainte, le
triomphe conjugué de la conscience et de la règle.

RACINE

La tragédie de Racine peut être considérée comme la rencontre d'un genre littéraire traditionnellement nourri de sublime avec un nouvel esprit naturaliste délibérément hostile à l'idée même du sublime. Il ne s'agit pas seulement des liens particuliers de Racine avec Port-Royal, qui furent, comme on sait, très étroits au cours des vingt premières et des vingt dernières années de sa vie. Le tempérament de Racine, et l'esprit général de son époque, qui déborde l'influence de Port-Royal, ont agi dans le même sens, et plus efficacement sans doute. La tragédie, telle qu'elle s'était reconstituée en France dans la première moitié du XVIIe siècle, cherchait avant tout à produire dans le public l'élan de l'admiration morale. Les habitudes, les conventions même du genre, tout était orienté vers le grand. La tragédie était encore telle au temps de Racine ; même la mode de la tendresse n'en avait pas altéré profondément le caractère héroïque. Le public était accoutumé à admirer au théâtre les grandes actions, les pensées rares, les délicatesses du cœur ; c'est ce qu'il attendait de ces héros, travestis ou non à l'antique, de ces grands hommes et de ces Grands, rois et princes, que la loi du genre imposait aux auteurs comme les seuls personnages dignes de la tragédie. A leur gloire était liée celle du poète, d'autant plus admirable dans son domaine qu'ils l'étaient davantage dans le leur. Ainsi s'explique que la tentation de la tragédie héroïque ait été si forte et si persistante chez Racine lui-même, en dépit de son penchant naturel et de son système. Ce serait une erreur de croire que Racine ait introduit du premier coup la nature dans la tragédie, ni peut-être qu'il ait clairement conçu le bouleversement qu'il imposait au genre. L'homme naturel se glissa dans le théâtre tragique, sans en violer le cadre ni les apparences et sans que l'ambition du sublime ait jamais cessé tout à fait de s'attacher aux créations du poète. Tout le théâtre de Racine est fait d'oscillations entre le sublime traditionnel et une psychologie qui le contredit, d'aménagements et de gradations nuancées, souvent indécises, au milieu desquelles les éléments les plus nouveaux n'ont pas toujours, à première vue, leur plein relief.

Racine a commencé par des tragédies conformes au goût du temps, et on aurait peine à différencier nettement la *Thébaïde* et l'*Alexandre* des tragédies de Corneille et de ses successeurs. La *Thébaïde* ressemble à *Rodogune* par la mégalomanie meurtrière des personnages principaux, par l'obsession royale qui les hante, par le pathétique barbare et entortillé de certaines scènes. La situation des deux frères ennemis, qui se disputent un trône auquel chacun d'eux peut également prétendre, donne lieu à une longue suite de discussions et de sentences glorieuses sur la valeur et le sens véritable de la dignité royale. Un scélérat, Créon, oncle des deux frères, obsédé lui aussi par l'ambition du trône, criminel emphatique dans la nuance cornélienne, s'écrie après la mort de ses deux fils :

> *Le nom de père, Attale, est un titre vulgaire :*
> *C'est un don que le ciel ne nous refuse guère.*
> *Un bonheur si commun n'a pour moi rien de doux :*
> *Ce n'est pas un bonheur s'il ne fait des jaloux.*

> *Mais le trône est un bien dont le ciel est avare;*
> *Du reste des mortels ce haut rang nous sépare*[1].

Jocaste, mère d'Étéocle et de Polynice, se voyant sans recours contre leur barbare ambition, veut mourir et le dit avec cette amertume violente et compliquée des héroïnes cornéliennes, de Sabine ou de Rodelinde :

> *Je n'ai plus pour mon sang ni pitié ni tendresse.*
> *Votre exemple m'apprend à ne le plus chérir,*
> *Et moi je vais, cruels, vous apprendre à mourir*[2].

Pour que rien ne manque à la pièce, un couple d'amants élégiaques et précieux, Hémon et Antigone, viennent en agrémenter l'action, semblables au Thésée et à la Dircé qui agrémentent chez Corneille le sujet tout aussi atroce d'Œdipe.

Même conformité au goût régnant dans l'*Alexandre*. Moins sanglante d'inspiration, cette tragédie rend à peu près le son d'un épisode du *Cyrus*. La fierté glorieuse s'y trouve étroitement mêlée à l'amour dans le couple du roi Porus et de la reine Axiane, ennemis d'Alexandre et décidés à défendre contre lui leur indépendance. Le personnage de Porus comble les vœux de cette reine qui exige de ses amants assez de courage pour servir avec succès son « illustre colère ». Il va presque au-delà des exigences de sa dame, un moment inquiète des dangers qu'il court; mais comment lui conseillerait-elle de se soumettre ?

> *Non, non, je n'en crois rien; je connais mieux, Madame,*
> *Le beau feu que la gloire allume dans votre âme*[3].

1. *La Thébaïde*, V, 4.
2. *Ibid.*, IV, 3.
3. *Alexandre*, II, 5.

Car la gloire, dans cette pièce célèbre par sa tendresse, ne tient pas la place la moins importante. L'intraitable Axiane et Cléophile, princesse aimée d'Alexandre et conseillère de soumission, s'affrontent, se persiflent avec toute la hauteur glorieuse des femmes de Corneille ; Axiane, en face d'Alexandre victorieux, parle comme l'Émilie de *Cinna* ou la Cornélie de *Pompée*. Le grand Alexandre tient à sa Cléophile les mêmes propos que le César de Corneille à Cléopâtre ; devant sa dame, il n'est plus vainqueur, mais vaincu, il oublie toute sa gloire pour elle, etc. Et quand il a pardonné à ses ennemis, ce parfait chevalier sait se faire un mérite de sa générosité aux yeux de Cléophile :

> *Souffrez que jusqu'au bout achevant ma carrière,*
> *J'apporte à vos beaux yeux ma vertu tout entière*[1].

Rien n'apparaît donc, dans les premiers essais de Racine au théâtre, de cette psychologie nouvelle de l'instinct qui devait être plus tard son originalité principale. Les passions vont ici de l'héroïque au tendre, suivant la gamme habituelle. Car il ne faudrait pas exagérer l'opposition, dans la littérature de ce temps-là, de l'héroïsme et de la tendresse. Il est vrai qu'à partir de 1650 on a tendance à substituer à la religion des grands intérêts et à l'héroïsme la religion de l'amour, à remplacer les « généreux » par les « mourants » ; les noms de Quinault, de Thomas Corneille, sont restés liés à cette transformation, dont on peut se demander pourtant si elle a eu tout le sens et toute la portée qu'on lui attribue d'ordinaire. Ce qu'on appelait tendresse à l'époque était une forme renouvelée de la vieille religion courtoise et de ses thèmes traditionnels : dévouement absolu à l'objet aimé et idéalisation de l'amour. On a vu

---

1. *Ibid.*, V, 3.

que le conflit était très amorti entre la tendresse ainsi
conçue et les plus grandes vertus. Il faudrait, pour qu'il
éclatât, que la tendresse se mît en révolte ouverte contre les
valeurs morales admises par la société. Mais tel n'est pas le
cas le plus fréquent, surtout dans la littérature du XVIIe siècle : même dans *L'Astrée*, la générosité, sous ses formes les
plus sublimes, conserve toujours ses droits. Aussi ne peut-il
être question que de nuances, d'un dosage de l'héroïsme et
de la tendresse. Dosage dans lequel la note dominante peut
appartenir à l'héroïsme, comme chez Corneille, ou à la
tendresse, comme dans les romans ou dans certaines
tragédies contemporaines de celles de Racine. Les récriminations du vieux Corneille contre les auteurs tendres qui le
continuent, et les accusations répétées de ces tendres eux-
mêmes, généralement partisans du grand Corneille qui les
accuse, contre la tendresse excessive de Racine[1], auquel
d'autres reprochent en même temps son excès de brutalité,
ont fini par former un enchevêtrement confus de polémique, d'où il ressort finalement que personne ne veut être
tendre, que la religion du parfait amour avait honte d'elle-
même, et aussi qu'elle était généralement implantée dans
les habitudes littéraires, de sorte qu'il faudrait éviter de
prendre cette contradiction du goût avoué et du goût réel
pour la controverse de deux écoles bien distinctes[2]. En fait,
on a mis au théâtre, bien avant la vieillesse de Corneille,

1. On comprend à la rigueur qu'un Saint-Évremond reproche à l'*Alexandre* son excès de tendresse, car c'est un partisan assez conséquent du théâtre
héroïque ; mais le *Mercure galant* et la *Gazette*, d'ordinaire enthousiastes de
Thomas Corneille et de Quinault, font le même reproche à *Bajazet*.
2. D'une façon générale, il n'est rien de plus confus ni embrouillé que les
polémiques littéraires au XVIIe siècle. Un débat sur une tragédie aboutit
inévitablement à un fatras de chicanes et d'arguties de détail relatives à la
décence, ou à la vraisemblance, ou à la vérité historique, ou à la correction
grammaticale de tel ou tel passage, et il est extrêmement difficile en général
de discerner un fil conducteur dans la discussion, d'en dégager une vue
d'ensemble.

des épisodes de l'*Astrée*, et l'on trouverait sans peine dans le théâtre cornélien plus d'un « mourant » dans le genre d'Alexandre, non pas seulement, comme on le dit d'habitude, dans les dernières tragédies, mais dans celles de la belle époque : c'est en 1641 que César soupire aux pieds de Cléopâtre, et *Rodogune*, où l'on voit deux princes disposés à renoncer au trône pour épouser une princesse qu'ils aiment, est de 1644. Il est aussi rare de trouver une tragédie purement tendre qu'une tragédie purement héroïque. Nous avons vu que l'*Alexandre* fait une large part à l'héroïsme et à la gloire. Cette interpénétration du sublime et de la tendresse se comprend si l'on se souvient de leur source commune : ce sont les deux créations principales de l'idéalisme aristocratique. L'héroïsme et la tendresse sont liés tous deux à une certaine qualité d'âme, hors de laquelle n'est concevable ni un héros véritable ni un véritable amant. Et comme cette qualité d'âme implique en même temps la lucidité de l'esprit, le brillant des pensées, héros sans pareils et parfaits amants sont volontiers raisonneurs, au plus haut de l'héroïsme comme au plus vif de la tendresse ; et cette habitude aisément visible peut leur servir, si l'on veut, de marque particulière. De la même façon, l'absence de ce trait distinctif chez les héros véritablement raciniens traduit un bouleversement, profond celui-là, de la psychologie tragique. Peu importe que le sublime ait tendance à s'attendrir en passant de Corneille à ses cadets ; il n'y aura de vraie révolution que dans le rejet simultané de l'héroïsme et de la tendresse au nom de la nature : c'est ce que tentera Racine, et c'est en cela qu'il sera original.

*

Andromaque a inauguré non sans une certaine soudaineté cette tentative. Ce n'est pas que les éléments habituels du théâtre tragique ne puissent s'y retrouver : un débat entre la Grèce victorieuse et ce qui reste de Troie sert de cadre à l'intrigue, d'où les intérêts d'État et les devoirs de famille ne sont pas absents ; la rivalité de la veuve d'un héros avec une jeune princesse orgueilleuse, l'opposition d'un roi fier et violent à un parfait amant longtemps éconduit, c'est là, vue du dehors, toute la matière d'une tragédie conforme aux habitudes reçues. Corneille avait usé de matériaux à peu près identiques dans son *Pertharite*, sans cesser d'être fidèle à ses conceptions et à son génie. Et chez Racine même, la grandeur des intérêts en présence, l'orgueil d'Hermione, le dévouement d'Oreste, sont plus qu'une façade conventionnelle recouvrant un drame brutal de l'instinct. Ce sont des ressorts d'émotion tragique qui attestent, chez Racine lui-même, la force de la tradition. Il n'en reste pas moins vrai qu'*Andromaque* est quelque chose de tout nouveau et que l'instinct y tient un langage inusité, incompatible avec les traditions de la morale héroïque.

Avec *Andromaque* se dessine une psychologie de l'amour, que Racine a reprise et approfondie ensuite, surtout dans *Bajazet* et dans *Phèdre*, et qui est, dans son théâtre, l'élément le plus ouvertement et le plus violemment contraire à la tradition. Autour de Racine, dans le théâtre tragique de son temps et dans les romans qui avaient la faveur du public, triomphait partout l'esprit, plus ou moins modernisé, de la chevalerie romanesque. On peut dire que jamais en France cet esprit n'avait été battu en brèche ailleurs que dans la littérature satirique ou la comédie. Les grands genres restaient son domaine. Racine a rompu la tradition, en introduisant dans la tragédie un amour violent et meurtrier, contraire en tous points aux habitudes courtoises. Le caractère dominant de l'amour chevaleresque réside dans la soumission ou le dévouement à la personne aimée ; il ne se permet d'aspirer à la

possession que moyennant une sublimation préalable de
tous ses mouvements. Racine détruit d'un trait de plume
toute cette construction quand il écrit dans la préface
d'*Andromaque*, en réponse à ceux qui trouvaient Pyrrhus
trop brutal : « J'avoue qu'il n'est pas assez résigné à la
volonté de sa maîtresse et que Céladon a mieux connu que
lui le parfait amour. Mais que faire ? Pyrrhus n'avait pas lu
nos romans. » De fait l'amour tel qu'il apparaît chez les
deux personnages principaux d'*Andromaque*, n'a plus rien
de commun avec le dévouement : c'est un désir jaloux,
avide, s'attachant à l'être aimé comme à une proie ; ce n'est
plus un culte rendu à une personne idéale, en qui résident
toutes les valeurs de la vie. Le comportement le plus
habituel de cet amour, dans lequel la passion de posséder
est liée à une insatisfaction profonde, au point qu'on le
conçoit malaisément heureux et partagé, est une agressivité
violente à l'égard de l'objet aimé, sitôt qu'il fait mine de se
dérober. L'équivalence de l'amour et de la haine, nés sans
cesse l'un de l'autre, cet axiome qui est la négation même
du dévouement chevaleresque, est au centre de la psychologie racinienne de l'amour. Encore entrevoit-on, chez
Pyrrhus et chez Hermione, la possibilité d'une autre
attitude, si leurs vœux étaient exaucés. On peut en dire
autant de l'Atalide de *Bajazet*, partagée entre le désir de
sauver la vie de Bajazet, qu'elle aime, en renonçant à lui
pour apaiser Roxane, et celui de provoquer sa mort plutôt
que de le perdre, en faisant éclater leur amour ; le premier
désir triomphe dans la conscience, bien que le second soit
assez fort pour dicter la conduite dans un moment décisif et
déchaîner la catastrophe :

> *Et lorsque quelquefois de ma rivale heureuse*
> *Je me représentais l'image douloureuse,*

> *Votre mort (pardonnez aux fureurs des amants)*
> *Ne me paraissait pas le plus grand des tourments*[1],

dit-elle à Bajazet au moment même où elle le supplie de feindre de l'amour pour sa rivale ; mais enfin elle l'en supplie, et, assurée au moins qu'il l'aime, elle fera tout pour le sauver après l'avoir perdu. Racine est allé plus loin avec le personnage de Roxane : en elle l'agressivité semble fondue en toute occasion à l'attitude amoureuse, et on a peine à l'imaginer heureuse ; dès le début la menace est dans sa bouche comme l'expression naturelle de l'amour :

> *Bajazet touche enfin au trône des sultans :*
> *Il ne faut plus qu'un pas. Mais c'est où je l'attends*[2]

Et à Bajazet lui-même :

> *Songez-vous que je tiens les portes du Palais,*
> *Que je puis vous l'ouvrir ou fermer pour jamais,*
> *Que j'ai sur votre vie un empire suprême,*
> *Que vous ne respirez qu'autant que je vous aime*[3] ?

Avant *Bajazet*, Racine avait représenté dans Néron, et sous une forme plus directement érotique, l'union de l'amour et de la cruauté ; Néron aime en Junie sa victime, et son amour est né du spectacle d'une détresse dont il est lui-même la cause ; la rêverie amoureuse qui suit cette première impression est une rêverie de persécution. Dans un caractère comme celui-là, la vertu aperçue dans l'objet aimé peut en augmenter l'attrait, mais en irritant le désir, et non en exaltant le dévouement :

1. *Bajazet*, II, 5.
2. *Ibid.*, I, 3.
3. *Ibid.*, II, 1.

> *Et c'est cette vertu si nouvelle à la cour*
> *Dont la persévérance irrite mon amour*[1] *;*

c'est le mécanisme de l'amour courtois, mais interprété au rebours de son sens ordinaire, et comme parodié.

Les racines confondues de l'inimitié et de l'amour ne plongent nulle part aussi profondément que dans le cœur de Phèdre. La haine de celui qu'elle aime emprunte chez elle un surcroît de force à l'impossibilité morale où elle se trouve de s'abandonner à son désir. Parce que l'amour qu'elle a pour Hippolyte la persécute, elle le voit lui-même comme un persécuteur :

> *Mon repos, mon bonheur semblait être affermi ;*
> *Athènes me montra mon superbe ennemi...*
> *Par mon époux lui-même à Trézène amenée,*
> *J'ai revu l'ennemi que j'avais éloigné...*[2]*.*

Cet état de torture passive n'attend qu'une occasion pour se changer en agression : la découverte des amours d'Hippolyte et d'Aricie libère la haine latente de Phèdre ; elle dénonce à Thésée son innocent persécuteur en lui imputant son propre crime. De sorte que *Phèdre* nous représente un véritable délire de persécution, issu d'un amour coupable et aboutissant à un attentat. Il faut ajouter que l'instinct de destruction qui accompagne l'amour chez les personnages

---

1. *Britannicus*, II, 2.
2. *Phèdre*, I, 3. Dans cette même tragédie de Phèdre il y a un autre personnage pour qui l'amour est aussi un sujet d'anxiété, et qui ne s'y livre qu'avec remords, et c'est Hippolyte lui-même, en qui une sorte de misogynie juvénile joue, plus faiblement, le rôle de censure que tient chez Phèdre la morale matrimoniale et familiale ; voir II, 2 :
> Depuis plus de six mois, honteux, désespéré,
> Portant partout le trait dont je suis déchiré, etc.
C'est comme un double affaibli de Phèdre, qui ne contribue pas peu à créer cette atmosphère de remords, de désaveu de soi, qui est celle de toute la pièce.

de Racine ne les épargne presque jamais eux-mêmes, et que son aboutissement chez Hermione, chez Atalide, chez Phèdre, est le suicide. La passion brutale et possessive que Racine a substituée à l'amour idéal de la chevalerie, en même temps qu'elle se meut dans les limites de la nature, est impuissante à y trouver son aliment et son équilibre : C'est par là surtout que la psychologie de Racine se rattache aux vues inhumaines de Port-Royal[1].

*

Le théâtre de Corneille n'est pas exempt de violence ou d'horreur. Et pourtant il reste au-dessus de la nature, même en cela. C'est que la jalousie, le crime et la vengeance s'y accompagnent d'une affirmation consciente de l'individu. Le passage de l'amour à la haine, de la prière au défi s'y fait dans la clarté et avec éclat ; chez Racine au contraire, les volte-face de l'instinct mènent et ballottent le moi au lieu de l'exalter. Le propre de la passion telle que la conçoit Racine est qu'elle tend à posséder d'abord celui qui l'éprouve ; elle est la négation de la liberté, la réfutation vivante de l'orgueil. Ceux qui décrivent la passion sous sa forme égoïste sont d'ordinaire les mêmes qui la jugent fatale dans sa puissance et dans ses mouvements. La Rochefoucauld et Racine se rejoignent ici dans l'intention

---

1. Il est faux de caractériser, comme on le fait d'ordinaire, la psychologie de Racine uniquement par le fait que l'amour y domine tous les autres mouvements. C'est dans les œuvres d'inspiration courtoise, dans les romans, que l'amour règne vraiment. Céladon, ou tel parfait amant cornélien, incarne bien le triomphe de l'amour. Ce qui distingue le personnage de Racine n'est pas la puissance de l'amour, mais la forme de cet amour, à la fois égoïste en ce qu'il vise à la possession de l'objet à n'importe quel prix, et ennemi de lui-même, tout entier tourné vers le désastre. La nouveauté de Racine ne réside pas dans la primauté donnée à l'amour parmi les autres instincts, mais dans la façon de concevoir l'instinct en général, étranger à toute valeur, et tragique, en un mot *naturel*, au sens janséniste de ce mot.

de rabaisser l'homme au niveau de la nature[1]. Et pour que
la servitude de l'homme soit complète, Racine, comme La
Rochefoucauld ou Pascal, submerge sa raison et sa conscience en même temps que sa volonté, et veut qu'il se fasse
illusion sur ce qui le conduit. C'est là qu'on aperçoit peut-
être le plus nettement le chemin parcouru de Corneille à
Racine, et de l'*Alexandre* ou de la *Thébaïde à Andromaque*. Le langage d'Hermione n'est pas comme celui de
Chimène ou d'Émilie, à l'image de ses actes et de leurs
mobiles vrais ; il ne renseigne sur l'Hermione véritable qu'à
travers une déformation qu'il appartient à nous de corriger
si nous voulons saisir les vrais ressorts qui la font agir, et
que ses propos sont destinés à dissimuler à nos yeux comme
aux siens. C'est dans ce qu'on est convenu d'appeler le
dépit amoureux que cette duplicité du conscient et de
l'inconscient est le plus communément visible ; Hermione
abandonnée de Pyrrhus prétend ne plus l'aimer, mais veut
rester auprès de lui, afin, dit-elle, de le haïr davantage ; et
comme Cléone veut l'éclairer sur elle-même :

> *Pourquoi veux-tu, cruelle, irriter mes ennuis ?*
> *Je crains de me connaître en l'état où je suis*[2].

La passion telle que la peint Racine veut l'obscurité pour
agir, et quand elle prétend s'expliquer ou raisonner sa
conduite, il faut chercher derrière ses fausses raisons
quelque intérêt tout-puissant du cœur. Racine, fidèle ici à
l'esprit du jansénisme, fait de l'exercice de l'intelligence

---

1. La Rochefoucauld : « Si l'on juge de l'amour par la plupart de ses
effets, il ressemble plus à la haine qu'à l'amitié » (Max. 72) ; « Il n'y a point
de passion où l'amour de soi-même règne si puissamment que dans
l'amour... » (Max. 272) ; et d'autre part : « La plus juste comparaison qu'on
puisse faire de l'amour, c'est celle de la fièvre : nous n'avons non plus de
pouvoir sur l'un que sur l'autre, soit pour sa violence ou pour sa durée »
(Max. 638).

2. *Andromaque*, II, 1.

une duperie. Les personnages raciniens se sont jamais plus bas dans l'échelle de la grandeur humaine que quand par hasard ils argumentent : c'est Hermione, follement raisonnante dans le désaveu dont elle prétend accabler Oreste après le meurtre qu'elle lui a elle-même commandé, ou Atalide interprétant de façon délirante la soumission que Bajazet a témoignée sur ses propres instances à l'amour de Roxane[1].

Ce faux usage de la raison que Racine attribue à ses héros fait invinciblement penser dans certains cas à une sorte de caricature de l'héroïsme, réduit à une façade verbale, dont nous entrevoyons le réel et peu brillant revers. C'est ainsi qu'Hermione invoque constamment, pour demeurer auprès de Pyrrhus infidèle, son devoir, sa gloire, et même la gloire du nom grec :

> *... Songez quelle honte pour nous*
> *Si d'une phrygienne il devenait l'époux*[2] *!*

Pyrrhus revenu à elle, le jeu continue ; elle congédie Oreste en termes cornéliens :

> *L'amour ne règle pas le sort d'une princesse :*
> *La gloire d'obéir est tout ce qu'on nous laisse*[3].

Quand Pyrrhus l'aura de nouveau délaissée, elle invoquera, pour convaincre Oreste de le tuer, sa gloire offensée

1. Ces inconséquences du dépit et de la jalousie n'étaient pas inconnues dans la littérature romanesque ; toute l'intrigue de *L'Astrée* repose sur un incident du même genre. Racine, ici comme en d'autres domaines, semble reprendre une tradition romanesque alors qu'il l'utilise à des fins toutes nouvelles.

2. *Andromaque*, II, 2. L'inconscience touche ici au comique, par le contraste des motifs invoqués et des mobiles réels ; cf. II, 5, les fanfaronnades de Pyrrhus, quand il se prétend victorieux de son amour pour Andromaque, et veut aller la voir encore, « pour la braver ».

3. *Ibid.*, III, 2.

et la haine des tyrans. C'est le langage de Corneille, mais à une place où tout le dénonce comme mensonger. La tradition héroïque, fidèle à elle-même en apparence, ne se retrouve ici que pour se nier.

*

Il serait faux pourtant de croire que l'égarement de la raison accompagne en toute occasion la violence de la passion racinienne. Après *Andromaque,* Racine semble avoir préféré de plus en plus la peinture d'une déchéance lucide, qui se contemple elle-même avec désespoir et se sait sans remède. L'altération inconsciente du jugement, si elle marque un moment plus avancé peut-être dans l'anéantissement du moi héroïque, s'accompagne par contre d'un état d'irresponsabilité qui peut nuire à la profondeur du pathétique : la perdition la plus douloureuse est celle qui se mesure elle-même. Déjà Hermione et Roxane, les moins déprimées pourtant des héroïnes raciniennes, prennent plaisir à contempler leur infortune, à se retracer amèrement les mépris que leur faiblesse accepte. Ainsi Hermione :

> *Le cruel ! de quel œil il m'a congédiée !*
> *Sans pitié, sans douleur, au moins étudiée.*
> *L'ai-je vu se troubler et se plaindre un moment ?*
> *En ai-je pu tirer un seul gémissement ?…*
> *Et je le plains encore ? Et pour comble d'ennui,*
> *Mon cœur, mon lâche cœur s'intéresse pour lui*[1] *?*

De même Roxane, à qui la révélation soudaine de la défaite et du malheur découvre en même temps sa propre faiblesse :

1. *Ibid,* V, 1.

> *Tu ne remportais pas une grande victoire,*
> *Perfide, en abusant ce cœur préoccupé,*
> *Qui lui-même craignait de se voir détrompé*[1].

La lamentation tragique devant le destin, héritée de l'antiquité, et qui se revêtait chez Corneille et ses contemporains d'un langage stoïque, réapparaît chez Racine comme une lamentation véritable, mais transposée de l'ordre de la fatalité extérieure à celui de la fatalité passionnelle, et surchargée des angoisses du remords et du mépris de soi. Pour l'orgueil du moi, la passion coupable est un aveu radical de misère, et cet aveu, altérant jusqu'aux rapports de l'homme avec l'univers, peut atteindre l'intensité d'une angoisse métaphysique :

> *Et moi, triste rebut de la nature entière,*
> *Je me cachais au jour, je fuyais la lumière*[2]...

Évidemment une culpabilité aussi écrasante ne peut s'attacher qu'à des instincts réputés monstrueux ; mais au fond tout instinct, dans la conception pessimiste de Racine et de Port-Royal, entre à quelque degré dans cette catégorie[3]. Le caractère inquiétant attribué à l'instinct justifie une répression sévère qui entretient en retour l'horreur de l'homme pour son être. On voit aisément combien cette lutte sans fin de la nature et de la morale, avec ses

1. *Bajazet*, IV, 5.
2. *Phèdre*, IV, 6.
3. Si Racine est chrétien dans ses tragédies, ce ne peut être que par la culpabilité dont il accompagne l'amour. On connaît l'agrément qu'Arnauld donna à *Phèdre*. Du cas de Phèdre, symbole de la misère naturelle, Racine n'avait tiré évidemment qu'une peinture tragique médiocrement édifiante. Mais le prestige et l'attrait que le crime peut avoir au théâtre, les audaces et les dangers de la mise en œuvre littéraire du péché, n'affaiblissaient pas le sens, profondément rabaissant pour l'homme, de la peinture.

antithèses et ses retours, est différente de l'élan direct et
continu de la sublimation héroïque.

*

La révolution que Racine a accomplie entre *Alexandre* et
Andromaque est donc avant tout une révolution dans la
psychologie de l'amour, et on conçoit qu'il en soit ainsi si
l'on songe qu'en aucun autre domaine une représentation
naturaliste de l'homme n'aurait pu, compte tenu des
conventions de l'époque, présenter une valeur tragique. En
outre la nouveauté était plus facile à sentir dans ce
domaine : l'amour seul peut unir à l'égoïsme la perte de soi
et l'égarement ; l'ambition garde toujours quelque lucidité,
quelque estime d'elle-même, et il n'est pas facile d'y
séparer ce que le désir a d'intéressé de ce qu'il a de
glorieux ; c'est une affaire de nuances en tout cas, au regard
du contraste violent qui oppose par exemple, dans le
domaine de l'amour, un Pyrrhus à un Sévère. Ainsi c'est à
la peinture de l'amour que Racine a surtout demandé le
renouvellement du tragique : c'était par là qu'il pouvait
saisir et surprendre le mieux le public. Mais le reste était
trop important, l'ambition et l'orgueil avaient depuis trop
longtemps droit de cité dans la tragédie pour qu'il pût
échapper à la nécessité de les accommoder à l'atmosphère
nouvelle qu'il avait créée. D'ailleurs on ne pouvait faire
grand, selon l'opinion des contemporains, sans peindre le
grand et Racine fut toujours soucieux de prouver qu'il y
pouvait exceller, en sorte que, si c'est dans la peinture de
l'amour qu'il a fait éclater son génie propre, cette peinture
est loin d'occuper son théâtre tout entier. Plus importante
pour ses contemporains, et pour lui-même, sinon pour
nous, était la partie de l'œuvre où s'affirmait le dessein de
peindre des héros ambitieux et de grands intérêts. Cependant l'accent de la grandeur n'est plus le même chez Racine

qu'il était chez les auteurs tragiques de la génération précédente ; il est intéressant d'observer de près, dans cette différence, l'altération du sublime héroïque. Les demi-teintes occupent une place immense dans le théâtre de Racine, et n'ont pas moins d'intérêt que les nouveautés brutales.

Dans l'amour même les personnages de Racine ne sont pas toujours exempts d'orgueil, et cet orgueil des amants et surtout des amantes jalouses ou dépitées n'est pas toujours une simple façade. Hermione rougit de donner à Oreste, qu'elle a jadis délaissé, le spectacle de sa propre infortune :

> *Quelle honte pour moi, quel triomphe pour lui*
> *De voir mon infortune égaler son ennui !*
> *Est-ce là, dira-t-il, cette fière Hermione ?* [1]...

De même Roxane ressent l'indifférence et la trahison de Bajazet comme une offense :

> *Ô ciel, à cet affront m'auriez-vous condamnée* [2] *?*

Quand son malheur cesse d'être douteux, les tourments de l'orgueil l'accroissent :

> *Dans ce comble de gloire où je suis arrivée,*
> *A quel indigne honneur m'avais-tu réservée ?*
> *Traînerais-je en ces lieux un sort infortuné,*
> *Vil rebut d'un ingrat que j'aurais couronné,*
> *De mon rang descendue, à mille autres égale,*
> *Et la première esclave enfin de ma rivale* [3] *?*

Mais la nouveauté réside en ce que cet orgueil n'est plus

1. *Andromaque,* II, 1.
2. *Bajazet,* III, 7.
3. *Ibid.,* V, 4.

exaltant. C'est une blessure du moi à laquelle on pense
toujours sans pouvoir la fermer ; les pensées d'orgueil sont
là pour entretenir, au moyen d'une honte cruelle et qui ne
peut plus s'oublier que dans la violence, le sentiment de la
déchéance. L'orgueil n'est plus l'aiguillon de l'honneur,
mais la mesure du déshonneur. Semblable aux autres
passions, violent et misérable comme elles, il est rentré
dans la nature.

Il a suffi pour cela d'un changement de ton parfois
imperceptible, d'une nuance que les contemporains peut-
être ne saisissaient pas toujours clairement, mais qu'une
oreille habituée au langage de la gloire ne pouvait pas ne
pas ressentir, même sans se l'expliquer : « Il ne s'en faut
presque rien qu'il n'y ait du grand, disait Saint-Évremond
d'*Andromaque*... ceux qui veulent des beautés pleines y
chercheront je ne sais quoi qui les empêchera d'être tout à
fait contents [1]. » C'était le sentiment général des ennemis
de Racine : il était insuffisant à leurs yeux plutôt que
mauvais [2]. Si l'on veut saisir de façon plus concrète en quoi
consiste le changement, on trouvera que l'orgueil et
l'ambition ont cessé de s'exprimer sentencieusement, c'est-
à-dire de se connaître et de se décrire ; ils ne sont plus
éclairés et soutenus par la conscience de soi et c'est pour
cela qu'ils ont cessé d'être exaltants. Rien de plus profond à
cet égard que la parole de Vauvenargues : « (Les personnages de Corneille) parlent afin de se faire connaître ; (les
personnages de Racine) se font connaître parce qu'ils
parlent [3]. » Il faut entendre que les premiers veulent
communiquer par le langage une image d'eux-mêmes que
leur esprit connaît déjà, tandis que les seconds se décou-
vrent dans leurs propos, sans toujours se connaître. C'est

1. Dans une lettre à M. de Lionne.
2. Cf. Mme de Sévigné, lettres des 13 janvier, 15 janvier et 16 mars 1672.
3. Vauvenargues, *Réflexions critiques sur quelques poètes*, V, VI.

tout l'abîme qui sépare la psychologie naturaliste du bel esprit héroïque, et la force des faits de celle du sublime.

A diverses reprises au cours de sa vie, dans *Britannicus* et dans *Mithridate* surtout, Racine a essayé d'écrire des tragédies où la peinture des grandes ambitions fût au premier plan. Dans *Britannicus* l'intrigue amoureuse est au moins balancée par le duel d'ambition de Néron et de sa mère. Il ne faut pas négliger l'effet que pouvaient produire, au xviiᵉ siècle surtout, les apostrophes orgueilleuses d'Agrippine à Burrhus, ou les affirmations impériales de Néron, disputant à sa mère l'empire de l'univers. Mais on sent bien en quoi Agrippine diffère d'une ambitieuse cornélienne. L'orgueil est chez elle comme une expansion soudaine, déréglée, insultante du moi, qui s'accompagne de plus de souffrances que de satisfactions ; c'est un endroit douloureux du cœur :

> *Que dis-je ? l'on m'évite, et déjà délaissée…*
> *Ah ! je ne puis, Albine, en souffrir la pensée*[1].

Cet orgueil ne s'exprime jamais en « maximes » glorieuses ; il éclate en démarches imprudentes, en menaces inconsidérées ; il traîne après lui le malheur et la mauvaise conscience. Néron, aussi avide de domination que sa mère, perd aussi vite son assurance devant elle — il l'avoue lui-même — qu'elle perd son sang-froid devant le danger, de sorte que leur combat, tout en impulsions et en mouvements instinctifs, a plutôt l'allure d'une crise passionnelle que d'une lutte d'ambitions selon la formule cornélienne. On pourrait trouver la même peinture naturaliste de l'ambition dans le personnage de Mithridate, le plus cornélien peut-être, dans le dessein tout au moins, de tous les héros de Racine. Avec toute la hauteur de son

---

1. *Britannicus*, III, 4.

caractère, avec la hardiesse de ses desseins et le prestige de sa volonté, ce grand homme reste en deçà du caractère héroïque. Autoritaire, brutal, orgueilleux sans sublimité et grand sans chevalerie, usant de morale à son corps défendant avec Monime, et dissimulant sous un langage imposant des ruses cyniques de despote, Mithridate, dans l'amour et aussi dans l'ambition, que Racine a voulue chez lui plus forte que l'amour [1], est en proie à une nature violente qui le conduit plus obscurément qu'il ne conviendrait à un héros. A dessein ou non, Racine a toujours peint les passions réputées grandes sous leur jour le moins édifiant [2].

*

L'audace du naturalisme racinien n'a été aperçue qu'assez tardivement par la critique. La continuité des conventions et de l'apparat extérieur du genre tragique, de Corneille à Racine et de Racine à ses successeurs, a contribué à estomper aux regards la révolution profonde opérée par Racine. C'est seulement à la fin du XIXᵉ siècle qu'on s'est avisé de la violence profonde de la tragédie

---

1. L'exemple de Mithridate éclaire ce que peuvent être chez Racine les rapports de l'amour et des grands intérêts : comme ni l'un ni les autres n'échappent à la définition naturaliste de l'instinct, le dernier mot est au mouvement le plus fort, sans qu'il y ait matière à un débat édifiant. Racine sacrifie même plus aisément l'amour que Corneille, que les principes courtois obligent à plus de précautions et de justifications. Les rois et les princes amoureux renoncent plus volontiers à leur trône ou à leur ambition dans Corneille que dans Racine (comparez par exemple le personnage de Titus à son pendant cornélien de *Tite et Bérénice*).

2. Sans doute faut-il expliquer par ce côté du génie racinien le fait que Saint-Évremond, si favorable aux noirceurs de la tragédie et défenseur de *Rodogune,* ait critiqué *Britannicus* comme une pièce trop noire et trop horrible. En bon cornélien, il voulait du sublime, même dans le crime, de la gloire, des desseins hardis ; les âmes de *Britannicus* ne sont que basses à ses yeux.

racinienne. Bien des causes étrangères au simple souci de la
vérité ont contribué à cette découverte. Le discrédit
définitif des bienséances classiques, le penchant croissant
du public pour une littérature affranchie des préjugés,
moraux et mondains, contraignaient la critique universi-
taire de cette époque à porter la défense du siècle de
Louis XIV sur un plan différent de celui où elle s'était
située jusque-là, à montrer dans les écrivains classiques, au
moins autant que les modèles du bon goût, les peintres sans
pitié de la vérité humaine. Le souci de trouver, dans le
classicisme même, un substitut aux audaces du romantisme
et du naturalisme, est évident chez Brunetière, Jules
Lemaître et leurs continuateurs. Ils invoquent la brûlante
vérité des peintures du grand siècle pour diminuer le sens
des révolutions littéraires qui ont suivi. Ainsi la redécou-
verte des classiques à laquelle on assiste à la fin du
XIXe siècle, trop vite résolue en lieux communs réaction-
naires, n'a pas toujours eu les effets éclairants qu'on en
pouvait attendre. Sur le plan moral encore moins que sur le
plan littéraire : car on a fait les classiques édifiants à
rebours, non plus par la noblesse, mais par la sévérité du
coup d'œil ; on n'a consenti à trouver dans leurs œuvres
tant de cruelle vérité que pour autoriser du prestige de leur
génie les dissertations les plus tendancieuses sur l'humanité
éternelle, et éternellement indigne d'estime, pour faire du
réalisme classique un antidote aux enthousiasmes de l'humanisme révolutionnaire. Cependant, l'usage qu'on a pu
faire, dans la lutte des idées, de cette interprétation du
classicisme n'en affecte pas la valeur intrinsèque. Elle
demeure comme un moment, impossible à négliger, de la
connaissance critique du siècle de Louis XIV, et dans ce
moment nous sommes si bien inclus nous-mêmes, que nous
avons peine à imaginer la position qui a précédé celle-là.
Elle a existé pourtant, et elle a eu elle aussi ses évidences et
sa certitude. Pendant près de deux siècles, personne n'a

senti la violence ou l'audace de Racine. Pour toute la
période classique, et au-delà jusqu'au XIXᵉ siècle lui-même,
Racine a représenté au contraire la correction fine, le goût
allié à la vérité, le tempérament de l'art imposé aux
passions de la nature. Vauvenargues, Voltaire, Sainte-
Beuve, Taine admiraient ou critiquaient dans son œuvre
tout autre chose que la violence. Et ils n'avaient pas
entièrement tort en cela. Car Racine n'a pas toujours fait
régner la brutalité de la nature sur les ruines du sublime ; en
bien des cas, il s'est contenté d'adoucir, d'apprivoiser la
gloire ; il a humanisé l'héroïsme, affiné l'orgueil, attendri le
bel amour. Partout où s'exprime chez lui un sentiment
touchant, partout où se fait jour un caractère sympathique,
partout où ne parle pas seulement la nature violente et
obscure, c'est-à-dire dans une part très considérable de son
œuvre, règne une noblesse élégante qui peut le caractériser
tout autant que la violence de certaines peintures. Andromaque et Monime, Bérénice et Iphigénie, Britannicus,
Bajazet, Xipharès prolongent dans le grand théâtre racinien, sous une forme plus délicate et plus naturelle,
l'atmosphère de l'*Alexandre*.

A cette conception nouvelle de la noblesse morale
l'influence du naturalisme janséniste n'a plus guère de part.
Ce n'est plus ici la nature au sens violent de Port-Royal,
c'est le naturel au sens où on l'entendait à la cour. La
soumission de la noblesse s'était accompagnée, dans l'ordre
moral, d'une dégradation des valeurs héroïques ; mais bien
des restes persistent de l'ancien esprit, dont on conserve les
éléments les moins inquiétants pour le pouvoir, les plus
compatibles avec l'abdication du vieil orgueil. Les valeurs
aristocratiques s'accommodent au temps sans se renier tout
à fait ; l'ancienne idée du beau moral se survit encore à la
cour, mais comme le dehors bienséant, la parure touchante
de la vie réelle.

On connaît les pages célèbres où Taine rapproche les

mœurs du théâtre racinien de celles de la cour de Versailles. Si on laisse de côté l'aspect purement esthétique de la question, et l'accord incontestable de l'architecture de l'œuvre et de sa forme avec l'étiquette, l'ordonnance et la pompe de la vie de cour, et si l'on recherche l'évolution morale profonde qui accompagne et facilite les progrès de l'esthétique classique, on constate, sous le triomphe de la régularité littéraire, un adoucissement général des vieux idéaux héroïques. La règle déjà tyrannique et le culte encore vivace des héros s'accordent tant bien que mal chez Corneille et ses contemporains. L'évolution poursuivie chez Racine aux dépens du héros s'achève par la victoire élégante et tranquille de la règle.

Sans doute Racine ne fut-il ni le premier ni le seul à imprégner de douceur et de tendresse les beaux sentiments tragiques. Il y avait là, dans une certaine mesure, une évolution générale. Mais les doux et les tendres, Thomas Corneille et Quinault même, conservaient le ton glorieux, l'habitude de la subtilité sentimentale. Racine est le premier qui ait élaboré vraiment dans un sens plus naturel et plus moderne l'héritage romanesque. Ses personnages mettent dans l'héroïsme une réserve spontanée, une discrétion de style, qui rompent avec les habitudes de la gloire et du bel esprit. Jamais le passage n'est coupé chez eux entre l'attitude héroïque et l'expression toute simple des mouvements du cœur. Le cas d'Andromaque, veuve exemplaire selon la tradition, et la comparaison qu'on peut faire aisément entre elle et ses devancières, notamment la Cornélie de *Pompée,* le contraste de la rancune naturelle et de la fierté décente de l'une avec la haine éclatante et la jactance des autres, donne la mesure de l'originalité de Racine. Il arrive que ses personnages soient moralement au-dessus de la nature commune, mais l'écart n'est jamais miraculeux ou immodeste. Le bon goût que Vauvenargues lui attribue et qu'il refuse à Corneille, ce « sentiment fin et fidèle de la belle nature [1] » n'est pas seulement chez lui un don esthétique, mais une nouveauté morale : c'est l'accommodation des vertus héroïques à l'atmosphère tempérée de la cour, où il convenait que rien dans l'individu ne s'élevât de façon trop éclatante au-dessus du commun.

Racine est revenu sans cesse sur le thème, si commun à cette époque, de la jeune fille contrainte dans son amour par une autorité ou un intérêt supérieur à elle. C'est tout le sujet d'*Iphigénie,* de *Bérénice* et en grande partie celui de *Mithridate.* Mais s'il est vrai qu'Iphigénie, Bérénice et Monime ne s'abstiennent pas toujours, au plus fort de leurs épreuves, d'évoquer leur « gloire » comme la Pauline de Corneille, elles obéissent ou se révoltent sans orgueilleuse exaltation, sans subtilité et sans grandiloquence. Bérénice délaissée commence par des reproches où il y a plus d'amour que d'amour-propre, puis plus de désespoir que de colère, et enfin, croyant comprendre qu'elle n'a pas cessé d'être aimée, et répugnant à répandre autour d'elle le malheur, se résigne d'une façon que Racine a voulue seulement touchante :

> *Bérénice, Seigneur, ne vaut point tant d'alarme* [2].

Quand Iphigénie demande à Achille furieux de se soumettre aux volontés d'Agamemnon, qu'elle l'exhorte à se soucier davantage de leur gloire à tous deux, et qu'il discute ses arguments, on est bien près du bel esprit romanesque, et on y serait tout à fait, si les mouvements du cœur étaient moins sensibles dans ce débat, si le jeu intellectuel ne s'y effaçait dans le jeu plus profond de la tendresse et du reproche, de la réserve ou de l'abandon. On peut en dire autant de Monime, la plus cornélienne peut-être des

1. *Réflexions critiques sur quelques poètes,* V-VI.
2. *Bérénice,* V, 7.

héroïnes de Racine : elle bannit Xipharès après lui avoir
avoué qu'elle partage sa passion, en espérant qu'il l'aidera
lui-même à conserver sa gloire intacte ; mais le ton est celui
de la tendresse triste, et l'ingéniosité des pensées, toujours
mise en œuvre avec discrétion, disparaît presque dans la
courbe adoucissante de la plainte :

> *J'entends, vous gémissez ; mais telle est ma misère.*
> *Je ne suis point à vous, je suis à votre père.*
> *Dans ce dessein, vous-même, il faut me soutenir,*
> *Et de mon faible cœur m'aider à vous bannir.*
> *J'attends du moins, j'attends de votre complaisance*
> *Que désormais partout vous fuirez ma présence.*
> *J'en viens de dire assez pour vous persuader*
> *Que j'ai trop de raison de vous le commander.*
> *Mais après ce moment, si ce cœur magnanime*
> *D'un véritable amour a brûlé pour Monime,*
> *Je ne reconnais plus la foi de vos discours*
> *Qu'au soin que vous prendrez de m'éviter toujours* [1].

   Cette forme délicate du sublime est plus étroitement liée
qu'on ne croirait à l'utilisation tragique de la violence : la
plainte, dans le système tragique de Racine, est l'accompagnement de la cruauté. En substituant, au type de l'*héroïne*
parleuse et hautaine, celui de la *victime* secrètement
gémissante, Racine alliait ensemble une poésie cruelle, un
pathétique voilé, et une peinture enfin vraisemblable des
beaux sentiments. Dans cet alliage tout nouveau, l'héroïsme perdait sa figure ancienne même quand apparemment son langage et sa conduite étaient demeurés les
mêmes.

*

1. *Mithridate*, II, 6.

Ce changement de ton n'a pas été sans difficultés. C'est ainsi que les peintures sympathiques de Racine, dès qu'il s'agit de héros masculins, sont irrémédiablement faibles ; ce qui n'apparaît qu'adouci dans les héroïnes est fade chez les héros. « Tendres, galants, doux et discrets », comme dit Voltaire ; tels étaient, non seulement les jeunes premiers de Racine, mais le jeune premier selon l'idéal des courtisans. Cette image flottait dans l'air à cette époque ; c'était tout ce qui pouvait rester de la chevalerie dans une cour d'où toute affirmation excessive de soi était bannie. Racine a bien fait ce qu'il a pu pour conserver à ses soupirants, Britannicus, Bajazet, Xipharès, de l'ambition, du courage, de l'attachement à leurs prétentions royales ; il a essayé de les rendre virils en même temps que touchants, ce qui ne veut pas dire qu'il soit parvenu à ceci ni à cela. Il travaillait dans les limites que son temps lui traçait : la dégradation de l'héritage chevaleresque, et l'attrait qu'il exerçait encore, étaient indépendants de sa volonté, et tout son génie n'a pas pu sortir de cette contradiction.

Hors cette image du gentilhomme délicat et du parfait amant, la cour ne concevait pas d'autres types que celui de l'honnête homme, ou celui de l'intrigant, tous deux médiocrement intéressants pour la tragédie, ou encore celui du politique à grands desseins. Mais, bien entendu, à l'époque où écrivait Racine, la seule politique qui fût capable d'alimenter un drame, celle de *Cinna* ou de *Nicomède*, était morte. Le temps de la rébellion aristocratique était passé, et l'absolutisme triomphant avait rendu désuets, à vingt ans d'intervalle, le personnage du conspirateur héroïque et les maximes de la politique généreuse. C'est bien pourquoi le drame politique tient si peu de place dans Racine, en dépit de Racine lui-même. Il a beau avoir écrit *Britannicus* et *Mithridate* : dès lors que la politique n'enthousiasme pas, qu'elle ne se développe pas en formules exaltantes, qu'elle ne montre pas aux prises un pouvoir injuste et des héros vengeurs — et Racine n'a pas voulu suivre en cela des habitudes qu'il sentait vieillies — elle se résout en un jeu d'ambitions qui ne s'élèvent guère au-dessus du niveau des passions privées. Même quand le regard est plus vaste, quand un grand dessein s'exprime ou que se plaide une grande cause, quand Racine ouvre au spectateur une fenêtre plus large sur la vie publique et sur l'histoire, ses tableaux, ses récits, son éloquence se tiennent toujours dans les limites de la nature. Ce sont des exposés où il y a plus de sens, de conduite et de mouvement naturel que de souffle héroïque. Tels sont les grands discours d'Agrippine et de Mithridate, ou les discussions du premier acte d'*Iphigénie*. C'est de la politique positive et non plus de la politique glorieuse ; c'est de la politique de cour et de conseil royal, à la fois vaste et réfléchie, imposante dans son allure et intéressée dans ses buts.

Ce n'est pas que Racine ait toujours écarté de ses scènes politiques les sentences et l'emphase ; la tradition, le désir d'égaler Corneille, les lui suggéraient avec trop de force. *Britannicus* est rempli de belles formules sur l'ancienne Rome, et *Mithridate* reproduit en partie les traditionnelles tirades des rois contre la servitude romaine. Mais l'évocation de la Rome républicaine est devenue bien pâle dans *Britannicus* ; la vertu romaine est un souvenir, et non plus un ressort de l'action, et la tirade où Burrhus décrit à Néron le monarque idéal qu'il pourrait être ressemble plus à une supplique désespérée qu'aux ombrageuses remontrances qu'on trouve en pareil cas chez Corneille. Il n'est pas indifférent que l'opposition au despotisme se traduise en gémissements dans les tragédies de Racine ; il ne pouvait guère en être autrement à l'époque où elles ont paru. Mais aussi on sent bien qu'il fallait autre chose qu'un conflit du type Néron-Burrhus pour soutenir une tragédie, et l'on comprend que le drame politique, affaibli à ce point, soit devenu un ornement, plus ou moins important, d'une

action plus substantielle. C'est aussi le cas dans *Mithridate*.
Et que dire des débats diplomatiques d'*Andromaque,* des
discussions musulmanes de *Bajazet* ? Que donnent-ils d'autre à l'action qu'un prétexte ? La politique tient peut-être
une place plus réelle dans *Esther,* et dans *Athalie,* où l'on
trouve repris avec insistance et chaleur le thème du
souverain victime de ses mauvais conseillers. Mais la
nuance est nouvelle : il s'agit de sujets religieux, et la
religion pouvait moraliser la royauté avec moins de scandale que n'auraient pu faire les grands ; elle était censée
parler au nom d'intérêts moins violents et plus généraux.
Elle était la seule source de culpabilité désormais possible
pour l'absolutisme. S'il y a des maximes un peu fortes dans
les deux dernières pièces de Racine, elles opposent généralement aux abus du despotisme, au nom de la loi chrétienne, le bonheur du peuple entier et la justice :

> *Un roi sage, ainsi Dieu l'a prononcé lui-même,*
> *Sur la richesse et l'or ne met point son appui,*
> *Craint le Seigneur son Dieu, sans cesse a devant lui*
> *Ses préceptes, ses lois, ses jugements sévères,*
> *Et d'injustes fardeaux n'accable point ses frères*[1].

Le crime des flatteurs est de dire

> *... Que les plus saintes lois,*
> *Maîtresses du vil peuple, obéissent aux rois ;*
> *Qu'aux larmes, qu'au travail, le peuple est condamné*
> *Et d'un sceptre de fer veut être gouverné*[2].

C'est là un ton tout différent de celui de la Fronde ; la
critique du despotisme, sous Louis XIV vieillissant, a des
accents plus graves et déjà, en un sens, plus modernes.

1. *Athalie,* IV, 2.
2. *Iphigénie,* IV, 4.

*

Ce que l'influence de la cour et de son esprit faisait perdre à la grandeur tragique par la dégradation de l'héroïsme, se trouve en partie compensé par un prestige nouveau, moins exaltant, mais plus puissant peut-être poétiquement, qui rayonnait de la cour elle-même, de la cour de Versailles avec ses fêtes et ses triomphes. Tout ce qui était grand résidait dans la royauté, et on y participait d'autant plus qu'on était plus proche d'elle. L'éclat qui venait d'en haut était celui d'une puissance extraordinaire, supérieure à toute agitation et à tout conflit. L'idée de grandeur héroïque avait fait place dans les esprits à celle de *majesté*. L'homme touchait au dieu moins par la valeur, que par la puissance et le bonheur. Cette atmosphère a passé dans Racine, qui tire souvent son pathétique de la perte et du regret d'une semblable félicité. Ainsi les plaintes de Clytemnestre quand elle croit sa fille perdue :

> *Et moi, qui l'amenai triomphante, adorée,*
> *Je m'en retournerai seule et désespérée ;*
> *Je verrai les chemins encor tout parfumés*
> *Des fleurs dont sous ses pas on les avait semés*[1].

Iphigénie dit davantage encore :

> *Qui sait même, qui sait si le ciel irrité*
> *A pu souffrir l'excès de ma félicité ?*
> *Hélas ! il me semblait qu'une flamme si belle*
> *M'élevait au-dessus du sort d'une mortelle*[2].

1. *Ibid.,* IV, 4.
2. *Ibid.,* III, 6.

Même contraste dans *Bérénice* entre l'espérance d'un bonheur impérial et une soudaine disgrâce. Le tableau que fait Bérénice heureuse de la nuit de l'apothéose de Vespasien, à qui vient de succéder celui qu'elle aime, nous fait mesurer ce que Bérénice doit perdre, et qui est l'enjeu profond de la tragédie. Et ce tableau s'achève par un éloge du charme royal de Louis XIV sous le nom de Titus[1], comme pour relier plus clairement à nos yeux cette poésie du bonheur à l'ambiance de la cour de Versailles dans la jeune époque du règne.

La qualité royale des héros, indispensable dans le théâtre de Corneille pour appuyer la grandeur de la conduite, trouve chez Racine un autre usage : étrangère à toute idée de supériorité morale, elle grandit seulement les héros dans le bonheur et le malheur, elle projette leur triomphe ou leur infortune à l'étage des dieux et des rois. Si la valeur du héros, rejetée au rang des chimères par l'évolution sociale, est tragiquement niée dans Racine, la majesté de ses personnages n'en est pas amoindrie ; au contraire, pour être toute gratuite, elle n'en est que plus éclatante. L'idée de la grandeur d'âme, tant qu'elle hante l'homme noble, ne lui permet jamais complètement, même dans le crime, de s'élever au-dessus de toute dépendance ; toujours il se donne à juger et à admirer pour un mérite qui le distingue. Les aristocrates ont beau poursuivre le rêve d'une supériorité irresponsable de leur personne ; ils sont trop proches du public, ils dépendent malgré eux de lui et de son estime. D'où le lien établi sans cesse dans la tradition aristocratique entre la qualité du sang et la valeur morale. Le triomphe de la monarchie absolue libère, en la détachant de tout jugement moral, la qualité surhumaine du héros, qu'il s'agisse du roi ou des nobles, qui ne le sont plus qu'autant qu'ils participent à quelque degré à l'éclat de la royauté.

1. *Bérénice*, **I**, 5.

Plus il est étranger au critère de la valeur, plus le prestige des rois et des princes s'attache à leur condition, à leur *situation* au-dessus du destin commun des hommes. Leurs actes et leurs paroles, qui sont les mêmes que ceux de tous, retentissent autrement. L'idée d'une pareille grandeur n'était pas nouvelle ; l'imagination poétique en subissait le charme depuis les grands règnes du siècle précédent ; ce qu'on nomme poésie à partir des derniers Valois n'est guère séparable de cette sorte de prestige ; la lumière même du beau se confond avec celle de la condition royale, dont la poésie transmet l'idée et d'une certaine façon la jouissance à tous les hommes. Inspiration, thèmes, style, tout y évoque cette majesté vive dont la royauté est la source.

Parce que Racine nous montre des personnages royaux moralement semblables à tous les hommes, il ne faut pas réduire, comme on fait quelquefois, les drames raciniens à de simples faits divers passionnels ; ceux qui le font contredisent certainement le sentiment du public pour qui Racine écrivait, et aux yeux duquel la projection sur un plan royal ou mythique des démarches humaines était inséparable de la tragédie. La position de l'action tragique au-delà des limites communes de la vie est demeurée une exigence stricte tant que la grandeur royale et le prestige de la cour ont duré ; tout le destin de la tragédie s'est d'ailleurs joué, dès le XVIIIe siècle, sur cette convention, qui était plus qu'une convention, et dont la ruine a entraîné celle de tout le genre. La grandeur poétique n'est donc pas chez Racine un embellissement ajouté par artifice à la vérité des passions. Chacun des deux éléments est indispensable à l'autre, et lui donne tout son sens, conformément à l'esprit même de la Fable païenne, où Racine a trouvé le modèle de cette grandeur gratuite, de ce merveilleux nourri du scandale des instincts qui est l'âme de son théâtre. C'est cette coïncidence foncière qui a permis à Racine de faire revivre, avec une intensité sans égale, les mythes de

l'ancienne Grèce dans l'Europe moderne. Le sacrifice
d'Iphigénie, le destin sanglant de la famille d'Atrée, la
légende du Minotaure et les égarements des filles de Minos
ne l'inspirent si bien que parce qu'il y retrouve les mêmes
données, qui définissent le destin des Grands depuis le
dépérissement de l'idée chevaleresque : la grandeur d'une
situation privilégiée, jointe à la vérité dévoilée de la
nature[1].

Racine lui-même fait dépendre l'émotion tragique de la
dimension des personnages représentés, quand il exprime
l'espoir qu'on trouvera dans sa Bérénice « cette tristesse
majestueuse qui fait tout le plaisir de la tragédie[2] ». De
fait, il n'est guère d'endroits, même en dehors de *Bérénice*
et d'*Iphigénie,* qui en sont les exemples les plus frappants,
où la lamentation racinienne n'ait pour objet la perte d'une
grandeur prestigieuse ; c'est même là, peut-on dire, une des
composantes les plus profondes de la poésie de Racine. Cet
incessant rapprochement, cette fusion presque de la divinité et du néant, cette majesté incertaine ou menacée à son
insu dans le bonheur, et fidèle à elle-même dans la
détresse, cette lumière égale de la félicité et de l'angoisse,
libre à nous évidemment de les considérer et de les aimer

---

1. Il y aurait beaucoup à dire sur la faveur que les siècles monarchiques
ont témoignée aux mythes de la Grèce païenne. Cette faveur dépasse de
beaucoup le cas particulier de Racine. On la voit trop souvent encore
expliquée par un engouement artificiel, dû à la pauvreté d'inspiration des
poètes, trop heureux de trouver dans l'arsenal de la Fable de quoi orner
pompeusement leur faiblesse. C'est expliquer bien légèrement un goût
profond et tenace, sans lequel deux siècles de grande poésie européenne ne
seraient pas ce qu'ils sont. Mieux vaudrait essayer de retrouver les contacts
profonds entre les données de la Fable et l'esprit des siècles qui ont suivi la
Renaissance. On entreverrait alors, dans cette période de l'histoire européenne, des points de sensibilité réelle, et organiquement explicable, aux
mythes antiques. Et la poésie de cette époque y prendrait une vie nouvelle,
qu'à vrai dire la seule pratique des œuvres, depuis pas mal de temps déjà, a
recommencé à révéler au lecteur sans préjugé.

2. *Bérénice,* Préface.

par rapport à la figure humaine en général. Racine a été assez grand pour nous en laisser la possibilité, pour nous y inviter. Mais il ne faudrait pas croire qu'il ait pu concevoir et sentir « cette tristesse majestueuse », source, selon lui, de tout le plaisir tragique, indépendamment du prestige dont se revêtait à ses yeux et aux yeux de ses contemporains la condition royale.

Que ce prestige chez Racine soit célébré sur le mode de la douleur et du désastre, cela ne résulte sans doute pas seulement de la définition de la tragédie. La nécessité du genre a répondu ici à une disposition profonde du poète. Le monarque, aux confins de la divinité, est, pour des yeux chrétiens, et jansénistes, aux confins du sacrilège ; d'où la menace, sans cesse suspendue sur lui, d'un châtiment céleste. L'obsession du veto chrétien, Némésis nouvelle, mêle intimement à la grandeur des personnes royales l'inquiétude de leur propre néant, bien que cette inquiétude, sous le Roi-Soleil, ne soit jamais assez grande pour effacer leur caractère. La grandeur de Phèdre, en même temps qu'elle est plus étrangère à la vertu que celle des héros cornéliens, est davantage traversée par l'incertitude. Le débat de la grandeur et de la bassesse, du bien et du mal, a changé complètement d'aspect en se posant par rapport à une condition royale libérée de tout obstacle et à une culpabilité concurremment renforcée. La condition simplement noble ayant cessé d'être au centre de tout, la fusion qu'elle représentait du prestige social et de la valeur morale, s'est trouvée brisée. La royauté illimitée et la nature brute, produits extrêmes de cette rupture, ont coexisté désormais, dans une nouvelle synthèse, toute chargée d'angoisse, que la tragédie racinienne fait surgir à nos yeux.

*

La tragédie de Racine est moins représentative peut-être que celle de Corneille, en ce sens qu'elle est moins spontanément, moins directement, l'expression d'un milieu social et d'une tendance morale. Elle est composée d'éléments non seulement divers, mais parfois contradictoires, et qui ne peuvent s'équilibrer que par un miracle de nuances ; c'est la réussite d'un génie unique d'avoir fondu ensemble l'inspiration janséniste et le goût de la jeune cour de Versailles, et de les avoir coulés dans le même moule qui avait servi à Corneille. La violence pessimiste des peintures du cœur, inspirée du nihilisme janséniste, ne devait pas avoir beaucoup d'imitateurs. Cette violence est restée un exemple unique, à peine compris et vite rejeté ; comme celle de Pascal et sans doute pour les mêmes raisons, elle est sans lendemain. Quant à Racine poète, la tradition déjà longue dont il hérite s'immobilise en lui, s'approfondit et se magnifie prodigieusement dans ses vers, et meurt après lui. Le XVIIIe siècle n'admire et n'imite de Racine que le souci du naturel, l'habile observation de la vérité, la logique du drame, l'élégance sensible du style, toutes choses qui, sans le reste, ne sont que la survivance du genre. Pourtant tout ce que Racine avait uni, tous les éléments qui, venus de toutes les sources, s'harmonisent dans son théâtre, cruauté des passions, vérité de la conduite, délicatesse de la sympathie, résonances grandioses du récit, tout, matériaux et forme, obéit à une loi commune et procède de la même impulsion : tout tend à mettre la tragédie en harmonie avec le penchant d'une époque nouvelle, qui est celle de la désaffection du vieux sublime. Aussi peut-on penser finalement que nul n'a mieux situé, sinon défini, Racine que Heine, quand il écrit : « Racine se présente déjà comme le héraut de l'âge moderne près du grand roi avec qui commencent les temps nouveaux. Racine est le premier poète moderne, comme Louis XIV fut le premier roi moderne. Dans Corneille respire encore le moyen âge. En

lui et dans la Fronde râle la voix de la vieille chevalerie...
Mais dans Racine les sentiments du moyen âge sont
complètement éteints ; en lui ne s'éveillent que des idées
nouvelles ; c'est l'organe d'une société neuve [1]. » Plus
exactement peut-être c'est l'organe d'une époque neuve,
diverse et contradictoire dans sa nouveauté, où achève de
mourir et de se transformer une société ancienne.

1. H. Heine, *Die romantische Schule,* Hambourg, 1836, p. 131.

MOLIÈRE

Il peut paraître difficile de demander à la comédie telle qu'on l'entendait jadis une conception bien arrêtée de la condition humaine et des valeurs morales. Car si le genre comique, plus concret en un sens, plus proche de la vie et de la société que les autres, est tenu, par sa nature même, de conduire à quelques conclusions de morale pratique, ces conclusions, le plus souvent, demeurent vagues et communes : l'auteur comique s'adresse au public le plus large, et flatte malgré lui dans ce public la tendance à tout niveler par le rire, à mesurer aux normes habituelles de la vie tout ce qui est nouveau ou insolite. Il se fait ainsi l'avocat de la sagesse ordinaire contre les ridicules les plus divers. Pour qui voudrait trouver en lui une inspiration morale plus profonde, une tendance plus précise, il devient vite indécis ou obscur. C'est bien ce qui s'est produit pour Molière : chose remarquable, ce champion du bon sens et de la simplicité n'a pas écrit une seule grande œuvre dont la signification ne soit âprement discutée depuis bientôt trois siècles. Autant de lecteurs, autant d'interprétations différentes du *Don Juan*, du *Misanthrope*, du *Tartuffe*, voire des *Précieuses ridicules*. C'est que, si la loi de la comédie est de représenter des types empruntés à la vie, qui apportent avec eux sur la scène les débats dont ils sont l'objet dans la réalité, le ton et l'esprit du genre interdisent de présenter ces débats avec toute la netteté intellectuelle désirable. On peut donc être tenté de ne voir dans une œuvre comme celle de Molière qu'une critique judicieuse et moyenne de tous les excès humains, se dégageant d'une peinture exceptionnellement vivante de ces excès. D'où la valeur permanente de cette œuvre, où chaque époque, chaque individu même pourrait trouver de quoi corriger ses misères. Tel est, en gros, le jugement de la critique traditionnelle, et, pour une très grande part, celui des admirateurs de Molière à son époque.

C'est surtout le XIXe siècle, plus curieux que ses prédécesseurs de définir des positions et de discerner des tendances, qui a fait effort pour donner à Molière une figure plus appuyée et plus personnelle. On s'est mis alors, sans rejeter la notion courante, à y ajouter des interprétations philosophiques ou sentimentales plus précises. Interprétations variées à l'infini et contradictoires, qui, d'un Musset à un Brunetière, à travers toute la foule des éditeurs et des critiques du XIXe siècle, dont la descendance se prolonge et s'amplifie jusqu'à nous, font tour à tour de Molière un penseur pessimiste, un romantique avant la lettre, un précurseur des Encyclopédistes, un bon bourgeois, un précieux. De l'abondance de ces interprétations, souvent fragiles en raison même de leur caractère systématique, et plus d'une fois entachées d'anachronisme, a fini par naître une certaine méfiance à l'égard de la prétention même d' « interpréter » Molière. On a insisté sur l'accord de son œuvre avec les idées couramment répandues dans la société polie de son temps. On a fini par revenir dans une certaine mesure, avec tout l'appareil de l'érudition moderne en plus, et un sens plus exact de la couleur propre du XVIIe siècle, à la traditionnelle image de Molière, peintre clairvoyant et critique raisonnable de l'homme social.

Il est vrai qu'on perd son temps à vouloir faire de Molière un homme à système, plus exactement à chercher une volonté consciente à travers son œuvre. De ce que telle de ses pièces confond un ridicule, on a trop vite tiré la conclusion qu'elle illustre une thèse. On avait moins l'habitude au XVIIe siècle qu'aujourd'hui de voir les choses sous l'angle de la discussion systématique. Les conflits d'idées s'y estompent, à moins qu'on ne soit théologien ou moraliste à parti pris, dans l'atmosphère morale commune à l'ensemble de la société. Un auteur comique suit le courant général du public pour lequel il écrit ; il prolonge et incarne dans les actions qu'il met à la scène les pensées de tout le monde ; il cherche pour sa raillerie l'auditoire le plus vaste, pour sa pensée les voies où ses contemporains ont coutume de se rencontrer. Molière ne peut pas être un « penseur », dans la mesure où il ne saurait être vraiment un partisan ; et l'on bâtira toujours sur le vide quand on prétendra expliquer comme des déclarations de guerre ce qui ne veut être chez lui que la traduction, dans le langage souvent irresponsable du rire, des jugements déjà formés de ses auditeurs. Toute pensée, chez Molière, se présente avec une auréole d'approbation publique dont on ne peut la séparer sans la déformer à quelque degré.

Mais de ce qu'une pensée n'est pas systématique, de ce qu'elle se présente même sous l'aspect d'une mise en œuvre comique plutôt que d'une pensée proprement dite, on ne saurait conclure qu'elle n'ait pas une tendance et un sens déterminés. La pensée méthodique est au fond une exception, et la société, dans son ensemble, se conduit par des vues confuses, qui ne sont dépourvues pour autant ni d'unité pratique, ni de direction. Et toute direction, même unanimement adoptée, suppose un choix, un rejet, une discussion implicite. La somme de jugements qui constituait le bon sens mondain au temps de Molière forme malgré tout, au sens large du mot, une philosophie, c'est-à-dire une façon particulière et tendancieuse d'envisager la vie. Déjà ce qu'on appelle le bon sens, même considéré en dehors des temps et des lieux, constitue une philosophie spéciale, qui, si commune qu'elle soit et si évidente qu'elle veuille être, peut prêter légitimement à la discussion. Le « bon sens » a ses cibles de prédilection, ses armes aiguisées d'une certaine façon, ses victimes et ses ennemis, et il ne se maintient d'une société à l'autre, que parce qu'il apparaît utile à la conservation de toutes. Les vérités éternelles ne sont bien souvent que des vérités également valables pour toutes les sociétés jusqu'ici connues, la traduction pratique de constantes sociales demeurées sans démenti. Mais cette constance elle-même n'est qu'approximative. Qu'on le veuille ou non, le bon sens de 1665 n'est pas celui de 1865. Pour faire de Molière un sage à l'épreuve des siècles, ou à la convenance du moment, car les deux choses bien souvent se confondent, on a parfois estompé tous ses traits distinctifs, surtout ceux auxquels son public avait été peut-être le plus sensible. S'il faut donc se garder, quand on étudie Molière, des idées singulières et systématiques, qu'il exclut par tempérament et par profession, il faut éviter tout autant de décolorer, par d'abusives généralités, la signification propre de son œuvre. Même si son théâtre est le miroir des idées moyennes de son temps, il est du plus haut intérêt de reconstituer ces idées moyennes dans leur atmosphère particulière, de les replacer dans leur lumière, qui n'est pas la nôtre. Les contemporains n'ont si peu particularisé Molière que parce qu'entre eux et lui la sympathie était parfaite. On ne se distingue pas soi-même. Nous ne saurions tirer argument de la généralité un peu vague qui caractérise leurs jugements, pour les imiter et attribuer dès l'abord à Molière une valeur humaine, toute générale, que nous n'entendons peut-être pas comme eux.

*

Un des penchants les plus communs de la critique, sitôt qu'elle veut *situer* de façon précise l'œuvre de Molière, est d'y retrouver les idées moyennes du bourgeois. Que de fois ce mot a été écrit, surtout depuis soixante ans, pour définir ses personnages ou sa philosophie ! Bon sens et bourgeoisie sont deux notions à tel point confondues dans les esprits, que tout ce qui dans Molière raille la démesure passe aujourd'hui pour bourgeois. Une vue partielle de son œuvre, limitée à quelques-unes de ses pièces, que d'ailleurs on interprète de façon discutable, *Précieuses ridicules* et *Femmes savantes* surtout, vient confirmer ce sentiment. L'habitude prise depuis Brunetière de séparer la première moitié du XVIIᵉ siècle, imaginative et idéaliste, de l'époque inaugurée justement par Molière, Racine, Boileau, et qui est celle du naturalisme et des idées positives, a renforcé l'idée d'un Molière bourgeois, interprète des côtés roturiers, équilibrés et solides, du règne de Louis XIV. Bien que telle ne fût pas l'idée de Brunetière, qui faisait de Molière, plutôt qu'un simple bourgeois, un révolutionnaire de la morale, intermédiaire entre Rabelais et Diderot, il a beaucoup fait, en opposant l'œuvre de Molière au courant général de l'idéalisme aristocratique, pour embourgeoiser sa figure. Un Faguet ira jusqu'à représenter l'auteur de *Don Juan* comme le Sancho Pança de la France[1]. Cette conception est suffisamment répandue aujourd'hui, elle a suffisamment éclipsé l'idée, trop évidemment erronée, d'un Molière pathétique et douloureux à la façon romantique, pour mériter d'occuper le premier rang dans toute discussion sur Molière.

Pour généralement admise qu'elle soit, la prétendue inspiration bourgeoise de Molière soulève, sitôt qu'on lit sans préjugé l'ensemble de son théâtre, d'invincibles objec-

1. Faguet, *En lisant Molière*, 1914, p. 98.

tions. Il ne faut pas oublier pour qui Molière écrivait surtout : sans la cour et les grands, sa gloire eût été bien maigre. Et le public bourgeois lui-même façonnait ses goûts suivant ceux du beau monde. Cela apparaît bien dans l'œuvre, où le partage du beau et du laid, du brillant et du médiocre à travers la vie humaine, se fait à l'encontre de toutes les habitudes bourgeoises. Les figures, et plus généralement la manière d'être, auxquelles Molière a attaché l'agrément et la sympathie répondent sans conteste à une vue noble de la vie. La *qualité* les marque, d'une façon assez particulière et qui mérite d'être définie, mais elle les marque à peu près sans exception. Le ridicule ou l'odieux sont presque toujours mêlés à quelque vulgarité bourgeoise. Ce fait qui n'a rien d'étonnant étant donné l'époque et le milieu de Molière, et qui était trop naturel pour qu'on le remarquât au cours des siècles aristocratiques, fut ensuite à tel point masqué par la nécessité d'accommoder Molière aux mœurs bourgeoises régnantes, qu'il a de la peine à apparaître de nos jours dans sa pleine lumière. C'est par là que s'explique peut-être, plus que par la seule considération de leur valeur, le mépris qui demeure attaché à toute une catégorie de ses comédies. Sainte-Beuve mis à part[1], il semble qu'il ait fallu attendre une époque toute récente pour qu'on cessât de considérer comme un à-côté de l'œuvre véritable de Molière ses pièces galantes ou héroïques, ses pastorales, ses « comédies-ballets » à intermèdes musicaux, et qu'on voulût bien en tenir compte dans la définition de son génie. C'est pourtant par ces pièces que Molière tient le plus directement à son temps et à son public : écrites presque toutes pour les divertissements de la cour et destinées à flatter le goût du monde, elles établissent mieux que les grandes œuvres le contact entre Molière et ses contemporains. Molière lui-

---

1. Voir *Portraits littéraires*, t. II.

même ne dédaignait pas cette partie de son œuvre. Tout
porte à croire qu'il ne l'écrivit nullement à contrecœur,
mais par goût spontané, et qu'il fut sensible, aussi bien
qu'au succès de ses grands ouvrages, à celui de ses
comédies de seconde zone. Or, dans plusieurs de ces
comédies, règne une sorte de galanterie à grand spectacle,
dont la littérature du temps est coutumière, mais qui peut
sembler inattendue chez un écrivain en qui on prétend
incarner le sentiment bourgeois de la vie. L'adversaire des
précieuses et des femmes savantes eut souvent le goût
brillant et romanesque. Outre sa prédilection, en tant que
comédien, pour les rôles héroïques, et son caractère
magnificent, nous avons, dans son œuvre même, le témoignage qu'il ne fut rien moins que fermé à l'idéal aristocratique de son temps. Dès les débuts de sa carrière nous en
avons comme preuve ce curieux *Don Garcie*, à l'échec
duquel il se résigna si mal. Cette pièce qui porte, comme le
Don Sanche de Corneille, le sous-titre de « comédie
héroïque », est un tissu de débats galants sur les relations
possibles du parfait amour, de la jalousie masculine et de la
gloire féminine [1]. Des débats analogues se retrouvent dans
les vers et dans la prose de *La Princesse d'Élide*, où l'on
voit se mêler et s'entrelacer, dans une atmosphère roma-

---

1. Les mêmes propos qui, prononcés par Armande, sont ridicules dans
Les Femmes savantes, avaient eu d'abord un sens sérieux dans *Don Garcie* :
         ... Et les premières flammes...
         Ont des droits si sacrés sur les illustres âmes
         Qu'il faut perdre grandeurs et renoncer au jour,
         Plutôt que de pencher vers un second amour.
(Vers 912-1 de *Don Garcie*, repris presque textuellement dans *Les Femmes
savantes*, IV 2)
    Sur un plan plus purement littéraire, comparer au sonnet d'Oronte, qui,
sans être donné pour ridicule, essuie quelques railleries, le sonnet qui se
trouve dans la première scène de *La Comtesse d'Escarbagnas*, beaucoup
plus nettement « précieux » celui-là, et qu'un amant sympathique débite à
sa maîtresse sans la moindre nuance de ridicule.

nesque, la gloire de dédaigner l'amour et le plaisir d'aimer. Avec *Mélicerte*, « comédie pastorale héroïque », nous retrouvons les sentiments, le style et jusqu'aux détails de *L'Astrée*. Les subtilités de la tendresse et de la galanterie occupent les conversations de Jupiter et d'Alcmène dans *Amphitryon*. Les situations romanesques à la mode du temps, les conflits de la dignité et de l'amour chez une fille bien née, les intermèdes pastoraux ou merveilleux font encore la matière des *Amants magnifiques*, et un an plus tard, avec le grandissement mythologique en plus, celle de *Psyché*, que Molière composa avec les deux grands hommes du théâtre romanesque, Corneille et Quinault.

Dans toute cette partie de son théâtre, Molière a sacrifié à une forme de sentiment où l'esprit bourgeois n'avait que faire. Il a partagé le goût de ses contemporains en matière de tendresse et de galanterie, et il s'est fait la même idée qu'eux des agréments spectaculaires du théâtre. On ne peut pas négliger, dans Molière, tout ce qui se ressent de la somptuosité des fêtes de la cour : une bonne part de ses pièces furent écrites pour ces fêtes et conçues selon l'esprit qui y présidait. Molière dédaignait si peu cette partie de sa tâche, qu'il créa, pour y faire face, le genre nouveau de la comédie-ballet, amalgame de l'ancien ballet de cour avec la comédie proprement dite, dont il a laissé une dizaine d'exemples, depuis *Les Fâcheux* jusqu'au *Malade imaginaire*. Le siècle de Louis XIV a aimé les galanteries à grand spectacle, dont le goût s'était toujours fait sentir aux époques brillantes des cours, sous Louis XIII comme sous les Valois. Le goût de la magnificence est même lié, dès les origines, à la littérature galante. Les fêtes, les tournois et les divertissements royaux étaient le côté facile et détendu de la chevalerie. Le XVIIe siècle, avec ses ballets de cour et ses carrousels, n'a pas perdu cette tradition. Il en a seulement accentué l'élément agréable, imaginatif, mytho-logique, aux dépens de l'élément proprement chevaleres-

que ou héroïque. Vu sous un certain angle, le théâtre de
Molière se situe au terme de cette évolution.

*

Le déploiement du spectacle n'était pas seulement destiné à flatter les sens du spectateur. Si l'on se plaisait tant à
voir évoluer dans les divertissements de la cour les dieux et
les déesses de l'Olympe, c'était qu'on cherchait volontiers
dans ces spectacles l'image d'un monde plus brillant, plus
irresponsable, plus libre d'entraves que le monde réel, et
qui amplifiait encore l'idée que pouvaient se faire de leur
propre condition les courtisans de Louis XIV. Le prestige
du spectacle n'était pas indépendant de la qualité attribuée
aux personnages principaux. L'attrait de cette qualité est
très perceptible chez Molière, et non pas seulement dans
ses œuvres de second plan. Deux de ses grandes comédies,
Amphitryon et *Don Juan,* sont tout entières occupées du
contraste des Dieux et des Grands avec l'humanité commune.

Tout l'intérêt dramatique, et toute la poésie particulière
d'*Amphitryon* résultent du groupement des personnages en
duos contrastés, où s'opposent un supérieur et un inférieur : Mercure-Sosie, Amphitryon-Sosie, Mercure-
Amphitryon, Jupiter-Amphitryon. Dans ce système de
personnages, les rapports de valet à maître sont prolongés
mythologiquement par les rapports d'homme à dieu. Dès le
début de la pièce et avant même sa rencontre avec
Mercure, Sosie se présente bien avec tous les caractères
habituellement attribués aux inférieurs, poltronnerie et
vanité, récriminations contre les exigences du maître et
irrésistible attachement à l'honneur de le servir :

> *Vers la retraite en vain la raison nous appelle,*
> *En vain notre dépit quelquefois y consent :*

> *Leur vue a sur notre zèle*
> *Un ascendant trop puissant*
> *Et la moindre faveur d'un coup d'œil caressant*
> *Nous rengage de plus belle*[1].

Sosie ne fait que décrire ici un type de relations entre valets et maîtres dont on pourrait trouver d'autres exemples en grand nombre dans toute l'œuvre de Molière. Les premiers sont comme l'ombre des seconds ; turbulents et rebelles par accès, ils sont contraints malgré eux de les suivre et de les servir ; ils joignent à la malice l'infériorité burlesque et la soumission. En ce sens ils sont comme des doubles dégradés de ceux à qui ils appartiennent, et qu'ils singent plus souvent qu'ils ne les maudissent. Le jeu qui consiste à juxtaposer sans cesse, dans toutes les situations possibles, amour, bonheur, infortune, les réactions des valets à celles des maîtres n'est pas seulement un procédé traditionnel de la comédie. Le rapprochement des deux conditions et leur opposition constante appartenaient à la vie. A la vie sociale, dominée quotidiennement par les différences de qualité ; à la vie morale et poétique, tout entière influencée par l'image du demi-dieu noble. La comédie, en développant l'opposition sur un ton enjoué, détendu, et finalement conservateur, accomplissait une fonction sociale non dénuée d'importance[2].

La note originale d'*Amphitryon* est dans la forme, empruntée au vieux motif mythique du double, que revêtent dans les deux cas les plus importants les rapports de

1. *Amphitryon*, I, 1.
2. Voltaire fait preuve d'une délicatesse fort opposée aux façons de sentir traditionnelles quand il écrit, à propos de la *Suite du Menteur* de Corneille : « Ces scènes où les valets font l'amour à l'imitation de leurs maîtres sont enfin proscrites du théâtre avec beaucoup de raison. Ce n'est qu'une parodie basse et dégoûtante des premiers personnages. » Le même jugement pouvait s'appliquer tout aussi bien au *Dépit amoureux*, à *Amphitryon*, etc., et dans le siècle même de Voltaire, aux comédies de Marivaux.

l'inférieur et du supérieur. Mercure a pris les traits de Sosie pour le persécuter, et Jupiter ceux d'Amphitryon pour séduire sa femme. Le drame y acquiert une valeur humaine plus intense. Le thème légendaire du double persécuteur, visible à travers la fable grecque, peut en effet passer pour la transposition métaphysique d'un sentiment d'infériorité vitale, non plus seulement sociale. Le double, par son caractère de surnaturelle puissance, incarne les ambitions du moi, et son hostilité écrasante reflète l'incapacité de ce moi à s'élever réellement au niveau de ses désirs. Mercure, identique et supérieur à Sosie, l'empêche d'être lui-même, le rabroue même quand il le supplie de l'accepter pour son reflet :

> S. : *Ô cœur barbare et tyrannique,*
> *Souffre au moins que je sois ton ombre. — M. : Point du tout.*
> S. : *Que d'un peu de pitié ton âme s'humanise.*
> *En cette qualité souffre-moi près de toi :*
> *Je te serai partout une ombre si soumise*
>> *Que tu seras content de moi.*
>> M. : *Point de quartier...* [1]

Ainsi le personnage de Sosie exprime à la fois, sur le mode comique, une infériorité sociale propre à une catégorie d'hommes et une misère commune à tout le genre humain. Il est bien évident que Molière n'a mis aucune intention pathétique dans son *Amphitryon*, et que de son temps les thèmes de la mythologie païenne servaient surtout de prétexte à divertir une imagination peu portée à l'inquiétude métaphysique. Mais il ne faudrait pas exagérer dans ce sens, le XVIIᵉ siècle ayant été très accessible à un certain émoi mythologique pour des raisons qui tiennent à la forme même de sa sensibilité, aisément tournée vers le grand ; et l'habitude même de jouer avec le grand, qui caractérise

---

1. *Ibid.*, III, 6.

toute la poésie de l'époque, n'altère ni la signification ni la résonance secrète des thèmes évoqués. Si déguisé qu'il soit par l'espèce de jeu brillant qui enveloppe toute la pièce, le désir de l'illimitation divine parcourt d'un bout à l'autre la comédie d'*Amphitryon*. On s'en apercevra aisément si, quittant Sosie et Mercure, et passant par-dessus l'Amphitryon terrestre, on reconnaît en son rival immortel l'animateur véritable du drame. Toute l'action procède bien en effet de Jupiter, séducteur et mystificateur souverain, et elle aboutit à Jupiter, qui coupe court au drame en faisant accepter, avec son identité divine, les irrésistibles prérogatives qu'il vient d'exercer une fois de plus parmi les mortels. C'est bien Jupiter, plutôt que Mercure ou Amphitryon, qui fournit dans la pièce le type opposé à celui de Sosie. Mercure, dieu subalterne en habit de valet, Amphitryon, homme de qualité berné par un dieu qui le réduit à la condition ridicule d'un second Sosie, occupent chacun à sa manière un degré intermédiaire entre le valet et le dieu, qui, situés aux pôles véritables de l'action, incarnent respectivement la condition la plus basse et la condition la plus haute qui se puissent concevoir.

Celle de Jupiter se caractérise à la fois par un surcroît de puissance sur les choses et par une diminution des entraves intérieures que créent la timidité ou le scrupule. Tout ce qui limite ordinairement le désir, c'est-à-dire la réalité, et les interdictions morales, cesse pour lui d'exister. Transposé sur le plan humain, un personnage de cette sorte se distinguerait du commun des hommes non par la force de la vertu, mais par la facilité dans le bonheur. Il ne s'agit plus ici de la grandeur d'âme, mais de quelque chose de plus nouveau, d'une surhumanité heureuse, libre, facile, païenne en un mot. Cette idée d'une excellence ou d'une majesté liée à la liberté dans le plaisir est un des enseignements principaux que l'aristocratie des temps modernes ait cru pouvoir tirer de l'antiquité ressuscitée. Tout l'art, et la

poésie en premier lieu, s'en est trouvé renouvelé. Épanouissement de l'ambition poétique dans la plénitude
retrouvée de la vie et des choses, goût magnifique mêlé au
goût naturel, alliage de l'agrément et de l'infinité : toute la
belle poésie du XVIIᵉ siècle, celle des Maynard, des
Théophile, des Tristan, procède de là. La majesté et le
désir parlent ensemble dans les œuvres des poètes ;
l'Olympe céleste et les Olympes de la terre, les Dieux et les
rois mêlés y répètent, comme leur secret le plus profond, la
loi toute-puissante du plaisir.

Il est remarquable que les « lieux communs de morale
lubrique » dont parle Boileau soient toujours traités de son
temps dans un langage prestigieux ; réciproquement, il
n'est guère de grandeur poétique qui n'ait l'agrément pour
matière. La poésie galante, quand elle aura rompu ce lien,
quand elle aura cessé de résonner dans le grand, prendra
l'allure du badinage pur et simple. Mais il est loin d'en être
ainsi au temps de Molière. On lit trop souvent les vers de ce
temps-là à travers l'esprit et le goût du siècle suivant.
L'emploi constant des symboles grandissants de la mythologie, l'appel répété à des thèmes aussi troublants pour
l'imagination que ceux du phénix ou du soleil-roi, la
divinité attribuée à l'objet aimé, l'habitude de donner issue
aux mouvements du cœur humain dans les aventures et les
métamorphoses de la Fable, tout cela, pourra-t-on dire,
n'est guère, sous Louis XIII et Louis XIV, que de la
littérature. Mais la littérature, si elle n'engage pas la
croyance, engage au moins le sentiment et la représentation, et ne saurait se résoudre en simples « façons de
parler » ; sa fonction, dans la société et chez l'individu, est
plus profonde. La vérité est qu'il y a eu, dans la France du
XVIIᵉ siècle, un mélange du jeu et de la profondeur, de la
légèreté et de l'envergure poétique, dont la formule s'est
perdue avec les conditions qui l'avaient rendue possible, et
n'a plus été reconnue ensuite.

Pareille formule convenait bien à une aristocratie toujours occupée de sa grandeur, mais qui, à la cour des rois,
ne pouvait plus guère la faire consister que dans la faveur et
le plaisir. Formule passablement irréelle d'ailleurs, et où
s'aperçoit le besoin de transposer et de résoudre poétiquement un problème moins aisément soluble dans la vie. En
fait, dans l'aristocratie domestiquée, la prétention à la
grandeur, élargie spectaculairement, se fait de plus en plus
vaine, de plus en plus encline à se nier soi-même, à se
perdre dans les appâts du plaisir au lieu de s'y exalter. La
surhumanité se résout en dissipation, le dédain de la
morale en complaisance. *Amphitryon,* dès qu'on cesse de le
considérer comme un pur poème, n'est pas exempt de cette
tare. On connaît la tradition suivant laquelle cette comédie
représente les amours de Louis XIV, nouveau Jupiter, avec
Mme de Montespan, dont le mari prenait très mal son
infortune. Que cette tradition soit vraie ou fausse, il est
significatif qu'on puisse imaginer, sous le vêtement flatteur
du poème, la matière d'un fabliau cynique, tournée en
flatterie de cour. Sans doute les grands prétendent exercer
dans leur sphère des droits analogues à ceux qu'ils reconnaissent au souverain : vues sous cet angle, les données
principales de la comédie, le sans-gêne du Dieu, la fureur
comique d'Amphitryon, enfin l'irrésistible préséance de
l'amant de haut parage sur le mari légitime reproduisent un
genre de relations observables dans toute la société de ce
temps-là, et que le mot de privilège résume parfaitement.
La poésie du Jupiter de Molière est la poésie du privilège,
considéré en général comme une façon de vivre. Mais la
notion de privilège, de supériorité gratuite et qu'on ne
songe pas à justifier, ne prend la première place dans la vie
noble qu'autant que l'aristocratie cesse d'exercer une
fonction sociale effective, se sent impuissante à fonder ses
droits. Dans le mot de privilège est inscrite, en même
temps que la primauté, l'inutilité sociale. Aussi le seul

respect qui puisse s'attacher au privilège est-il de nature servile :

> *Un partage avec Jupiter*
> *N'a rien du tout qui déshonore*[1],

ainsi prêche le Dieu au mari qu'il a supplanté. A cette lumière, la reviviscence des mythes païens dans l'époque qui nous occupe peut apparaître comme un afflux d'imaginations superstitieuses, revenues de fort loin pour autoriser d'un prestige poétique l'inégalité et l'arbitraire.

On se convaincra des rapports du thème d'Amphitryon avec le fait social du privilège, en voyant racontée dans *La Princesse d'Élide* une histoire en tous points semblable à celle de Jupiter et du général grec, mais se déroulant cette fois sur le plan purement terrestre, entre un prince et un paysan. C'est le bouffon Moron, fils du paysan, qui la raconte au fils du prince :

> *Ma mère dans son temps passait pour assez belle,*
> *Et naturellement n'était pas fort cruelle ;*
> *Feu votre père alors, ce prince généreux,*
> *Sur la galanterie était fort dangereux,*
> *Et je sais qu'Elpénor, qu'on appelait mon père*
> *A cause qu'il était le mari de ma mère,*
> *Contait pour grand honneur aux pasteurs d'aujourd'hui*
> *Que le prince autrefois était venu chez lui*
> *Et que durant ce temps il avait l'avantage*
> *De se voir salué de tous ceux du village*[2].

C'est la situation d'*Amphitryon*, mais d'un *Amphitryon* retenu à l'échelle de la vie réelle, où les droits du Dieu ne sont plus que le « droit du seigneur », et où, au surplus, la victime elle-même est assez abusée pour faire

1. *Amphitryon*, III, 10.
2. *La Princesse d'Élide*, I, 2.

vanité de son infortune, et proclamer presque, avant Mercure,

> *Que les coups de bâton d'un dieu*
> *Font honneur à qui les endure*[1].

*

Les thèmes essentiels d'*Amphitryon* avaient déjà été traités par Molière, sous une forme plus dramatique, dans celle de ses pièces où sont évoqués avec le plus de force les problèmes et les conflits créés par l'amoralité aristocratique, le *Don Juan*. Il est curieux que la parenté profonde de cette comédie avec celle d'*Amphitryon* soit demeurée généralement inaperçue. Pourtant le comportement de Don Juan, séducteur aussi irrésistible et aussi passager que le dieu païen, la supériorité facile qui enveloppe ses démarches, son contraste avec Sganarelle, comme avec un double inférieur et grossier, tout invite à rapprocher les deux œuvres. Du fait qu'*Amphitryon* est une pièce enjouée, où toutes les difficultés se résolvent dans les fantaisies de l'imagination païenne, tandis qu'elles apparaissent nues et insolubles dans *Don Juan,* on a vu les deux pièces avec des yeux tout différents. Toutes deux reposent pourtant sur la conception d'un héros souverain, dont les désirs se prétendent au-dessus du blâme et de la contrainte ; et dans toutes deux des relations réelles apparaissent à travers une action légendaire.

On reconnaîtra sans peine dans le couple Don Juan-Sganarelle les caractères déjà observés dans les couples mythiques d'*Amphitryon*. Ici on est seulement plus près du modèle réel, du groupe gentilhomme-valet tel que Molière

1. *Amphitryon*, III, 9.

pouvait l'observer dans la vie. Sans doute Sganarelle, qui
récrimine sans cesse contre son maître, prétend, non sans
sincérité, le haïr, et s'affirme lié à lui par la seule peur : « Il
faut que je lui sois fidèle en dépit que j'en aie ; la crainte
fait en moi l'office du zèle, bride mes sentiments et me
réduit d'applaudir bien souvent à ce que mon âme
déteste [1]. » Mais sous cette haine perce à plusieurs reprises
une sorte de respect impuissant, qui fait du valet, malgré
qu'il en ait, l'écho de son maître. L'ironie avec laquelle
Sganarelle répète les attitudes de Don Juan est celle d'un
inférieur, plus abasourdi que vraiment moqueur. Ainsi
quand Don Juan lui annonce le projet d'enlever en barque
une jeune fiancée : « C'est fort bien fait à vous, et vous le
prenez comme il faut : il n'est rien de tel en ce monde que
de se contenter [2]. » Même accent dans le mot qui double les
ricanements de Don Juan, lorsque Elvire le menace de la
colère divine : « Vraiment oui, nous nous moquons bien de
cela, nous autres [3]. » On sait comment Sganarelle, singeant
Don Juan, éconduit après lui M. Dimanche, créancier du
valet aussi bien que du maître : Sganarelle prouve bien
dans cette circonstance qu'il admire assez son maître pour
l'imiter quand il l'ose. D'ailleurs tout le personnage a été
conçu comme une incarnation timide et pitoyable, fonciè-
rement *inférieure,* de tout ce qui pouvait se scandaliser des
audaces de Don Juan. On a reproché à Molière d'avoir
couvert de ridicule en Sganarelle le défenseur de la morale
et de la foi ; mais, quel que fût son sentiment personnel sur
Don Juan, et si l'on considère que le personnage du valet
lui était déjà fourni par la tradition, il devait à la nature
même de son sujet et à des données sociales impossibles à
changer de peindre Sganarelle tel qu'il l'a peint, à la fois

1. *Don Juan,* I, 1.
2. *Ibid.,* I, 2.
3. *Ibid.,* I, 3.

scandalisé et ridicule, indigné et bredouillant, en état de perpétuelle protestation et de perpétuelle déconfiture.

Face à lui, comme à tous les autres personnages inférieurs de la pièce, l'attitude de Don Juan est celle d'un seigneur, à qui tout est dû, qui exige et prend ce qui lui plaît, et ne doit rien en retour. Le bourgeois auquel il emprunte de l'argent, le paysan dont il séduit la fiancée et qu'il soufflette à la première protestation, sont logés à la même enseigne que Sganarelle, et leur condition est définie par cette raillerie de Don Juan à son valet : « C'est trop d'honneur que je vous fais ; bien heureux est le valet qui peut avoir la gloire de mourir pour son maître [1]. » Que Don Juan ne soit pas dupe de cette édifiante formule, cela ne fait qu'ajouter à sa supériorité. D'ailleurs tous ceux qu'il méprise sont ainsi faits que l'attitude écrasante du héros les confond malgré eux, et se légitime en quelque sorte par leur impuissance à la riposte.

Quant aux prolongements fabuleux de l'action, s'ils sont moins apparents ici que dans l'*Amphitryon,* ils n'en existent pas moins : la grandeur de Don Juan n'est pas uniquement terrestre ; elle se manifeste également sur le plan métaphysique par une prétention à se situer au niveau de la divinité en la dédaignant ou en la bravant, qui rend nécessaire un dénouement surnaturel. Il y a sans aucun doute en Don Juan quelque chose qui passe les bornes habituelles de la condition humaine. Les désirs ne sont pas seulement souverains en lui, ils n'occupent pas seulement tout le champ de la pensée, rejetant dans un oubli presque incroyable tout ce qui peut les entraver, comme dans l'instant qui suit chacune des importunes apparitions d'Elvire ; mais leur objet même est sans limite et dépasse la mesure humaine. L'inconstance chez Don Juan n'est pas l'effet de la seule sensualité, elle manifeste une insatisfac-

1. *Ibid.,* II, 5.

tion essentielle, le dégoût d'un plaisir limité, l'ambition
d'aller toujours au-delà des victoires déjà acquises. Aussi
sa profession de foi en cette matière est-elle sans cesse aux
confins du badinage et de la grandeur. C'est le ton que nous
connaissons déjà ; Don Juan y excelle : « J'ai beau être
engagé, l'amour que j'ai pour une belle n'engage point mon
âme à faire injustice aux autres ; je conserve des yeux pour
voir le mérite de toutes et rends à chacune les hommages et
les tributs où la nature nous oblige. Quoi qu'il en soit, je ne
puis refuser mon cœur à tout ce que je vois d'aimable, et,
dès qu'un beau visage me le demande, si j'en avais dix
mille, je les donnerais tous. Les inclinations naissantes,
après tout, ont des charmes inexplicables, et tout le plaisir
de l'amour est dans le changement... Enfin il n'est rien de si
doux que de triompher d'une belle personne, et j'ai sur ce
sujet l'ambition des conquérants, qui volent perpétuelle-
ment de victoire en victoire et ne peuvent se résoudre à
borner leurs souhaits. Il n'est rien qui puisse arrêter
l'impétuosité de mes désirs, je me sens un cœur à aimer
toute la terre, et, comme Alexandre, je souhaiterais qu'il y
eût d'autres mondes pour y pouvoir étendre mes conquêtes
amoureuses [1]. »

Ainsi conçu, le personnage de Don Juan enchanterait
sans danger l'imagination, s'il appartenait à la Fable. C'est
parce qu'il est homme, parce qu'en lui prennent corps
scandaleusement les rêveries du paganisme aristocratique,
parce que le privilège, au lieu de se projeter et de se
parfaire sur le plan poétique, est chez lui l'objet d'une
exigence vitale illimitée, que les difficultés se dressent
devant lui et que l'anathème le frappe. La qualité héroïque
apparaît en lui, avec une entière netteté, comme l'ennemie
de toute contrainte morale. Aussi doit-il des comptes au
Dieu chrétien, à qui il a déclaré la guerre. Le Héros selon

1. *Ibid.,* I, 2.

Corneille, avec tout son orgueil, est accommodable au christianisme, au moins à un certain christianisme ; le Héros racinien ne se situe pas plus tôt hors de la loi morale que son propre désordre le perd et le convainc d'erreur ; Don Juan court le monde en défiant Dieu, qui n'a pas de prise sur son âme. A ce conflit ouvert, il n'est pas d'autre solution que la foudre finale.

Cette amoralité souveraine, exempte de tout sentiment de culpabilité [1], emprunte sans doute ses caractères à une conception du héros bien antérieure au christianisme. Les éléments merveilleux de l'histoire de Don Juan, l'invitation à dîner du mort, la statue animée, le châtiment surnaturel du héros, trahissent une formation légendaire archaïque, dont la signification dépasse certainement la moralité apparente du drame. En conséquence on peut considérer, si l'on veut, la légende de Don Juan comme le point de rencontre de la vieille conception du héros souverain, qui double et éclipse les maris et sème au gré de ses désirs le germe vital, avec la morale chrétienne, qui non seulement condamne toute prétention à la surhumanité, mais se lie à des institutions où la jalousie des hommes et l'honneur des femmes se trouvent ligués contre les entreprises du séducteur [2]. Cette interprétation de Don Juan comme une

---

1. On ne saurait trop insister sur ce point : le Don Juan de Molière n'est pas anxieux. C'est le romantisme qui a allié l'angoisse aux ambitions et aux désirs de Don Juan. Chez Molière, et aux XVIIᵉ et XVIIIᵉ siècles en général, Don Juan est Don Juan principalement en ce qu'il ignore l'angoisse ; le scandale et le châtiment naissent extérieurement à lui ; il est frappé du dehors. Le Don Juan romantique est plus profondément sympathique à son public, qui ne le condamne presque plus de vouloir s'égaler à la divinité, mais il porte en lui-même sa limite, qui est l'inquiétude, et il se révèle finalement, du moins est-ce le cas le plus général, inférieur à son ambition. En ce sens on peut dire que le romantisme, en transgressant les limitations chrétiennes du moi, les a recréées dans le moi lui-même.

2. C'est la thèse que semble soutenir O. Rank dans son étude souvent profonde, mais malheureusement assez obscure, sur *Don Juan* (traduction française, Paris, 1932).

figuration chrétienne d'un héros païen, devenu maudit, a l'avantage de rendre compte à la fois de ce qui, en lui, demeure visiblement étranger au christianisme, et de ce qui, dans le drame, assure au christianisme une écrasante victoire. Mais elle ne peut être entièrement satisfaisante si l'on songe que la légende de Don Juan ne s'est développée qu'après de longs siècles de foi chrétienne, et au moment où le christianisme avait subi la première secousse sérieuse, au lendemain seulement de la Renaissance : le Burlador espagnol, prototype de Don Juan dans la littérature, date du début du XVIIᵉ siècle Il n'est pas moins remarquable que le personnage ne se soit que progressivement dégagé au cours du XVIIᵉ siècle des résidus de la psychologie chrétienne, pour prendre figure véritable de héros païen : chez Molière pour la première fois, quarante ans après son apparition, Don Juan, vraiment exempt de scrupules et de remords, tient tête d'un bout à l'autre à la menace chrétienne. Cela semble bien indiquer que le personnage de Don Juan est surtout le fruit d'une évolution moderne, où des souvenirs préchrétiens se sont trouvés simplement réactivés, qu'il est issu, en somme, d'un divorce récent de la mentalité noble et de la religion. En fait sa fortune est liée à celle de l'incrédulité dans la classe noble, telle qu'elle s'est développée à partir du XVIᵉ siècle en Italie, en France, en Angleterre : car ce sont là les pays d'élection de Don Juan, qui a vite oublié sa trop chrétienne terre d'origine pour se fixer, en y prenant son véritable caractère, dans les pays du « libertinage » aristocratique. Tout le problème de Don Juan revient donc à rendre compte de l'aggravation moderne du conflit entre l'aspiration noble à la surhumanité et la loi chrétienne. Il est bien évident que le christianisme eut à souffrir, dans ce domaine comme dans tous les autres, de l'élargissement des connaissances et de l'horizon humain qui a marqué le début des temps modernes. Les grands de ce monde ont profité de l'occa-

sion pour rejeter avec éclat une morale d'abstinence et
d'humilité qu'ils avaient toujours impatiemment soufferte.
Mais ils n'ont pu se vouer aussi impudemment à la religion
du plaisir qu'en perdant à quelque degré leur responsabilité
devant l'ensemble du corps social. Le libertinage moral,
désaveu cynique de la vieille idée selon laquelle « noblesse
oblige », longuement et vainement opposée à Don Juan
par son père[1], aboutit à rejeter ses adeptes hors de toute
position sociale tenable, et par suite hors de toute souveraineté solide et effective. Ce grand seigneur demi-dieu est en
même temps un grand seigneur déchu, et sa place est bien
dans les siècles où se consomme la déchéance politique de
l'aristocratie. Rodrigue ou Nicomède sont des modèles
humains valables et répondent à un idéal efficace, qui a
prévalu pendant des siècles. Don Juan est impossible à
donner en exemple, et, il ne faut pas l'oublier, il finit en
vaincu, comme le libertinage noble, mort sans laisser
d'héritage avec ses dédains et ses scandales. Des Importants aux Roués, le type du gentilhomme scandaleux
traverse les siècles monarchiques, grand seulement, et
d'une sorte de grandeur vaine, dans la mesure où il défie la
sottise tremblante des hommes, et sait donner l'avantage
au plaisir sur l'intérêt, sur la vie même. Tel est Don Juan,
qui méprise la mort autant qu'il recherche le plaisir, et qui
conserve, comme des traits inséparables de sa demi-
divinité, le dédain des hommes et l'oubli du danger, les
réflexes naturels de l'orgueil et de la bravoure.

Le conflit d'un semblable personnage avec le christianisme n'est qu'un aspect particulièrement net de son
opposition générale à tout ce qui est : à la nécessité sociale,
aux scrupules communs, aux lois de l'amour, de la famille,
de la société, incarnée dans Elvire, dans le Père, dans le

1. Cf. aussi le mot de Sganarelle : « Eh ! oui. Sa qualité ! la raison en est
belle, et c'est par là qu'il s'empêcherait des choses (I, 1). »

Pauvre. Finalement *Don Juan* marque le point où l'ambition aristocratique, presque détachée de la réalité sociale, devient à la fois subversive et vaine. Molière, tenté avant tout de reproduire fidèlement un état de choses, ne semble pas avoir beaucoup pensé à prendre position lui-même dans le débat : le prestige qu'il a donné à son héros était conforme au sentiment, secret tout au moins, du public ; mais ce prestige est fortement compensé par une adhésion, non moins évidente, à la réprobation qui entourait le personnage. Il n'y a là rien de contradictoire. Le « grand seigneur méchant homme » intimide et révolte à la fois. Et on ne saurait nier qu'il soit méchant homme, ni que Molière l'ait fait à certains moments plus proche de Satan que de Jupiter [1]. Reste qu'il a porté à la scène l'image la moins voilée, la plus insoutenable, de la prétention aristocratique. D'où l'impression énigmatique que laisse la pièce à un spectateur qui ne peut ni admirer sans danger le demi-dieu, ni le réprouver sans regret, ni l'absoudre sans inconséquence. *Don Juan* fait mieux saisir par contraste, l'équilibre, même facile et superficiel, d'*Amphitryon,* et par-delà *Amphitryon,* de toute la littérature galante et mythologique du siècle. Les tentations et les périls de l'imagination aristocratique, ses séductions toutes-puissantes, bref tout l'ensemble des appâts dont se trouvait entouré, pour un homme du xviie siècle, le sentiment de la « qualité », ont, en tout cas, suffisamment intéressé Molière pour lui fournir, en même temps qu'une bonne part des ornements de son théâtre, la matière de plusieurs comédies, dont deux parmi les plus grandes.

*

1. Voir, I, 3, le récit que fait Don Juan de sa jalousie et de son dépit à la vue d'un couple heureux.

Il suffit de parcourir le théâtre de Molière pour se rendre compte que le bourgeois y est presque toujours médiocre ou ridicule. Il n'est pas un seul des bourgeois de Molière qui présente, en tant que bourgeois, quelque élévation ou valeur morale ; l'idée même de la vertu proprement bourgeoise se chercherait en vain à travers ses comédies. Le sens de la mesure ou du juste milieu caractérise chez lui l'honnête homme, c'est-à-dire l'homme du monde, noble ou non, mais formé selon l'idéal de la civilité noble, non le bourgeois pris en lui-même. Même dans les œuvres les plus hostiles en apparence aux façons d'être et de penser aristocratiques, dans *Les Précieuses* et *Les Femmes savantes,* le type du bon bourgeois a sa part de ridicule. Gorgibus est aussi peu que les précieuses un modèle à suivre. La franchise de l'un, opposée à la prétention des autres, fait rire, et entraîne peut-être une adhésion passagère. Mais, quand il a voulu développer son sujet dans *Les Femmes savantes,* Molière a distingué deux formes possibles du bon sens, en l'incarnant à la fois dans Chrysale, où il est bourgeois, c'est-à-dire prosaïque et risible, et dans Clitandre, chez qui il est solidaire du bon ton : le bon sens, là où il est digne de la société polie, a perdu toute trace de bourgeoisie. Quant aux précieuses ou aux femmes savantes, leur ridicule naît en grande partie de la disproportion qui existe entre leur rang et leurs visées. Gorgibus et Chrysale, définissant leur véritable milieu, qui est tout médiocre, les font apparaître avant tout comme des bourgeoises singeant les grandes dames. C'était là un élément de comique encore plus fortement perceptible à cette époque qu'aujourd'hui. Ce n'est pas que Molière n'ait ridiculisé dans les précieuses certains traits empruntés à une philosophie incontestablement aristocratique, et notamment la spiritualité romanesque. Mais il embourgeoise ces idées pour les rendre ridicules, les imprègne de médiocrité roturière, les présente comme des modes vieil-

lies mal imitées par un monde inférieur, et apparaît ainsi
lui-même comme le champion, non pas du bon sens
bourgeois, mais du bon ton aristocratique. La solidarité
établie par Molière dans *Les Femmes savantes* entre la
préciosité et le pédantisme n'est pas moins digne de
remarque. Le type du pédant était un des plus incompatibles avec les habitudes du beau monde, et tous les
témoignages du temps font de l'horreur du pédantisme un
des caractères de la Précieuse, qui, selon l'abbé de Pure,
est en « guerre immortelle contre le Pédant et le Provin-
cial [1] ». De même la précieuse de la *Satire X* de Boileau,
loin de se laisser embrasser « pour l'amour du grec »,

Rit des vains amateurs du grec et du latin.

Molière a donc multiplié les traits qui pouvaient distinguer
ses précieuses de celles de la belle société. Non qu'il
admirât ces dernières sans réserves mais la façon dont il
caricaturait leurs imitatrices ne trahit en tout cas aucun
parti pris bourgeois. L'esprit véritable des *Femmes savantes*
doit être cherché dans la véhémente apologie du goût de la
cour, adressée aux pédants par Clitandre, fils de gentilhomme et honnête homme de la pièce [2]. Ce Clitandre, qui
« consent qu'une femme ait des clartés de tout », mais ne
veut pas qu'elle se pique de science, ni qu'elle étale ce
qu'elle sait, a exactement les opinions de Mlle de Scudéry [3].

1. Abbé de Pure, *La Précieuse,* 1re partie, livre 1er, p. 193.
2. *Les Femmes savantes,* IV, 3.
3. Cette similitude, déjà remarquée par Victor Cousin, qui cite divers
passages de la 10e partie du *Cyrus,* saute aux yeux si l'on rapproche les
propos de Clitandre (I, 3) du portrait d'Alcionide dans la 3e partie, livre 3e,
pp. 1111-1112, du même roman : « Elle parle également de toutes choses, et
demeure pourtant si admirablement dans les justes bornes que la coutume et
la bienséance prescrivent aux Dames pour ne paraître point trop savantes,
que l'on dirait à l'entendre parler des choses les plus relevées, que ce n'est
que par le simple sens commun qu'elle en a quelque connaissance. »

Les femmes savantes de Molière sont donc inférieures à leurs lectures, comme le milieu littéraire lui-même, trop habitué à se piquer de bel esprit, était au-dessous du bon ton véritable[1]. L'anonyme *Portrait de la Précieuse,* qui se trouve dans le *Recueil,* de Mlle de Montpensier[2], indique que les précieuses vont rarement à la cour, « parce qu'elles n'y sont pas les bienvenues ». Si vague que soit le renseignement, au moins prouve-t-il qu'on pouvait répudier la préciosité autrement que d'un point de vue bourgeois.

Au fond les deux pièces sur lesquelles on s'appuie si souvent pour établir le caractère bourgeois du bon sens de Molière sont très voisines du *Bourgeois gentilhomme* par l'inspiration. Le ridicule y frappe la prétention roturière, l'effort laborieux du petit monde pour égaler le grand. Si Molière semble y approuver parfois le bon sens bourgeois, c'est d'une façon très particulière, et peu flatteuse pour la bourgeoisie : en effet, les propositions d'un Chrysale ou d'un Gorgibus ne sont tenues pour valables qu'autant qu'elles sont destinées à prêcher à des bourgeoises la modestie, la fidélité à un rang médiocre: C'est le bon sens bourgeois si l'on veut, mais dans la mesure où il acquiesce à l'infériorité du bourgeois[3]. Et il n'est guère sympathique dans Molière que sous cette forme, comme en témoigne avant tout la comédie du *Bourgeois gentilhomme,* qui n'a pas d'autre signification que celle-là, et où le ridicule du marchand qui prétend à la qualité n'est pas compensé, mais augmenté par la sagesse de son épouse, sorte de réplique

---

1. Voir ce que Boileau fait dire à son interlocuteur dans la Satire X :
   > De livres et d'écrits bourgeois admirateur,
   > Vais-je épouser ici quelque apprentie auteur ?
   C'est le bon ton traitant de haut le bel esprit.
2. Paru en 1659.
3. Noter la facilité avec laquelle Chrysale fraternise avec une paysanne aussi mal dégrossie que Martine. En lui s'exprime une bourgeoisie sans ambition, qui se sent encore toute voisine du peuple.

féminine de Chrysale. Les malheurs de Georges Dandin
suggèrent la même leçon que les folies du bourgeois
gentilhomme. Sans doute l'aristocratie n'est-elle pas toujours avantageusement représentée dans ces pièces : les
Sotenville, pas plus que le Dorante du *Bourgeois,* ne sont
des modèles sympathiques. Mais là n'est pas la question.
Ce qui importe, c'est que l'infériorité sociale des bourgeois
soit représentée avec tant de force, et qu'en aucun moment
Molière ne songe à nous émouvoir contre ceux qui abusent
de la différence des rangs. Cette insensibilité confine au
scandale dans le cas de *George Dandin.* L'infortune
conjugale d'un roturier marié à une demoiselle noble et
éclipsé par un jeune courtisan y est représentée comme une
chose naturelle, éminemment divertissante. On peut trouver le fait déplorable et immoral, mais Molière ne s'est
visiblement pas intéressé à cet aspect de la question.

Il ne faut pas oublier que la bourgeoisie, au XVIIᵉ siècle,
jouissait encore d'un bien faible prestige dans la société.
Les choses s'égalisent davantage au siècle suivant ; mais le
« bourgeois » sous Louis XIV, c'est surtout, pour l'opinion, le drapier, le petit robin, le boutiquier, et on n'en
parle guère qu'avec dédain dans la bonne société. Il serait
inconcevable que Molière, qui s'adressait si souvent à
l'auditoire de Versailles, ait songé à lui prêcher la philosophie de la place Maubert. Le ton et l'esprit bourgeois
passaient pour désastreux chez un auteur. D'autres que
Molière en ont subi le reproche, Boileau par exemple, et
non sans raison : car il a vraiment introduit, en essayant de
les rendre imposants, l'esprit et les maximes morales de la
bourgeoisie dans la grande littérature. Aussi essuya-t-il
pendant vingt ans les sarcasmes et les rappels humiliants
des beaux esprits du monde[1]. Rien de semblable dans les

---

1. Il faudrait comparer la *Satire V, Sur la noblesse,* et la violence
sarcastique qui y éclate par endroits, au conformisme du *Bourgeois*

critiques, pourtant nombreuses, qui assaillirent Molière : il faisait suffisamment rire aux dépens des bourgeois pour qu'on ne pût pas lui reprocher d'être issu d'eux ou l'accuser de leur ressembler. D'ailleurs, si mal que nous soyons renseignés sur sa façon de vivre, ses goûts et ses sympathies, il est certain en tout cas qu'en choisissant dès sa jeunesse l'état de comédien, alors qu'il pouvait prétendre à une confortable succession bourgeoise, il a témoigné d'une médiocre estime pour le milieu dans lequel il était né, et qu'on invoque souvent à contresens pour expliquer son œuvre.

La représentation caricaturale du bourgeois était de tradition dans la littérature comique. Le bourgeois fournissait à la comédie un type nettement délimité, avec ses défauts et ses ridicules : avarice, faiblesse de courage, jalousie, penchant, le plus souvent bafoué, à la tyrannie domestique, suffisance réjouissante, égoïsme et naïveté. Ce type, distinct à la fois de celui du gentilhomme ou plus généralement de l'homme de bonne compagnie et de celui du valet, a été utilisé très fréquemment par Molière depuis ses débuts et tient dans son théâtre une place considérable, la première peut-être. Le Sganarelle du *Cocu imaginaire,* celui de *L'École des Maris,* Arnolphe, le Sganarelle encore du *Mariage forcé,* un dernier Sganarelle dans *L'Amour médecin,* Harpagon enfin, forment comme une longue

---

gentilhomme. Aucun des nombreux ennemis de Boileau n'a manqué de lui reprocher son origine, son inspiration, son style bourgeois. Voir Coras, *Le Satirique berné,* 1668 (notamment l'épigramme sur la *Satire V*) ; Carel de Sainte-Garde, *Défense des beaux esprits de ce temps contre un satirique,* 1675 (articles III et XVII) ; Desmarets, *Remarques sur les œuvres satiriques du sieur D...,* 1675 (surtout les remarques concernant le *Discours au Roi* et la 1ʳᵉ *Épître*) ; Pradon, *Le Triomphe de Pradon,* 1684 (examen de la *Satire III*) ; *Nouvelles Remarques sur les ouvrages du sieur D...,* 1695 (remarques sur les *Satires VI et IX,* sur l'*Épître VI*) ; *Réponse à la Satire X du sieur D...* (préface et passim).

lignée, à travers laquelle se retrouve, pour la plus grande
confusion de la bourgeoisie, le même air de famille tour à
tour rebutant ou burlesque, issu d'un mélange fondamental
de passion possessive et de pusillanimité. Telles sont bien
les deux données premières du personnage, variées et
dosées diversement, mais présentes dans toutes les variétés
du type, qui se trouve ainsi congénitalement affublé des
défauts que le cynisme aristocratique le plus achevé
repousse encore comme indignes de lui : avidité et couardise. Ces deux défauts constituaient sans aucun doute, dans
l'opinion générale de l'époque, la ligne de séparation
théorique de deux classes sociales.

Si c'est le plus souvent dans l'amour que le bourgeois de
Molière manifeste son infériorité, cela ne résulte pas
seulement du fait que le domaine de l'amour et du plaisir
est celui où s'affrontent de préférence les valeurs chez
Molière ; c'était une tradition que l'incompatibilité du
caractère bourgeois et de la galanterie. L'air bourgeois et le
bel amour n'allaient guère ensemble. Pour revenir par
exemple au cas significatif de Boileau, c'est tout un de lui
reprocher sa naissance et son esprit bourgeois, et de flétrir
son inaptitude à la poésie galante [1]. Les traits habituels de
la mentalité marchande passaient pour mortels à l'amour,
auquel la tradition courtoise, même réduite à la simple
galanterie, attribuait une noblesse ou une excellence
indigne des âmes médiocres. Ce n'est pas que le bourgeois
ne soit sujet à l'amour. Molière, au contraire, aime à
représenter ses Sganarelle et ses Arnolphe amoureux, à

---

1. Voir Coras, *loc. cit.*, parodie de l'*Épître IX ;* Bonnecorse, *Lutrigot,*
1686, au chant II et note ; de même Perrault, dans son *Apologie des
Femmes,* 1694, écrite en réponse à la Satire X de Boileau, fait un portrait du
« loupgarou », ennemi du sexe et ami de l'antiquaille, qui, tout en
s'appliquant à Boileau, reproduit bien, dans certains de leurs traits, les
barbons de Molière ; voir enfin Pradon, dans le début de sa *Réponse à la
Satire X du sieur D...,* 1694.

leur prêter même une insistance passionnée dans le désir, une sensibilité cruelle à l'échec. Mais ils ne savent pas aimer : ils mettent dans l'amour la même jalousie, le même instinct d'accaparement qu'en toutes choses. Ils parlent à leur bien-aimée comme Harpagon à sa cassette, en propriétaires : « Vous ne serez plus en droit de me rien refuser, et je pourrai faire avec vous tout ce qu'il me plaira sans que personne s'en scandalise. Vous allez être à moi depuis la tête jusqu'aux pieds, et je serai maître de tout[1]. » Cet égoïsme ingénu, si éloigné des procédés de la noble et adroite galanterie, est ridicule à proportion de la confiance qui l'accompagne :

> *Ha ! hai ! mon petit nez, pauvre petit bouchon,*
> *Tu ne languiras pas longtemps, je t'en répond.*
> *Va, chut ! Vous le voyez, je ne lui fais pas dire,*
> *Ce n'est qu'après moi seul que son âme respire[2].*

L'esprit du propriétaire a ses illusions et ses aveuglements qui ne sont ni moins tenaces, ni moins risibles que ses inquiétudes : d'où la fréquence du thème comique de la jalousie bernée. Le Sganarelle de *L'École des Maris,* au moment où il prononce les vers qui précèdent, est en train de favoriser à son insu une entrevue de sa bien-aimée avec son rival.

Cependant, sous l'égoïsme et la suffisance, la pusillanimité est vite discernable. Il ne s'agit pas seulement de cette forme de couardise qui paralyse le héros du *Cocu* devant son rival. La terreur d'avoir à disputer par les armes l'objet de son amour s'accompagne d'une faiblesse non moindre devant la femme elle-même. C'est qu'il y a au fond de tous ces caractères un sentiment cuisant d'infériorité, mal dissimulé sous l'euphorie apparente. Ainsi, dans *L'École des*

---

1. Sganarelle dans *Le Mariage forcé,* scène **II.**
2. Sganarelle dans *L'École des Maris,* **II,** 9.

Maris, l'échec révèle en Sganarelle une crainte foncière de la femme, à peine distincte de son impuissance à aimer :

> *Malheureux qui se fie à femme après cela!*
> *La meilleure est toujours en malices féconde;*
> *C'est un sexe engendré pour damner tout le monde.*
> *J'y renonce à jamais, à ce sexe trompeur,*
> *Et je le donne tout au diable de bon cœur*[1].

Au fond d'eux-mêmes, ces personnages ne se sentent pas faits pour l'amour et pour le succès, et c'est pourquoi ils cherchent leurs sûretés dans une conception tyrannique de la vie conjugale ; ou inversement leur égoïsme sans limite, leur interdisant toute communication vraie avec ce qu'ils aiment et leur dérobant sans cesse la certitude qu'ils recherchent, les rend inquiets et anxieux de l'échec.

La figure d'Arnolphe dans *L'École des Femmes* est sans aucun doute la plus achevée que Molière ait donnée du bourgeois amoureux. Une pièce entière lui est consacrée, et non pas une pièce quelconque. Il faudrait reproduire tout ce qu'il dit pour le montrer tour à tour croquemitaine solennel, barbon grivois, et surtout propriétaire jaloux :

> *Je me vois riche assez pour pouvoir, que je crois,*
> *Choisir une moitié qui tienne tout de moi,*
> *Et de qui la soumise et pleine dépendance*
> *N'ait à me reprocher aucun bien ni naissance*[2].

1. *Ibid.,* III, 9.
2. *L'École des Femmes,* I, 1. Que l'esprit de domination puisse procéder, dans les relations des sexes comme ailleurs, de la terreur d'être dominé, c'est chose trop évidente. Les personnages brillants de la littérature aristocratique ignorent la jalousie persécutrice, réservée aux amoureux peu propres à inspirer de l'amour. Mais, comme d'autre part le bel amour ne saurait se concevoir sans exclusivité, il en résulte un certain embarras dans la littérature galante, qui toutefois trace assez bien les règles d'une jalousie noble : cette jalousie, qui procède d'un excès d'amour, peut être susceptible et douloureuse, mais elle n'est jamais vraiment agressive. L'essentiel est que

Héritier perfectionné de plusieurs personnages déjà ébauchés par Molière, il allie, dans une proportion parfaitement égale, l'assurance et l'inquiétude qui sont les deux données, contradictoires en apparence seulement, de ce type humain. L'humiliation, au lieu d'être donnée ici dès le début comme dans le *Cocu,* ou de ne surgir qu'à la fin comme dans *L'École des Maris,* s'élabore lentement, au cours d'un dépouillement progressif du caractère, qui finit par apparaître sous son véritable jour dans l'infériorité et dans l'échec. La seule obsession du cocuage trahit déjà une crainte profonde de la femme, qu'Arnolphe exprime d'ailleurs naïvement dès la première scène. Quand sa disgrâce lui a ôté progressivement son faux air de supériorité despotique, il ne reste plus de lui que rage impuissante et supplications vaines. Molière a longuement et cruellement exploré, dans les deux derniers actes, les détours de son désespoir.

Tous ces portraits de bourgeois amoureux, dont Molière a rempli son théâtre, ne font que transposer dans l'ordre de la galanterie les traits attribués par le sens commun au bourgeois considéré comme être social. Harpagon, en tant qu'il incarne le comportement bourgeois dans sa forme

---

l' « objet » ne soit pas traité comme un bien que l'on possède, mais comme une personne, et comme une personne aimée. Les discussions subtiles sur la jalousie foisonnent dans la littérature romanesque et galante. Ce qu'on a appelé préciosité, et qui n'est souvent que la galanterie commune à toute l'époque, repousse comme odieuse la jalousie du type possessif. Molière lui-même, qui avait déjà évoqué cet habituel débat dans une scène des *Fâcheux* (II, 4), a donné deux couleurs très différentes à la jalousie dans les deux peintures successives (dont la seconde pourtant est faite sur la première et la reproduit en de longs passages de dialogue) de Don Garcie, jaloux injuste mais respectueux, et d'Alceste, jaloux violent à prétentions despotiques ; le premier réussit, l'autre échoue. Voir notamment à ce sujet le livre de Baumal, *Molière auteur précieux.*

économique, presque chimiquement pure, est le type de
qui s'engendrent et en qui se résolvent les autres personnages de la lignée. La passion de posséder trouve en lui son
véritable objet, l'argent, et sa forme achevée, le délire. Un
de ses mots les plus forts, et qui trahissent le mieux ce
tempérament dans lequel l'instinct se repaît de l'objet, le
désire palpable, veut le *tenir,* est celui qui concerne la
prétendue dot attribuée par Frosine à Marianne : « C'est
une raillerie que de vouloir me constituer sa dot de toutes
les dépenses qu'elle ne fera point. Je n'irai pas donner
quittance de ce que je ne reçois pas, et il faut bien que je
touche quelque chose [1]. » Ce désir de tenir est le fond, mais
aussi la chimère, de toute avarice. Il n'est de certitude et de
jouissances vraies que dans des rapports de réciprocité et
d'échange avec le monde vivant. Harpagon ne jouit finalement de rien de ce qu'il *tient.* Arnolphe aussi voulait
tellement tenir Agnès qu'il lui interdisait de penser à
l'amour. La misère d'une semblable attitude altère la
raison même. Arnolphe voit partout des cocus et des
femmes diaboliques, Harpagon s'imagine entouré d'ennemis. Molière a poussé ce trait chez lui jusqu'aux limites de
la folie : tout ce qu'il voit, dit-il lui-même, lui semble son
voleur. Harpagon joint ainsi l'extrême stylisation de la
caricature à la vérité psychologique la plus directe. Molière
a donné en lui la formule abstraite d'une mentalité réelle,
qu'on peut nommer bourgeoise, en désignant par ce mot,
d'accord avec tout le XVIIe siècle, une forme d'existence
morale inférieure, impuissante à réaliser le beau caractère
humain.

Le théâtre de Molière, ainsi considéré du dehors, dans la
répartition immédiatement apparente de ses valeurs, dans
la façon dont il distribue dès l'abord, pour l'esprit et pour

1. *L'Avare,* II, 5.

les yeux, l'attrayant et le morne, le brillant et le médiocre, loin de plaider en faveur du bourgeois, fait donc résider tout prestige dans des formes de vie et de sentiment propres à la société noble. En cela Molière n'a pas fait œuvre systématique : il a simplement représenté les bourgeois et les gentilshommes ainsi que les concevait le sens commun, dominé comme toujours par les habitudes de pensée de la classe sociale la plus haute. Et c'est justement en cela que son œuvre est significative : elle témoigne d'un certain état des idées reçues.

D'ailleurs les idées reçues elles-mêmes n'excluaient pas toute critique du caractère aristocratique. Le bon ton condamnait certains ridicules nobles, que Molière a librement dépeints chez les hobereaux ou les dames de province. Les Sotenville, Pourceaugnac, Mme d'Escarbagnas faisaient rire à Paris et à Versailles, où la satire même des courtisans ridicules n'offusquait pas. Les ennemis de Molière ont essayé sans cesse d'intéresser la susceptibilité des courtisans aux peintures que Molière a faites des marquis. Mais ils confessent avec amertume que les victimes de Molière semblent se plaire à ses attaques, et, en tout cas, ils ne sont jamais parvenus, sauf un incident unique, tout personnel, et d'ailleurs des plus mal attestés, à dresser contre Molière les personnes en vue de la cour[1]. C'est que Molière s'en prend aux marquis au nom des principes même de l' « honnêteté », telle que la cour la conçoit ; en les ridiculisant il n'atteint pas leur classe, au contraire. Le témoignage du parterre, qu'il invoque contre leur mauvais goût dans la *Critique,* ne met pas en cause le prestige de la cour ; c'est pour le mieux assurer que

---

1. Voir notamment Donneau de Visé dans *Zélinde* (1663) ; Boursault dans *Le Portrait du Peintre* (1663). Le même Visé écrivait la même année une comédie intitulée *La Vengeance des Marquis,* et dans sa *Lettre sur les affaires du théâtre,* prenant la chose de plus haut, accusait Molière de maltraiter dans les marquis des familiers du monarque, « l'appui et l'ornement de l'État ».

Dorante, courtisan honnête homme et porte-parole de Molière, dénonce « une douzaine de messieurs qui déshonorent les gens de cour par leurs manières extravagantes, et font croire parmi le peuple que nous nous ressemblons tous[1] ». Un homme de qualité n'est pas forcément « honnête homme », et le peuple en est quelquefois bon juge. On ne voit nulle part qu'un semblable axiome ait passé pour subversif sous Louis XIV, ni qu'il obligeât celui qui l'émettait de renoncer aux idées du sens commun sur les catégories du noble et du bourgeois et sur leur valeur respective.

*

Le théâtre agit comme spectacle, et c'est par l'intermédiaire d'une mise en œuvre spectaculaire qu'il peut exercer une action morale, et suggérer telle ou telle conduite. Les « maximes » de Molière pourront ainsi se trouver quelque peu éclairées par les considérations qui précèdent. Nous nous y sommes volontairement tenu sur le plan du spectacle, qui est celui des différentes valeurs d'éclat ou de prestige, immédiatement perceptibles. Si l'on veut entrer dans la discussion morale proprement dite, et définir, non plus la poésie de Molière, mais sa sagesse, on y trouvera ce composé de vertus solides et adroites où s'exprime finalement l'équilibre de la civilisation courtisane. D'ailleurs cette sagesse, née à la cour, se donne en modèle à la société honnête tout entière. La cour n'est que le centre, et le raccourci, du monde monarchique.

L'influence des cours dans l'histoire morale de la noblesse ne date pas de la période absolutiste. L'esprit *courtois* leur doit son nom et sa naissance. C'est dans

1. *Critique de l'École des Femmes*, sc. V.

l'entourage des cours que s'est développée la grande
tentative médiévale d'associer la religion de l'amour à
l'héroïsme, le cœur à la vertu. Et il est hors de doute que
cette orientation de la mentalité noble selon les chemins du
cœur se ressent des tentations déjà sensibles que la vie
brillante des cours offre aux barons féodaux. Le souvenir
de la chevalerie amoureuse est bien resté lié à des idées de
tendresse et de faste, à une magie magnifique, à l'émer-
veillement. Au XVIIᵉ siècle comme au XIIᵉ, il n'est pas de
romans d'inspiration chevaleresque, dont les péripéties ne
soient rapportées à la vie de quelque cour particulièrement
prestigieuse. Mais le compromis que représente l'esprit
courtois entre l'héroïsme et le plaisir ne devait pas résister
indéfiniment aux circonstances : le progrès des richesses et
de la grandeur royale au cours des siècles monarchiques,
les appâts toujours plus puissants de la vie de cour ont fini
par le rendre fragile. La monarchie a encouragé, aux
dépens des traditions de la chevalerie courtoise, une
philosophie facile dont l'agrément devenait le centre[1].
D'une façon générale, le XVIIᵉ siècle enregistre, dans
l'esprit aristocratique, un progrès sensible de la philosophie
du plaisir, qui se donne pour la philosophie du monde et
des temps nouveaux. Non seulement les « honnêtes gens »
rompent des lances contre l'antique sévérité, qui n'est plus

1. C'est en quoi l'ancienne monarchie diffère le plus profondément des
dictatures modernes, nées d'une régression vers la misère. L'architecture,
les arts, la peinture de ce temps-là traduisent un idéal d'épanouissement
(d'autant plus librement exprimé qu'il ne se concevait que pour une
minorité). Les dictatures modernes, issues d'un resserrement relatif, et non
d'un élargissement du bien-être général, et plus inquiètes des mouvements
de la masse, font de nécessité vertu, affectent le genre spartiate, condamnent régressivement le plaisir, et ne connaissent d'autre magnificence que la
magnificence guerrière, miroir de toute misère. Cependant la contradiction
des tendances contraignantes et détendantes à l'intérieur de la monarchie
devait lui être fatale. Les amis du luxe et du progrès finirent par devenir les
ennemis du respect.

évoquée que sous sa forme bourgeoise, toujours ridicule, mais les conquêtes mêmes de la morale courtoise apparaissent comme les fruits d'un idéalisme désuet. Molière ne s'en prend pas seulement aux parents ou aux barbons tyranniques, mais aux Précieuses.

Ici s'ouvre un débat difficile. Les rapports vrais de Molière avec la « préciosité » ont été singulièrement obscurcis par le fait qu'on s'est le plus souvent borné, pour les décrire, à consulter les deux pièces qu'il a entièrement consacrées à ce sujet, à savoir *Les Précieuses ridicules* et *Les Femmes savantes,* et qui, isolées du reste de son œuvre, montrent seulement dans Molière le champion du bon sens contre les chimères de la littérature romanesque. Réagissant contre cette interprétation hâtive, certains ont voulu, au contraire, que Molière fût tout entier un écrivain précieux. Ce qui rend toute cette discussion si confuse, c'est l'absence d'une définition claire de cette préciosité dont il s'agit de savoir si Molière l'a combattue ou s'il l'a défendue. Partisans de l'une ou de l'autre thèse rangent en effet sous le nom de préciosité les choses les plus différentes. Tout d'abord, comme la Précieuse est férue de belles-lettres, on prétend définir la préciosité sur le plan littéraire, par un parti pris de distinction dans le style, par un certain pli de galanterie et d'ingéniosité ; mais ce sont là des attributs communs à toute la poésie du temps. Si la préciosité se définit par là, tout le siècle est précieux, et il faut être aveugle pour vouloir que Molière ne le soit pas. Il suffit de le lire pour voir que, dans les endroits poétiques, il a le style de son temps. Toute son époque blâmait sans doute avec lui une certaine affectation excessive et ridicule de bel esprit, mais c'est une pure légende que celle d'une secte spéciale qui aurait fait de cette affectation sa loi propre. « On appelait précieuses, dit avec raison V. Cousin, toutes les femmes qui avaient un peu de culture et d'agrément [1]. » Le *Grand Dictionnaire des Précieuses* de Somaize (1661) ou *Le Cercle des Femmes savantes* de La Forge (1663) sont comme des catalogues où figurent toutes les dames de la société mondaine, de même que la liste de ceux qu'on appelle des poètes ou des écrivains précieux contiendrait à peu près tous les auteurs du temps. Il ressort de tout cela que la préciosité n'est, en littérature, ni un parti constitué, ni une doctrine particulière. C'est le goût du monde cultivé, amateur de galanterie et de bel esprit. La préciosité ridicule, une fois écartées les invraisemblances et les exagérations inséparables de toute caricature, n'apparaît plus que comme un ensemble de travers universellement condamnés, et dont chacun refuse d'autant plus de se reconnaître coupable qu'ils ne font qu'exagérer des habitudes communes à tous, recherche de l'agréable et du brillant, du beau et de l'ingénieux. La préciosité ridicule se définit en outre par une surestimation de la littérature, et de l'intellectualité en général, qui fausse les valeurs de la vie. Ceci est frappant dans le roman de *La Précieuse*, de l'abbé de Pure, où abondent les définitions qui font de la précieuse une intelligence pure ; notamment : « C'est un précis de l'esprit, et un extrait de l'intelligence humaine [2]. » Mais nous quittons ici le domaine de la littérature pour celui de la morale. Et le débat y devient plus clair. Là il existe bien certaines positions particulièrement attribuées ordinairement aux Précieuses, et qui constituent en quelque sorte leur philosophie propre. Ce sont ces positions qu'il conviendrait de discerner avant de se demander ce que Molière a pu en penser.

La discussion morale qui s'engage au XVIIe siècle autour de la préciosité a pour objet principal l'amour, dont on se

---

1. V. Cousin, *La Société française au XVIIe siècle, d'après le Grand Cyrus*, ch. XII.
2. 1re partie, 1er livre, p. 177.

demande quelle est la définition véritable, et quelle doit
être la place dans la vie. Saint-Évremond, dans *Le Cercle,*
au tome I de ses *Œuvres mêlées,* définit d'un vers la
Précieuse,

> *Occupée aux leçons de morale amoureuse.*

Même la manie d'intellectualité attribuée aux précieuses
résulte d'une certaine attitude à l'égard de l'instinct amoureux : c'est pour épurer cet instinct qu'on en appelle à la
sublimité des pensées. Cela ressort à peine moins évidemment des *Précieuses ridicules* que des *Femmes savantes,*
dont toute la première scène, avec le parallèle établi par
Armande entre les joies du mariage et celles de la
philosophie, est suffisamment significative. Mais, dès qu'on
veut définir la conception précieuse de l'amour en tenant
compte de l'ensemble des témoignages qui s'y rapportent,
on est arrêté par une surprenante ambiguïté : on s'aperçoit
que les contemporains ont reproché aux Précieuses, tantôt
de vouloir bannir l'amour, et tantôt de lui faire trop de
place. Ainsi, dans une mascarade contemporaine des
Précieuses de Molière, *La Déroute des Précieuses,* on dit
notamment :

> *Précieuses, vos maximes*
> *Renversent tous nos plaisirs ;*
> *Vous faites passer pour crimes*
> *Nos plus innocents désirs...*

ou encore :

> *Dieux ! qu'une Précieuse est un sot animal !*
> *Que les auteurs ont eu de mal,*
> *Tandis que ces vieilles pucelles*
> *Ont régenté dans les ruelles !*

> *Pour moi, je n'osais mettre au jour*
> *Ni stances ni rondeau sur le sujet d'Amour.*

Boileau dit exactement le contraire dans sa *Satire X,* quand il met en garde le candidat au mariage contre les effets corrupteurs exercés sur les femmes par les romans précieux :

> *D'abord tu la verras, ainsi que dans* Clélie,
> *Recevant ses amants sous le doux nom d'amis,*
> *S'en tenir avec eux aux petits soins permis ;*
> *Puis bientôt, en grande eau, sur le fleuve de Tendre,*
> *Naviguer à souhait, tout dire et tout entendre.*
> *Et, ne présume pas que Vénus, ou Satan,*
> *Souffre qu'elle en demeure aux termes du roman :*
> *Dans le crime il suffit qu'une fois on débute ;*
> *Une chute toujours attire une autre chute ;*
> *L'honneur est comme une île escarpée et sans bords,*
> *On n'y peut plus rentrer dès qu'on en est dehors.*
> *Peut-être avant deux ans, ardente à te déplaire,*
> *Éprise d'un cadet, ivre d'un mousquetaire,*
> *Nous la verrons hanter les plus honteux brelans,*
> *Donner chez la Cornu rendez-vous aux galants...*

Cependant ces deux critiques exactement opposées, et qui voient tour à tour dans la préciosité un excès d'austérité et un encouragement à la débauche, se retrouvent constamment dans la polémique du temps, qu'il s'agisse des Précieuses en particulier, ou plus généralement de la morale des romans, qu'on identifie toujours à la leur. Et en effet la préciosité ne fait que reprendre les positions traditionnelles de la littérature romanesque et courtoise, et c'est parce que ces positions forment un compromis entre l'apologie de l'instinct amoureux et sa condamnation, parce qu'elles consistent à soutenir les droits de l'amour tout en l'épurant, qu'elles subissent un double assaut. Saint-Évre-

mond, qui condamnait comme chimérique, un peu à la
façon de Molière, la philosophie précieuse de l'amour, la
définit assez exactement, dans ses deux aspects confondus,
quand il écrit : « L'amour est encore un dieu pour les
précieuses. Il n'excite point de passion dans leurs âmes ; il y
forme une espèce de religion... Elles ont tiré une passion
toute sensible du cœur à l'esprit et converti des mouvements en idées [1]. » Tout est dans cette définition : religion
de l'amour, désaveu de l'instinct naturel, appel à l'intelligence pour le sublimer. L'abbé de Pure, dont le roman est
le document le plus étendu et le plus riche sur les idées
morales en cours parmi les Précieuses, va dans le même
sens ; une de ses héroïnes donne une remarquable définition du parfait amour, qui ne se trouve selon elle que chez
la prude, dont le caractère concilie les exigences du devoir
et celles du cœur : « Je crois... que le devoir aide et fortifie
la passion. Car l'âme y agit avec plus de liberté, et peut
aussi bien employer sa raison, avec tout ce qu'elle a de
lumière, que son cœur, avec tout ce qu'il peut avoir
d'ardeur. Elle ne se partage point ; le jugement ni la honte
ne retranchent rien de ses désirs et de ses soins, et elle se
porte tout entière à son objet, avec ce doux avantage
qu'elle satisfait en même temps à la tendresse de ses
sentiments et à la rigueur de son devoir [2]. »

Il est normal qu'une conception semblable, qui n'est que
le développement moderne des vieux germes courtois,
rencontre à la fois l'opposition des moralistes rigoureux et
celle des partisans de la liberté et de la nature. Moralistes
austères et amis du plaisir étaient, en partant de points de
vue opposés, les ennemis traditionnels de la doctrine

---

1. Saint-Évremond, *Le Cercle*.
2. 3ᵉ partie 1ᵉʳ livre, seconde conversation, voir pp. 288 à 290. Il est à
remarquer que le portrait est moins celui d'une prude amoureuse (c'est-à-
dire d'une hypocrite) que celui d'une héroïne de roman, goûtant la
perfection de l' « honnête amour ».

courtoise. Mais aussi peut-il arriver parfois que les apologistes du plaisir et ceux du parfait amour se trouvent ligués
contre les rigoristes qui les condamnent les uns et les
autres, voire les confondent. C'est là le secret des rencon-
tres de pensée entre Molière et la préciosité. S'il condamne
en elle, comme une chimère, et comme un mal, la tentative
d'épurer et d'intellectualiser le désir, il se trouve solidaire
d'elle dans un effort commun pour briser les vieilles
contraintes et affirmer les droits de l'amour.

Tout compte fait, la satire chez Molière atteint moins
fortement les lectrices des romans que les barbons qui
les persécutent. A côté des ridicules propos romanesques
que Molière a mis dans la bouche des précieuses et
des imprécations finales, qui peuvent presque sembler
sympathiques, d'un Gorgibus contre les romans, on
peut citer les burlesques sermons de son homonyme et
congénère du *Cocu*, qui veut marier sa fille contre son
gré :

> *Voilà, voilà le fruit de ces empressements*
> *Qu'on vous voit nuit et jour à lire vos romans :*
> *De quolibets d'amour votre tête est remplie,*
> *Et vous parlez de Dieu bien moins que de Clélie.*
> *Jetez-moi dans le feu tous ces méchants écrits,*
> *Qui gâtent tous les jours tant de jeunes esprits.*
> *Lisez-moi comme il faut au lieu de ces sornettes,*
> Les *Quatrains de Pibrac, et les doctes* Tablettes
> *Du conseiller Mathieu, ouvrage de valeur*
> *Et plein de beaux dictons à réciter par cœur.*
> La Guide des pécheurs *est encore un bon livre.*
> *C'est là qu'en peu de temps on apprend à bien vivre,*
> *Et si vous n'aviez lu que ces moralités*
> *Vous sauriez un peu mieux suivre mes volontés*[1].

---

1. *Le Cocu imaginaire*, scène 1.

De même l'Arnolphe de *L'École des Femmes*, en qui Molière s'est proposé évidemment de ridiculiser une conception détestable de la vie et de l'amour, est un ennemi déclaré de la préciosité ·

> *Moi, j'irais me charger d'une spirituelle*
> *Qui ne parlerait rien que cercle et que ruelle,*
> *Qui de prose et de vers ferait de doux écrits,*
> *Et que visiteraient marquis et beaux esprits,*
> *Tandis que, sous le nom du mari de Madame,*
> *Je serais comme un saint que pas un ne réclame?*
> *Non, non, je ne veux point d'un esprit qui soit haut,*
> *Et femme qui compose en sait plus qu'il ne faut*[1].

Ce sont presque les paroles de Chrysale dans *Les Femmes savantes*, mais avec un son tout différent. L'antipathie d'Arnolphe pour les précieuses s'exprime d'ailleurs à plusieurs reprises, et toujours de façon ridicule :

> *Héroïnes du temps, Mesdames les Savantes,*
> *Pousseuses de tendresse et de beaux sentiments,*
> *Je défie à la fois tous vos vers, vos romans,*
> *Vos lettres, billets doux, toute votre science,*
> *De valoir cette honnête et pudique ignorance*[2].

Il n'a pas plutôt prononcé ces paroles qu'il est cruellement désabusé. De même, plus loin, quand Agnès se révolte contre lui :

> *Voyez comme raisonne et répond la vilaine!*
> *Peste! une précieuse en dirait-elle plus*[3]*?*

---

1. *L'École des Femmes*, I, 1.
2. *Ibid.*, I, 3.
3. *Ibid.*, V, 4.

Tous ces exemples prouvent assez que les ennemis des précieuses, qui sont les ennemis de l'amour, trouvent Molière sur leur chemin.

*

Les problèmes moraux qui sont familiers à la préciosité, et que Molière tranche jusqu'à un certain point comme elle, revêtent volontiers chez lui l'aspect de problèmes sociaux. Les textes précédents ont tous trait à des situations qui mettent en cause la condition des femmes au sein de la société. Mais il n'y a là aucune nouveauté. Les droits de l'amour et les droits de la femme se confondaient déjà au moyen âge, où on les reconnaissait ou rejetait ensemble. Les ennemis du bel amour, les censeurs de l'instinct sont dès cette époque les ennemis des femmes. Parallèlement, l'idéalisation de l'amour s'accompagne dans la littérature romanesque d'une attitude d'hommage envers la femme, devenue la source des principales valeurs de la vie. Depuis ce temps-là jusqu'au nôtre, diverses raisons font du sexe masculin le dépositaire exclusif des vertus les plus sévères : rigueur, répression de soi, insensibilité. Tout au moins est-ce dans ces vertus que l'homme croit manifester son excellence propre. L'homme s'attribue comme un privilège la capacité de dédaigner le plaisir, surtout le plaisir amoureux, considéré comme l'ennemi principal du devoir. Ce combat de la vertu virile contre l'amour prenant aisément l'aspect d'une lutte contre le principe féminin, il est normal que toute détente morale, tout afflux de bonheur et de civilisation, se soient traduits au contraire par une hausse du prestige de la femme. Le moyen âge civilisé et riche est le moyen âge courtois. Et il n'y a pas d'époque où l'image féminine, dans toute sa force et dans tout son attrait dévoilés, ait tenu plus de place que dans les trois grands siècles qui ont vu et suivi la Renaissance.

Le XVIIᵉ siècle tout entier a témoigné le même intérêt

pour l'aspect social de la question féminine que pour son aspect moral. Les discussions des cercles précieux, telles qu'elles apparaissent par exemple à travers le roman de l'abbé de Pure, portent aussi souvent sur l'autorité des pères et des maris que sur l'amour : c'était au fond un seul sujet. La lutte des femmes et des jeunes gens contre les entraves familiales, représentées par quelque vieillard, père ou prétendant ridicule, est partout présente chez Molière : c'est le ressort universel de ses pièces, où toujours les jeunes finissent par triompher des vieux, le penchant de la contrainte, et la liberté amoureuse des vieux préceptes familiaux. Il est bon, pour replacer dans leur atmosphère les idées communes de Molière et des précieuses, de songer à ce qu'étaient ces préceptes, en usage depuis des siècles. Dès le moyen âge, on voit des moralistes bien-pensants s'efforcer de combattre l'influence de la littérature courtoise en traçant à la femme ses véritables devoirs : soumission absolue à l'homme et abdication systématique de ses instincts et de son intelligence. Ils condamnent la parure, la coquetterie, les visites, les lectures, la correspondance, font de la chasteté, presque de l'absence de tout désir spontané en tout domaine, l'unique vertu féminine, préconisent une obéissance entière au mari, voire un comportement servile devant ses colères ou sa mauvaise humeur[1]. Au XVIᵉ siècle encore on écrivait dans ce sens, et avec la plus grande gravité. L'érudit Vivès, confirmant en pleine Renaissance, dans son *Institution de la Femme chrétienne,* les rigoureux enseignements du vieux

---

1. Ainsi Philippe de Novaire dans les *Quatre tens d'aage d'Ome* (XIIIᵉ siècle) : « Notre-Seigneur a commandé que la femme fût toujours en commandement et sujétion. Pendant son enfance, elle doit obéir à ceux qui l'élèvent, et, quand elle est mariée, elle doit entière soumission à son mari, comme à son seigneur. » (Paragraphe 21). Même Christine de Pisan définit ainsi les rapports de la femme et du mari : « Elle se rendra humble envers lui en fait, en révérence et en parole, lui obéira sans murmure et lui assurera la

temps, veut que la femme évite conversations et visites, s'occupe exclusivement de son ménage et de ses enfants, qu'elle ignore, avec les romans, tous les ouvrages où il est question d'amour, et surtout qu'elle soit entièrement soumise à son seigneur et maître. Ces idées traditionnelles, battues en brèche par les progrès de la vie mondaine, étaient cependant très vivaces encore au xviie siècle ; en dépit de l'opposition des femmes et des beaux esprits, elles triomphaient dans l'éducation ordinaire, telle qu'on la donnait dans les familles ou au couvent, et régissaient les mœurs communes, avec les seuls tempéraments que la force des choses et la sociabilité naturelle ont coutume d'apporter à toute oppression. C'est à ces idées que font allusion les Précieuses de l'abbé de Pure quand elles évoquent « ces maximes importunes de nos pères qui n'approuvent les femmes qu'au ménage [1] ». Ce sont ces idées que Molière, avec une fidélité qui s'étend jusqu'aux expressions mêmes, attribue à ses « barbons » [2]. L'écrit qu'Arnolphe donne à Agnès, et qui, sous le titre de *Maximes du mariage,* doit lui enseigner ses devoirs, reproduit les interdictions traditionnelles : ni toilettes, ni fards, ni visites, ni présents, ni correspondance, ni belles assemblées, ni jeu, ni promenades.

Molière fait évidemment cause commune avec les précieuses en soutenant contre cette morale oppressive les revendications féminines. Et il faut bien marquer que les

---

paix aussi soigneusement qu'elle pourra. » (*Le Livre des trois vertus.*) Et Anne de France recommande à sa fille : « Il faut être spécialement humble avec votre seigneur et mari, auquel, après Dieu, vous devez parfaite amour et obéissance, et vous ne pouvez en cela trop vous humilier. » (*Les Enseignements d'Anne de France à sa fille Suzanne de Bourbon,* ch. XVI).

1. *La Précieuse,* 1re partie, livre second, p. 314.
2. Voir notamment *L'École des Maris,* I, 2 ; *L'École des Femmes,* I, 1 ; III, 2.

idées d'émancipation dans ce domaine étaient fort peu
sympathiques à la bourgeoisie, sans aucun doute plus
rétrograde sur ce point que le beau monde. Aussi est-il
impossible de faire passer pour une protestation du bon
sens bourgeois ce qui chez Molière est la protestation de
l esprit nouveau contre des préjugés et des mœurs spécialement ancrés dans la bourgeoisie. On a cru s'en tirer en
écrivant que Molière a toutes les idées d'un bourgeois
moyen, *sauf* qu'il est partisan des libertés féminines et du
mariage d'amour. Mais la restriction est trop grave ; elle
emporte toute la thèse. En tout cas, c'est bien dans des
bourgeois que Molière a incarné la morale qui condamne
l'amour et la femme. C'est en eux qu'il l'a combattue. Ce
sont eux dont il a fait les victimes de la spontanéité et de la
finesse féminines. La morale autoritaire des Sganarelle et
des Arnolphe n'est qu'une transposition, aisément recon-
naissable, de cet appétit de possession avare et inquiet,
dont on faisait le trait distinctif de l'homme sans noblesse.
Les maximes des barbons sont rarement sans porter les
traces d'une infériorité sociale. Molière, en s'attaquant à
l'autorité paternelle et maritale, a plutôt pour lui l'opinion
de la cour et des salons. Défendre la galanterie et la
dépense, partir en guerre contre le vieux temps, c'était la
belle société qui s'en était toujours chargée ; c'était elle qui
prétendait civiliser la vie, l'arracher à l'antique rusticité : il
fallait pour cela avoir l'esprit libéral, le goût des belles
choses. Ainsi s'explique que Molière, au milieu de toutes
ses audaces, et alors même qu'il s'en prend à des préjugés
puissants et universels, donne l'impression de s'appuyer sur
l'évidence contre un ennemi ridicule. Son assurance serait
moins grande contre les idées reçues si le progrès de la vie
civilisée n'avait brouillé avec elles la partie la plus brillante
de la société, ne leur laissant d'autres champions qu'un
Sganarelle ou un Arnolphe.

La force des modes nouvelles dans la société française est

suffisamment attestée par l'opinion générale qui faisait de la France le pays par excellence de la liberté féminine. Non seulement la barbarie des mœurs « turques » était universellement détestée dans les conversations de la société polie, mais on se flattait même de ne pas imiter la jalousie espagnole ou italienne. Molière, dans *L'Amour peintre*, a fait tourner le combat de la galanterie française et de la jalousie sicilienne à la gloire de la première et à la confusion de la seconde. « La plus grande des douceurs de notre France, dit une des Précieuses de l'abbé de Pure, est celle de la liberté des femmes... La jalousie n'est pas moins honteuse au mari que le désordre de sa femme ; et soit par mode ou par habitude, c'est la première leçon qu'on fait à ceux qui se marient, de se défendre du soupçon et de la jalousie [1]. » Les témoignages analogues abondent. Pradon, dans sa *Réponse à la Satire X,* qui est un réquisitoire contre la misogynie, toute bourgeoise selon lui, de Boileau, va dans le même sens :

> *L'honnête liberté que l'on permet en France,*
> *Loin d'accroître le vice en bannit la licence ;*
> *Sans se servir ici, comme en d'autres climats,*
> *De grilles, de verrous, de clefs, de cadenas,*
> *Qui ne font qu'enhardir souvent les plus timides,*
> *L'honneur et la vertu servent ici de guides.*

Un indice remarquable concernant l'état de l'opinion nous est donné par le fait que, parmi les nombreux détracteurs de *L'École des Femmes,* aucun ne mit en cause les idées de Molière sur le fond du sujet. Agnès n'a été trouvée « inquiétante » qu'au XIXe siècle. En effet, le type du jaloux séquestreur et persécuteur était généralement tenu pour ridicule, surtout dans la société mondaine, où les femmes, avec l'habitude de la dépense et des plaisirs,

---

1. *La Précieuse,* 1re partie, livre second, p. 309.

avaient acquis jusqu'à un certain point le droit de se
conduire elles-mêmes. C'est sur cette pratique des « divertissements » où participaient les deux sexes, hors du
contrôle trop strict de l'autorité familiale, que reposait
toute la belle galanterie. Les romans, et la littérature
précieuse en général, sont remplis de ces réunions galantes,
bals, promenades et « cadeaux », sérénades, lectures de
poèmes et de lettres, discussions sur l'amour, divertissements de danse et de chant. Ce sont là les plaisirs que
revendiquent les femmes et les jeunes filles de Molière, et
les maris ou les prétendants qui les leur refusent sont
représentés, sans exception, comme ridicules et incapables
d'inspirer de l'amour. « J'aime le jeu, les visites, les assemblées, les cadeaux et les promenades, en un mot toutes
les choses de plaisir [1] », dit Dorimène à Sganarelle, son
futur époux, dans *Le Mariage forcé*. Et loin de s'en tenir
aux termes de l' « honnête liberté », elle demande à son
prétendant, après l'avoir délivrée de la tyrannie paternelle,
de vivre avec elle dans « une complaisance mutuelle »,
véritable dérision du lien conjugal tel qu'il est conçu
d'ordinaire. Sans doute Molière ne laisse entendre nulle
part qu'il la donne en exemple, mais toute la pièce montre
assez que s'il a outré comiquement la situation, c'est pour
mieux ridiculiser l'infortuné Sganarelle, qui s'abandonnait
tout entier il y a un instant à la joie naïve du propriétaire.
La même situation est reprise, et traitée de la même façon
réjouissante, dans *George Dandin* [2], avec cette circonstance
aggravante qu'ici l'héroïne, Angélique, parle à son mari, et
non à son fiancé. Ici non plus, il est bien évident que
Molière n'a pas entendu proposer un modèle, mais Angélique justifie suffisamment sa conduite en rappelant à son
mari qu'elle lui a été donnée malgré elle ; et surtout,

---

1. *Le Mariage forcé,* scène 2.
2. *George Dandin,* II, 2.

quelques réflexions que puisse suggérer Angélique, il n'en demeure pas moins que la pièce tout entière est conçue de façon à égayer le public aux dépens de son mari.

*

Rien ne semble plus contestable, sitôt qu'on remet Molière dans son siècle, que l'opinion, mise en circulation deux cents ans après, selon laquelle Molière est le défenseur de la famille bourgeoise. Il n'est que trop évident, au contraire, que les sentiments véritables de Molière sur l'amour et sur le mariage sont devenus gênants pour la société, dès l'instant qu'elle s'est tout entière embourgeoisée, et que les vieilles façons de voir bourgeoises ont pris rang de philosophie officielle. Comme on ne pouvait envoyer Molière au diable, on l'accommoda aux temps nouveaux. Ainsi l'idée se fit jour progressivement que les peintures souvent choquantes ou scandaleuses que Molière avait tracées du milieu familial répondaient à un dessein d'édification, et qu'il avait voulu rendre d'autant plus odieux les excès ou les travers qu'il dénonçait, qu'il les montrait plus funestes à une institution sacrée entre toutes. Si l'on suit ce système, Angélique prouve par son exemple les déplorables effets des mariages disproportionnés ; Agnès les dangers que court l'innocence mal instruite, et ainsi de suite. Ainsi toutes les protestations féminines contre la contrainte sont travesties en autant de manifestations inquiétantes, gravement dénoncées par Molière lui-même[1]. On reconnaît bien que Molière a condamné la contrainte, mais c'était pour maintenir l'ordre. La vérité est plutôt que Molière, par tempérament, n'est pour l'ordre qu'autant que la contrainte en est exclue. Les femmes

---

1. On ne saurait imaginer jusqu'où va, dans ce domaine, la délicatesse de certains critiques modernes. Ainsi la conduite d'Elmire dans *Tartuffe* passe

sympathiques sont presque toujours chez lui en rébellion contre quelque autorité odieuse, bafouée au dénouement. Tout dans ses comédies respire le triomphe de la jeunesse et du plaisir sur la respectabilité et les convenances familiales. Le scandale même est si fort parfois qu'il a résisté à tous les essais d'accommodement. Agnès notamment a assez mauvaise presse, et Brunetière, qui du reste souligne en général le caractère subversif de la morale de Molière, s'avoue franchement choqué par ses jeunes filles. En fait, Molière s'est fort peu soucié de la Famille en tant qu'institution. Il reçoit comme une donnée le fait familial, la famille comme le cadre naturel des problèmes posés entre les êtres et les sexes. Au XVIIe siècle, personne n'était encore ni pour, ni contre la Famille. Seulement Molière, par goût naturel, considérait volontiers comme une famille idéale celle qui exercerait sur ses membres la contrainte la plus faible, celle où les parents, unis selon leur convenance, n'empiéteraient pas sur celles de leurs enfants. On est bien obligé de constater que Molière pousse en toute occasion à la détente du lien familial et à l'affaiblissement de l'autorité qui est destinée à faire prévaloir ce lien sur les penchants de l'individu. Quand Molière donne le libéralisme des pères et des maris comme le meilleur moyen pour eux de se concilier l'affection ou la fidélité, il ne faut pas lui attribuer la préoccupation de « sauver la famille », pas plus qu'il n'est le sauveur de la religion quand il laisse entendre dans *Tartuffe* qu'un zèle excessif est la ruine de la piété. Dans un cas comme dans l'autre, il s'agit moins pour lui de sauvegarder une institu-

---

généralement pour « trouble » ou « ambiguë ». Pourtant nul ne met en doute que ses complaisances envers Tartuffe ne soient de pure politique. C'est qu'on voudrait que son honnêteté lui rendît le rôle qu'elle joue plus difficile. Certaine morale moderne a tous les caractères d'un mari jaloux. Au temps de Molière, Elmire ne provoque nulle inquiétude.

tion que de la rendre tolérable, de l'ouvrir aux exigences supérieures de la vie.

*

Le dernier mot de Molière en matière de philosophie conjugale est que la confiance encourage la fidélité, que la contrainte, au contraire, crée la haine et la révolte. Mais si l'on cherche à situer exactement une semblable conception au sein du XVIIe siècle, on trouve que c'est l'idée maîtresse de toute la littérature galante, et que la préciosité en fait un de ses articles de foi. Les maris sympathiques ont, dans l'abbé de Pure, les mêmes principes qu'Ariste. Convaincus, comme la Climène du *Sicilien*, qu' « un jaloux est un monstre haï de tout le monde [1] », ils font tout pour éviter le reproche d'appartenir à cette espèce décriée ; ils n'osent exprimer le moindre grief de jalousie sans l'entourer de délicatesses inouïes ; ils ont à cœur, comme Polyeucte après le retour de Sévère, de ne jamais sembler inquiets ou soupçonneux [2]. L'opinion féminine entretient soigneusement cette tradition de galanterie déférente, à laquelle Molière est fidèle quand il dit, par la bouche d'une de ses héroïnes : « La grande marque d'amour, c'est d'être soumis aux volontés de celle que l'on aime [3]. » La morale que Molière fait prêcher par ses jeunes filles, au sein des familles bourgeoises, vient en droite ligne des romans.

L'originalité de Molière est seulement que cette sagesse romanesque se trouve rarement exprimée chez lui sans une résonance de raillerie ou de scandale, comme s'il avait à cœur, non pas d'éclairer l'esprit par l'exposé d'une judicieuse doctrine, mais de lui ôter son assurance en déshabil-

1. *Le Sicilien*, sc. 18.
2. *La Précieuse*, notamment 1re partie, liv. second, p. 331, 339 ; 2e partie, liv. 1er, 3e conversation, *Histoire de Caliste*.
3. *Le Malade imaginaire*, II, 6.

lant sans respect les préjugés. Tel est bien l'accent de
Dorimène et d'Angélique; tel est bien celui d'Ariste, cet
honnête homme de *L'École des Maris,* qui prend plaisir à
ahurir son frère à force de libéralisme [1]. La scène est
célèbre; la sagesse nouvelle s'y donne le luxe réjouissant de
provoquer le scandale au lieu de chercher à l'apaiser.

Il est vrai qu'il y a autre chose encore dans l'attitude de
Molière. Les propos de comédie sur le cocuage, la façon
toujours légère dont le sujet est abordé, les railleries qui
finissent par résoudre en farces sans conséquence les
pseudo-tragédies de l'infidélité conjugale, tout cela vient
doubler les maximes du libéralisme galant ou courtois, mais
en y mêlant un autre accent. Il suffira de comparer à cet
Ariste, homme du monde et philosophe de bonne compagnie, le Chrysalde de *L'École des Femmes,* quand il engage
Arnolphe, à ne pas grossir l'importance du cocuage [2].
Chrysalde, qui au début de la comédie raillait la « déman-
geaison » d'Arnolphe de se faire donner un nom noble,
n'est pas seulement un bon bourgeois sans prétention. Par
son insouciance, sa bonhomie, son peu de penchant pour
les principes solennels qui sont d'ordinaire le signe d'honorabilité de sa classe, ce sage de fantaisie rejoint la tradition
populaire. Et, en effet, si quelque chose dans la sagesse de
Molière vient renforcer et étoffer le libéralisme élégant des
honnêtes gens, c'est, plutôt que la raison bourgeoise, la
franchise et l'audace toutes naturelles du peuple. C'est ce
qui apparaît bien dans le rôle de premier plan qu'il attribue
aux valets et aux servantes dans les débats de philosophie
matrimoniale. Les servantes surtout se permettent d'exprimer, avec une liberté qui conviendrait mal à leurs maî-
tresses, la révolte des femmes. Tandis que les femmes ou
les jeunes filles de bonne condition font valoir leurs droits

1. *L'École des Maris,* I, 2.
2. *L'École des Femmes,* IV, 8.

avec la délicatesse des héroïnes de roman, leurs servantes, qui sont toujours les auxiliaires de leurs amours, puisent dans le bagage populaire l'équivalent, en plus énergique et en plus réjouissant, de leurs plaintes et de leurs menaces, et transposent en style agressif les mouvements de l'amour-propre féminin contre l'injustice masculine. Ainsi Cléan-this, femme de Sosie :

> *Pourquoi pour punir cet infâme,*
> *Mon cœur n'a-t-il assez de résolution ?*
> *Ah ! que dans cette occasion,*
> *J'enrage d'être honnête femme[1] !*

Les servantes chez Molière ont plus de poids que les valets ; c'est par la bouche des femmes qu'il a fait parler la sagesse sans fard du peuple. Tandis que les valets ne mettent guère que leurs expédients au service de leurs maîtres, les servantes représentent vraiment le bon sens et la vérité venant à la rescousse des droits méconnus de la femme. Créatures redoutables au despotisme masculin, parce que la bienséance a peu de prise sur elles, elles jettent à la figure des autorités les vérités menaçantes de l'instinct et de la justice :

> *Toutes ces gardes-là sont visions de fou ;*
> *Le plus sûr est, ma foi, de se fier en nous :*
> *Qui nous gêne se met en un péril extrême,*
> *Et toujours notre honneur veut se garder lui-même.*
> *C'est nous inspirer presque un désir de pécher*
> *Que montrer tant de soins de nous en empêcher,*
> *Et, si par un mari je me voyais contrainte,*
> *J'aurais fort grande pente à confirmer sa crainte[2].*

1. *Amphitryon*, I, 4.
2. *L'École des Maris*, I, 2.

Ou encore : « Voilà comme il faut faire pour n être poin
trompé. Lorsqu'un mari se met à notre discrétion, nous ne
prenons de liberté que ce qu'il nous en faut, et il en est
comme avec ceux qui nous ouvrent leur bourse et nous
disent : « Prenez. » Nous en usons honnêtement, et nous
contentons de la raison. Mais ceux qui nous chicanent,
nous nous efforçons de les tondre, et nous ne les épargnons
point [1]. »

Le « féminisme » de Molière se présente donc comme un
accord de la galanterie noble et de la franchise ou de
l'humour plébéien, et cet accord se fait en sautant par-
dessus les régions de l'honorabilité bourgeoise. On peut
même dire que le mélange de l'agrément noble avec la
raillerie populaire définit en général le ton moliéresque.
Nous aurons l'occasion de revenir sur l'importance de cette
rencontre, qui nous oblige déjà, en évoquant à côté du
Molière galant un Molière libre et naturel, à préciser la
nature de ses désaccords avec la galanterie précieuse.

*

Il est de fait que Molière s'en est pris par deux fois, au
début et à la fin de sa carrière, à la galanterie romanesque.
Les Précieuses renferment des allusions expresses au
Cyrus, à la *Clélie*, à la carte de Tendre, et, sur les trois
héroïnes des *Femmes savantes,* deux au moins, Armande et
Bélise, sont entichées de la philosophie amoureuse des
romans. On croit d'ordinaire résoudre la contradiction
apparente par laquelle Molière est à la fois l'avocat et le
détracteur de la cause féminine en disant que, solidaire
jusqu'à un certain point de la préciosité dans ses revendications, il en condamne les excès, et qu'entre la philosophie
des barbons et celle des femmes savantes, il adopte, une

1. *George Dandin,* II, 1.

fois de plus, le juste milieu. La vérité semblera moins
simple, si l'on songe qu'en bien des cas, Molière se situe,
par l'audace, au-delà et non en deçà des précieuses. Sa
philosophie de l'amour, moins « épurée » que la leur, plus
ouverte à l'instinct et au plaisir, est plus libre de préjugés
moraux. C'est plutôt la philosophie des romans, dans son
effort pour idéaliser l'amour, qui peut sembler un milieu
ingénieusement tracé entre les interdictions traditionnelles
et une liberté plus grande, dont les comédies de Molière
donneraient l'idée. Ainsi il faudrait dire plutôt, pour
éclairer l'attitude double de Molière à l'égard de la
préciosité, qu'il se sépare de celle-ci au point où, trop
timide, elle s'arrête sur le chemin commencé en commun.
Mais cette façon de voir n'est pas non plus entièrement
satisfaisante, puisque dans une autre direction, c'est
Molière qui s'arrête le premier : ainsi, quand Philaminte
prétend élever les femmes au niveau des hommes dans
l'ordre de l'esprit, ou refuse de s'intéresser aux choses du
ménage, Molière rit à ses dépens, et son rire, cette fois est
conservateur.

Cependant la contradiction, avant d'être dans les sentiments de Molière, est dans les conditions mêmes où se
trouve placé le désir féminin d'émancipation. Pareil désir
peut se faire jour en effet dans deux directions, qu'une
tradition toute-puissante nous montre divergentes l'une de
l'autre. Les femmes peuvent demander, à l'encontre de la
morale répressive qu'on leur impose, le droit de vivre et de
jouir selon le penchant de la nature, — et elles peuvent
demander qu'on leur accorde une dignité, un rang égaux à
ceux de l'homme ; Molière accède autant qu'il se peut à la
première demande et ridiculise volontiers la seconde. Il
s'émeut quand l'instinct est outragé, beaucoup moins si
c'est la fierté ou le sens de la justice. Tout le ridicule des
femmes savantes est dans leur obsession d'égalité, dans
leur révolte contre la supériorité de valeur et de prestige

attribuée aux hommes, car c'est bien à cela que revient, en
dernière analyse, le problème de l'ambition intellectuelle
chez les femmes. Si elles réclamaient, même avec quelque
scandale, le droit de se conduire et d'aimer à leur guise,
Molière les écouterait volontiers, mais justement elles se
croient tenues de mépriser l'amour pour échapper à
l'infériorité féminine. Molière a fait leur pruderie inséparable de leur révolte, et a condamné d'un seul coup l'une et
l'autre. Et cette antinomie du bonheur et de la dignité, ce
n'est pas lui qui l'a arbitrairement créée. Il l'a trouvée dans
notre condition, telle que l'ont façonnée des siècles de
misère, et un long, un incurable divorce de la grandeur et
de l'agrément. Le divorce est particulièrement profond
chez la femme, en qui l'opinion commune incarne toute la
faiblesse du cœur et des sens, pour mieux en décharger
l'homme. Sitôt donc qu'elle aspire à quelque grandeur, il
faut qu'elle se renie tout entière. Il en résulte que les
femmes les plus hardies dans l'ambition sont rarement
capables de bonheur et d'accomplissement dans l'amour.
D'où l'extrême difficulté de définir, dans l'ensemble des
conditions créées par le milieu social, qui sur ce point ne
s'est guère modifié depuis Molière, un idéal féminin
achevé, qui par quelque côté ne se ressente des misères de
la condition réelle des femmes. Les vices du féminisme
précieux, ce qu'il a toujours d'irréel et de guindé, la
spiritualité extravagante où il fait naufrage, s'expliquent
par là.

C'est une entreprise chimérique et vouée à toutes les
contradictions que de prétendre désavouer en soi la nature.
Molière a bien vu la difficulté principale de l'idéalisme
féminin : l'embarras sans issue d'une doctrine qui réprouve
l'amour sans cesser de l'exalter, qui en étend partout le
règne pour faire régner partout la femme, et cependant y
dénonce l'écueil de l'indépendance féminine. D'où un type
de femme obsédée par l'amour et révoltée contre l'amour,

coquette et prude à la fois, qui est exactement celui de la précieuse. Et dans ce sens, la précieuse peut passer pour un type universel. Or, c'est bien cette contradiction, et le vain effort de synthèse spiritualiste par où l'on prétend y remédier

> *Que d'un coup de son art Molière a diffamés,*

pour reprendre les vers de Boileau, ou plus exactement s'est proposé de diffamer. Molière n'a pas manqué une occasion de découvrir l'infirmité affective que déguise mal le platonisme des précieuses. A l'absurdité d'un amour

> *Où l'on ne s'aperçoit jamais qu'on ait un corps*[1],

Molière oppose, non pas un juste milieu, mais la force tout entière de l'instinct :

> *J'aime avec tout moi-même, et l'amour qu'on me donne*
> *En veut, je le confesse, à toute la personne*[2].

Cette défense de l'instinct se double d'une critique aiguë de l'idéalisme moral : la sublimation des désirs est illusoire ; ce que perd la sensualité, l'orgueil le gagne. L'idéalisme féminin dissimule et entretient l'ambition féminine de dominer l'homme, de l'attacher sans rien lui accorder. Non seulement

> *Cet empire que tient la raison sur les sens*
> *Ne fait pas renoncer aux douceurs des encens*[3],

mais la pruderie et la soif d'adoration se renforcent l'une

1. *Les Femmes savantes*, IV, 2.
2. *Ibid.*, IV, 2.
3. *Ibid.*, I, 1.

l'autre. Enfin l'insensibilité de la coquette se change en dépit violent dès que les hommages manquent. Tout le rôle d'Armande dans *Les Femmes savantes* est destiné à illustrer ces vérités.

Molière a fait une place privilégiée, parmi tous les éléments de la névrose précieuse, au dispositif de guerre et de domination que ces femmes insatisfaites de leur sort maintiennent constamment dirigé contre l'homme. Armande voudrait régner sur son amant, et Philaminte règne sur son mari, qui avoue trembler devant elle. Là où elles disent égalité, on entend revanche, et revanche démesurée, trouble stérile et sans issue. La guerre des femmes contre les maris, telle est la forme concrète, mi-scandaleuse, mi-burlesque, sous laquelle le sens commun conçoit la protestation féminine. Et ce n'est pas sans quelque raison, car les femmes elles-mêmes pensent et sentent selon les normes ordinaires, et répondent à l'oppression par le désir d'opprimer. Mais l'hostilité contre l'homme crée dans la femme de telles entraves à la vie qu'il en résulte, au lieu d'élargissement, un resserrement moral profond, une déformation de la vie entière. On peut comprendre dans ces conditions qu'on ait été tenté, après avoir rejeté les maximes oppressives du vieux temps, d'engager la réforme dans la voie la plus commode, celle de l'agrément et du bonheur, sans soulever des problèmes plus profonds et plus épineux que l'ensemble des conditions sociales rendait difficilement solubles. C'est bien ce qu'a fait Molière, chez qui le goût de ce qui *va de soi* est à la fois l'origine et la limite de l'audace.

*

La révolte des femmes contre l'interdiction d'aimer est chose relativement facile à dénouer, car la haine de la privation suppose le désir déjà formé. La nature triomphe alors d'elle-même, et au surplus nature et société dans ce domaine peuvent trouver sans trop de remous des accommodements. Au contraire, la révolte contre l'inégalité des sexes, mettant davantage en cause la structure traditionnelle de la société, trouve plus malaisément sa solution, même théorique. Elle se meut dans l'incertain, l'irréel, le difficile. Préoccupées de trouver des « remèdes aux maux de mariage », les précieuses de l'abbé de Pure imaginent les solutions les plus contradictoires, les plus extravagantes, depuis l'émancipation complète, par la polyandrie ou l'inconstance systématique, jusqu'à l'indifférence et à la froideur volontaire envers le conjoint, en passant par le divorce, par le mariage provisoire rompu à la naissance d'un enfant, par un système d'hégémonie alternée du mari et de la femme, par un état idéal dans lequel la nature se chargerait elle-même de punir les maris infidèles en tournant leur jouissance en douleur, ou en la faisant éprouver à la femme délaissée [1]. Insatisfaction, chimère, embarras insolubles : ce n'est pas là, de toute évidence, l'atmosphère de Molière. Le plus grave est que toute cette recherche fébrile, qui vise à établir des relations plus justes entre les sexes, ne réussit qu'à les brouiller sans remède. On allume la guerre des sexes par horreur d'un faux état de paix, mais on est impuissant à créer une paix véritable. On dérange la vie et on trouble l'amour, sans résultat. Cette sourde révolte des femmes, cet orgueil ombrageux, ces plaintes, cette ambition ne sont d'ailleurs pas des traits particuliers

---

1. *La Précieuse,* 3ᵉ partie, 1ᵉʳ livre, 1ʳᵉ conversation : *Des remèdes aux maux de mariage.* Sur le sujet du mariage, voir également, au même livre, la 2ᵉ conversation : *Des ragoûts pour les dégoûtés du mariage ;* au 2ᵉ livre de la même partie, les *Raisonnements de la précieuse sur le mariage.* — Également, 2ᵉ partie, 1ᵉʳ livre, 4ᵉ conversation, l'histoire d'Eulalie, mariée contre son gré ; 5ᵉ conversation (si une femme mariée par devoir a le droit de conserver sa tendresse à l'homme qu'elle aimait). — Enfin 4ᵉ partie, 1ᵉʳ livre, surtout au début et à la fin, l'annonce du règne des femmes

de la précieuse. Toute la littérature romanesque de ce
temps-là en porte l'empreinte dans ses exigeantes et
sensibles héroïnes, avides à la fois de tendresse et d'empire.
L'abbé de Pure n'a fait que développer, avec plus de
franchise que d'autres, les pensées et les débats qui naissent
chez les femmes de ce type et dans leur entourage. « On se
marie pour haïr et pour souffrir », fait-il dire à l'une
d'elles[1]. Une autre, racontant sa propre histoire, décrit en
ces termes sincères la froideur de la femme mariée contre
son gré : « Elle est obligée de recevoir dans son sein glacé
les ardeurs de son mari, d'essuyer les caresses d'un homme
qui lui déplaît, qui est l'horreur de ses sens et de son cœur.
Elle se trouve dans ses bras, elle en reçoit des baisers, et
quelque obstacle que son aversion et sa peine puissent
rechercher, elle est contrainte de se soumettre et de
recevoir la loi du vainqueur[2]. » La même héroïne, en un
autre endroit du roman, ne voit pas d'autre remède qu'une
insoumission profonde au mari, soigneusement cultivée
sous l'apparence de la résignation : « La précieuse ... ne se
marie pas comme le vulgaire. Elle s'élève en se soumettant ; plus elle s'humilie, plus elle a de la fierté ... Elle est
mariée comme si elle ne l'était pas ... Elle distingue et
sépare les choses ; elle sait garder les rangs et les espaces de
l'amour et de l'amitié[3]. » Enfin la guerre des sexes
proprement dite est annoncée avec un grand luxe d'imagination et d'ironie dans la dernière partie du roman, où l'on
voit un vieil astrologue observer le ciel un jour d'éclipse,
parmi le trouble général, et prédire la revanche des
femmes et le prochain établissement de leur empire[4]
« Plus longtemps l'injustice aura régné s'écrie une pré-

1. *La Précieuse,* IIIe partie, 2e livre, p. 411
2. *Ibid.,* II, 1, p. 274.
3. *Ibid.,* III, 1, p. 129
4. *Ibid.* IV, 1, p. 14.

cieuse, plus de temps doit régner à son tour notre sexe[1]. »

Quant à concevoir l'égalité naturelle et tranquille de l'homme et de la femme, sans haine ni préjudice d'aucune part, il serait surprenant que le XVIIe siècle en eût été beaucoup plus capable que ses successeurs. Mais cela n'a pas absolument passé ses forces, ainsi qu'en témoigne au moins l'écrit de Poulain de la Barre sur l'*Égalité des deux sexes,* paru en 1673, et qui peut étonner aujourd'hui encore : l'auteur, refusant expressément de se placer sur le terrain de la galanterie (qui de toute évidence n'est pas celui d'une égalité véritable) et fondant sur une critique cartésienne du préjugé, dans le ton du Perrault des *Parallèles,* l'affirmation d'une parfaite égalité de valeur, surtout intellectuelle, des deux sexes, prend bien soin d'écarter, dès sa préface, l'idée d'une revanche féminine. La guerre des sexes est le fait actuel, non l'idéal ; l'égalité ne pourrait que la faire cesser : « Il ne pourrait y avoir que des femmes peu judicieuses, qui se servissent de cet ouvrage pour s'élever contre les hommes qui les traiteraient comme leurs égales ou leurs compagnes[2]. »

Pour Molière, au contraire, comme pour la majorité de ses contemporains, l'égalité des sexes revêt l'aspect de la guerre et de la division. Et comme il n'aime les nouveautés que lorsqu'elles sont aisées et qu'elles vont dans le sens du plaisir, il n'a jamais évoqué le désir d'égalité chez les femmes que pour en tirer des effets comiques aux dépens des novatrices. Chez lui le rire, quand il s'agit des femmes,

---

1. *Ibid.,* IV, 1, p. 207. Tout l'exposé du projet est remarquable par la force avec laquelle est dénoncée l'infériorité de la condition féminine, notamment le penchant de la majorité des femmes à jalouser et à décrier celles qui secouent le joug (p. 231). Noter aussi une critique générale de la coutume au nom de la raison.

2. Le même auteur publia ensuite un écrit sur l'*Excellence des hommes,* où se retrouvent, sous l'apparence d'une rétractation, les mêmes idées que dans l'ouvrage précédent, et soutenues avec autant de force.

se trouve être aussi souvent l'arme du préjugé que la revanche de la nature.

*

L'hostilité de Molière à l'égard du féminisme naissant, son intervention, dès les origines du débat, en faveur des idées traditionnelles, ne sauraient pourtant masquer ses audaces dans la direction qu'il a choisie. Bien des héroïnes de ses comédies ont encore de quoi scandaliser passablement les familles bourgeoises. Armande y passerait pour folle, mais Agnès pour « vicieuse », et nul n'ignore que le second grief est beaucoup plus grave que le premier. La Précieuse, en se révoltant contre la servitude du mariage, se refuse en même temps au plaisir, et c'est un avantage incontestable aux yeux des moralistes. Agnès, moins révoltée au fond et moins ombrageuse, va droit à ce qui lui plaît, avec une spontanéité qui défie toute morale :

> *Le moyen de chasser ce qui fait du plaisir*[1] *?*

C'est en quoi Arnolphe a tort de la confondre avec une précieuse. Dans ses explications finales avec Arnolphe, elle incarne un défi si tranquille de l'instinct à toute contrainte, son ingénuité est si redoutable, qu'on a rarement osé regarder bien en face cette « inquiétante » créature. La séduction qui émane d'elle est d'autant plus scandaleuse qu'elle triomphe plus aisément, qu'elle dissipe dès l'abord les fantômes que la morale crée autour du désir : danger, péché, perdition. C'est cette beauté, toute évidente, que revêtent en elle les mouvements de la nature, et l'absence même de perversité dans le désir, qui font crier à la perversité les descendants spirituels d'Arnolphe. Elle ne

---

1. *L'École des Femmes*, V, 4.

s'insurge pas contre la morale, elle l'ignore et la démontre inutile.

Ce qui distingue Molière, ce n'est pas tant d'avoir représenté l'instinct tout-puissant, mais d'avoir accepté sympathiquement cette toute-puissance. Que les commandements de la nature soient malaisément surmontables, cette objection traditionnelle à l'idéalisme moral n'avait pas en elle-même une signification subversive. Molière, dans la mesure où il pense que l'instinct naturel gouverne la vie, ne pense pas autrement que les barbons qu'il ridiculise. Arnolphe et ses pareils, loin de nier la force des tentations, en sont littéralement obsédés : « La chair est faible » est leur axiome principal. Mais le sens du réel peut aussi bien conduire, en morale, à la rigueur qu'à la facilité. C'est ce qui peut créer un semblant d'accord, parfaitement illusoire, entre une certaine sagesse bourgeoise et celle de Molière, distantes l'une de l'autre de tout l'intervalle qui sépare la méfiance de la sympathie. Toute la question du « naturalisme » de Molière est là.

Il est un certain naturalisme qui, dans la toute-puissance reconnue de l'instinct, dénonce la toute-puissance du mal, et qui croit suffisant de montrer l'homme soumis à l'empire de la nature pour avilir l'humanité. Dans une semblable attitude, le goût du scandale se mêle curieusement à la sévérité. Déjà au moyen âge la critique des sublimations courtoises comporte, en même temps qu'une intention édifiante, un parti pris de cynisme à l'égard de l'amour et de la femme. La femme curieuse d'amour est l'objet de satires méprisantes, où le ton goguenard et la morale chatouilleuse vont de pair. Cette attitude jouit en tout cas d'une assez grande fortune dans la littérature antiromanesque du XVIIᵉ siècle. Les barbons se montrent volontiers cyniques dans leurs propos ; ils affectent de ne voir partout qu'adultères et débauches. S'ils sont sévères pour l'instinct, leur plus grand désir est d'en constater les ravages, dans la maison d'autrui. Tout Arnolphe est là. De même la *Satire X* de Boileau n'est qu'un mélange constant de railleries cyniques sur la fidélité conjugale, et d'axiomes moraux ultra-sévères. Pour lui comme pour Arnolphe, l'honnête femme ignore l'amour, et les cocus remplissent le monde. Il n'est pas étonnant que cette pièce ait provoqué une levée de boucliers parmi les tenants du bel amour. Elle était comme le corps de doctrine des barbons, introduit inopinément dans la grande littérature. Mais si la polémique d'un Perrault ou d'un Pradon contre la *Satire X* prétend venger l'idéalisme galant des atteintes d'un certain naturalisme, l'œuvre de Molière dessine une troisième position : sa philosophie de la nature rend illusoires les prétentions de la morale romanesque, mais demeure dépouillée de tout esprit de dénigrement, de toute idée chagrine du bien et du mal[1]. Elle s'accompagne d'un mouvement favorable au désir, et par là fait apercevoir plutôt qu'un juste milieu entre l'esprit bourgeois et la galanterie précieuse, une autre attitude qui les dépasse tous deux.

*

On est conduit nécessairement, dès qu'on précise la qualité du naturalisme de Molière, à poser la question de son attitude en matière religieuse. Il est superflu de démontrer que toute morale détendue comporte un danger et une menace pour le christianisme. Les accommodements

---

1. La force de la tradition idéaliste dans la littérature favorable à l'amour était si grande qu'on ne comprit pas bien, ou qu'on put sans absurdité feindre de ne pas comprendre l'intention de Molière. Certains de ses ennemis, du seul fait qu'il avait peint dans Agnès le triomphe du désir, sans l'idéaliser, ont cru pouvoir trouver dans sa pièce une intention rabaissante à l'égard des femmes, et, si surprenant que cela paraisse, faire d'Arnolphe le porte-parole de l'auteur. Voir Donneau de Visé, *Zélinde;* Robinet, *Panégyrique de l'École des Femmes;* voir aussi les propos prêtés par Molière à la précieuse Climène, dans la *Critique,* scène 6.

sont délicats dans ce domaine et supposent une foule de
précautions expresses et de raccords, dont Molière ne s'est
que fort peu préoccupé, ou fort mal. Si son théâtre n'est
pas expressément antichrétien, ni d'intention ni de fait, il
n'en exprime pas moins un mouvement d'opinion, qui
après avoir longtemps coexisté avec la tradition chrétienne,
devait finir par s'en détacher et par la combattre. Toutes les
discussions sur *Le Tartuffe,* qu'elles aient été faussées par
le souci de ne pas brouiller trop ouvertement Molière avec
la religion ou par l'espérance évidemment anachronique de
trouver en lui un philosophe militant, laissent intact ce fait
éloquent : les porte-parole les plus divers du christianisme
au XVIIᵉ siècle, quel que fût leur caractère ou celui de leur
secte, ont jugé *Le Tartuffe* dangereux. On peut discuter à
perte de vue sur les intentions de Molière, mais le fait est
qu'il a mis d'accord contre lui des Jésuites comme Bourda-
loue, des jansénistes comme Baillet, les espions militants
de la Compagnie du Saint-Sacrement, qui n'était spécialement ni jésuite ni janséniste, des hommes comme Bossuet
et Lamoignon qui représentaient sous sa forme la plus
générale la sévérité du christianisme. Sans doute faut-il
tenir compte des protestations de Molière, qui ne ressentait
pas forcément au même degré que nous l'opposition de sa
morale et des préceptes du christianisme. Même si logiquement l'incompatibilité existe entre la sagesse de Molière et
la « folie de la croix », il n'est pas dit qu'elle doive toujours
être ressentie. Les contradictions logiques n'éclatent souvent que fort tard, après une longue période d'incubation,
durant laquelle les incompatibles peuvent faire assez bon
ménage. Le XVIIᵉ siècle, et Molière avec lui, peuvent
n'avoir pas vu nettement deux forces ennemies dans la
sagesse des honnêtes gens et dans la loi chrétienne.
Toutefois une claire conscience du dilemme existait au
moins chez les chrétiens les plus exigeants, qui écartaient
quant à eux tout compromis. Et puis il faut moins se

soucier, pour apprécier la portée du *Tartuffe,* des intentions de Molière que de la place prise par sa pièce dans
l'histoire de l'esprit public. De ce point de vue, les
vicissitudes du texte du *Tartuffe* et des desseins de son
auteur s'effacent devant le fait de la querelle soulevée par
l'œuvre, qui apparaît beaucoup moins aisément comme la
suite d'un malentendu que comme un épisode du discrédit
progressif de la morale chrétienne entre la Renaissance et
l'Encyclopédie.

Le *Tartuffe* a été écrit à une époque où la force du veto
chrétien s'était atténuée, sans que cette désaffection se
traduisît encore par des audaces philosophiques ouvertes.
On commença par distinguer la superstition de la religion
avant d'appeler superstition la religion elle-même. Non
seulement le « moine bourru » de Sganarelle, mais les
« chaudières bouillantes » de l'enfer, beaucoup plus véné-
rables pourtant, dont Arnolphe essaie encore de terroriser
sa pupille, ont commencé à être ridicules avant le dogme.
On riait de tout cet attirail, bon à terrifier le peuple
ignorant, de ces grosses malices solennelles à faire peur aux
sottes, de ces foudres déjà mouillées entre les mains des
Jupiters grincheux du vieil Olympe familial. On en riait
peut-être sans arrière-pensée d'impiété, et pourtant les
ennemis de Molière ne jugeaient pas inutile de dénoncer
comme sacrilège l'encouragement donné à cette sorte de
rire[1]. Le rire qui atteint la superstition rend un son
désagréable aux oreilles des dévots, même les plus philosophes, soit qu'ils ressentent avec douleur les offenses
faites à toute croyance, même grossière, au surnaturel, soit

1. Pour les protestations soulevées par le sermon d'Arnolphe (*L'École
des Femmes,* III, 2), voir la scène 5 de la *Critique.* Même indignation des
critiques dévots à propos des remontrances grotesques de Sganarelle à son
maître (*Don Juan,* III, 1 ; V, 2) ; voir les *Observations* de Rochemont sur
cette comédie (1665), et l'Avertissement aux *Sentiments des pères de
l'Église,* ouvrage posthume du prince de Conti.

qu'ils redoutent de voir identifier la foi à la simplicité d'esprit, dont ils n'aiment pas à s'avouer débiteurs. Les anathèmes des chrétiens contre Molière s'inspirent plus d'une fois de ce motif, qui se relie à d'autres plus graves : le même rire qui atteint les superstitions terrifiantes frappe aussi les excès du scrupule religieux, et d'une façon générale tout le côté tendu et antinaturel de la religion. La philosophie facile des gens du bel air s'alliait au bon sens du peuple pour tourner en dérision la pudibonderie, vraie ou affectée, les mines contrites et le zèle agressif des dévots. Dorine, en rabrouant Tartuffe dans le langage d'une servante, faisait rire les spectateurs de bonne compagnie. Le ridicule du dévot qui s'effarouche d'un décolleté ou se reproche d'avoir tué une puce en faisant sa prière n'était sans doute pas chose entièrement nouvelle, mais les réactions suscitées par les pièces de Molière donnent à penser que la satire du bigot commençait à revêtir une signification subversive : c'est parce que la religion se sentait déjà menacée qu'elle n'aimait plus beaucoup la plaisanterie. Le temps n'est pas loin où le rire sera contre elle l'arme ordinaire du naturalisme philosophique.

Quelle qu'ait pu être l'intention de Molière, la peinture qu'il a faite du « saint personnage » annonce en plus d'un endroit les idées et le ton du siècle suivant. Il n'est pas rare qu'une œuvre dépasse le dessein de son auteur et emprunte à tout un ensemble historique, dans lequel elle se situe, une signification de fait, plus réelle que sa signification intentionnelle. *Le Tartuffe,* en plusieurs endroits, est de cent ans en avance :

> *L'amour qui nous attache aux beautés éternelles*
> *N'étouffe pas en nous l'amour des temporelles*[1].

1. *Le Tartuffe,* III, 3.

C'est la pensée et le tour de Voltaire. Comment s'étonner que tout ce qu'il y avait de chrétien dans ce temps-là ait poussé les hauts cris au portrait, que referont sans cesse les philosophes, de ces dévots ambitieux et méchants,

> *Qui savent ajuster leur zèle avec leurs vices,*
> *Sont prompts, vindicatifs, sans foi, pleins d'artifices,*
> *Et, pour perdre quelqu'un, couvrent insolemment*
> *De l'intérêt du Ciel leur fier ressentiment ;*
> *D'autant plus dangereux dans leur âpre colère*
> *Qu'ils prennent contre nous des armes qu'on révère,*
> *Et que leur passion, dont on leur sait bon gré,*
> *Veut nous assassiner avec un fer sacré*[1].

Ces vers n'ont perdu leur virulence que depuis que la dévotion a cessé d'être un moyen privilégié d'intriguer, de dominer, et de nuire.

Sans même supposer que Molière ait voulu s'en prendre de façon précise à une secte de dévots militants, comme la Compagnie du Saint-Sacrement, et si l'on donne à son Tartuffe la valeur d'un type général, type du dévot remuant et avide de domination, il est bien évident que ce type a existé, et que la peinture de Molière évoquait aux yeux du public un personnage réel. Au-delà des cabales particulières, des compagnies plus ou moins secrètes qui se donnaient pour tâche d'espionner les mœurs et de dominer les actions des fidèles, ce qu'on appelait, d'une façon générale, la « cabale » dévote désignait un ensemble plus vaste, une solidarité de penchants, d'intérêts et de conduite plutôt qu'un parti proprement dit. « Ce personnage, écrit, à propos de M. Loyal, l'auteur de la *Lettre sur l'Imposteur*, est un supplément admirable du caractère bigot, et fait voir comme il en est de toutes professions, et qui sont liés ensemble bien plus étroitement que ne le sont les gens de

1. *Ibid.*, I, 5.

bien, parce qu'étant plus intéressés, ils considèrent davantage et connaissent mieux combien ils se peuvent être utiles les uns aux autres dans les occasions, ce qui est l'âme de la cabale[1]. » La cabale ainsi entendue n'était ni jésuite ni janséniste ; elle s'inspirait de tout ce qui dans le christianisme pouvait permettre de censurer, persécuter, envahir. Dans ce mélange de zèle et d'intérêt, les duretés du jansénisme s'alliaient à la diplomatie jésuitique. Tartuffe est tour à tour sévère et casuiste.

Aujourd'hui comme alors le bigot passe également pour fanatique et pour hypocrite : cette double flétrissure ne paraît pas contradictoire au public, qui imagine fort bien ensemble la sévérité violente et l'égoïsme. Seule une logique artificielle évoquera le dilemme de la sincérité et de la grimace : Molière croit sans doute à cette distinction, mais il la ruine lui-même en déniant instinctivement la sincérité véritable à tout ce qui est excessif, en confondant l'outrance et le mensonge[2], en dénonçant enfin, dans tous les cas, le droit que les dévots s'arrogent de reprendre et de régenter le prochain. En effet, c'est au point où le zèle dévot devient indiscret que la ferveur sincère et l'hypocrisie cessent de se distinguer. Les « vrais dévots », ceux à qui Molière prétend rendre hommage sont ceux qui ne cherchent pas à s'imposer à autrui :

> *Ce ne sont point du tout fanfarons de vertu,*
> *On ne voit point en eux ce faste insupportable,*
> *Et leur dévotion est humaine, est traitable.*
> *Ils ne censurent point toutes nos actions[3]...*

1. *Lettre sur la comédie de l'*Imposteur (Molière, éd. des Grands Écrivains, t. IV, p. 551).
2. Cf. notamment, dans la même sc. 5 de l'acte I, les propos de Cléante, surtout aux vers 339 et suivants.
3. Même scène.

Tartuffe est un censeur des mœurs, et on le tient pour hypocrite dans la mesure où il se mêle de gouverner les autres. La révolte de la famille, telle qu'elle s'exprime dès le premier acte par la bouche de la servante, a bien cette signification. Or, on ne peut nier que ce soit une forme de pensée bien peu édifiante que de charger de tous les vices quiconque fait profession de censurer le vice. Considérée de ce point de vue, toute l'histoire du *Tartuffe* est bien celle d'une escarmouche entre la philosophie du monde et « l'Ordre moral » chrétien.

Que Molière ait cru sa pièce compatible avec la vraie religion, et que beaucoup de ses contemporains aient partagé son sentiment, cela ne prouve pas forcément qu'il n'y ait rien de subversif dans *Le Tartuffe,* cela tendrait au contraire à prouver qu'il y avait déjà quelque chose de subversif chez tout le monde. L'existence même d'un parti dévot, les efforts déployés pour organiser la tyrannie du dogme et de la morale chrétienne sont un signe qui ne trompe pas. L' « ordre moral » n'a de raison d'être que dans la menace du désordre. La désaffection de la morale religieuse se poursuivait depuis plus d'un siècle. La prochaine révolte des esprits contre la contrainte chrétienne était en germe dans la société ; l'Église, alarmée de ce combat tranquille que lui livraient la vie civilisée, ses plaisirs et ses lumières, réagissait déjà violemment, sans grand succès : il est significatif que la cabale ait été cabale, qu'elle ait dû agir en secret ; le pouvoir était contre elle. Louis XIV soutint obstinément l'auteur de *L'École des Femmes,* du *Don Juan* et de *Tartuffe* contre ses ennemis dévots. Et non pas seulement pour des raisons accidentelles, parce que les dévots mécontentaient le jeune roi ou censuraient ses amours, mais parce que, plus profondément, la monarchie, surtout dans ses périodes de bonheur, était solidaire d'un certain épanouissement de la vie, au moins dans les hautes classes. C'est un pouvoir qui se veut riche et fait refluer sa richesse sur la partie de la société qui l'entoure ; qui se veut aisé en un certain sens, et qui, dans ce qu'il a de meilleur, prétend contenter pour régner Le xviiie siècle fera la théorie de cette monarchie éclairée, qui coordonne les progrès et les développements naturels, comme la raison coordonne les désirs sans les contrarier. La morale de la raison, de la raison accordée aux choses, cette morale qui est celle de Molière, s'est développée parallèlement aux progrès de la monarchie : avant de s'élargir en une doctrine de l'État et du monde, ouvertement dressée contre l'esprit de contrainte et la religion, elle existait déjà, au temps de Louis XIV, sous la forme, plus modeste, d'une théorie de la sagesse personnelle et civile.

*

Le naturalisme de Molière consiste donc moins à dénoncer la présence de l'instinct naturel sous ses déguisements idéaux, comme feraient Pascal ou Nicole, qu'à dénoncer la sévérité elle-même, à laquelle Pascal et Nicole aboutissent, comme un déguisement de l'agressivité et de l'égoïsme. La puissance irrésistible de la nature engendre ici une irrésistible indulgence qui se communique, au moins par le rire, à toutes les formes, même les moins belles, du désir. Le rire enveloppe tout dans le même mouvement. La séparation du bas et du sublime s'efface, dissipant l'anxiété ou le scrupule, libérant un scepticisme supérieur que n'altère aucune ombre de tristesse. Cette sorte de scepticisme se retrouve dans une façon particulière de porter la « qualité », dont les prérogatives, indépendantes de toute illusion de mérite moral, ne cherchent guère à se justifier, et sont l'objet d'une raillerie libre, tolérée par les gens de qualité eux-mêmes, bien accueillie en tout cas par le public de Versailles. Ainsi, dans le prologue d'*Amphitryon,* la réponse de Mercure à la Nuit, qui se fait scrupule de servir les amours de Jupiter :

> *Un tel emploi n'est bassesse*
> *Que chez les petites gens ;*
> *Lorsque dans un haut rang on a l'heur de paraître,*
> *Tout ce qu'on fait est toujours bel et bon ;*
> *Et suivant ce qu'on peut être,*
> *Les choses changent de nom.*

C'est au moment où l'irrespect, le doute jeté sur les hiérarchies de la morale et de la société, le mélange naturel et la confrontation comique des valeurs que l'artifice des hommes sépare d'ordinaire passent ou semblent passer les limites du simple jeu, que l'on perçoit soudain la grandeur de Molière. C'est cet accent libre, cette facilité de regard, qui le mettent au premier rang. Alors l'opposition du valet et du maître, de la servante et de la maîtresse appelle des revanches secrètes, qu'on n'eût pas prévues. La rapine chez Scapin, la fourberie chez Mascarille, la jalousie ou le cynisme chez Gros-René ou chez Alain, même la pusillanimité chez Sosie ou chez tel bourgeois qu'une épée fait trembler, perdant tout aspect ignoble, apparaissent comme la vérité, librement confessée, du caractère humain. Toute cette humanité sans apprêt a sa poésie à elle, irrésistible comme la vérité, agile, merveilleuse à déjouer les illusions et les bienséances. L'honnête homme a besoin d'être complété, et en quelque sorte ironisé par l'accompagnement de ce double plus humain que lui fait son valet ; Dorine et ses pareilles jouent le même rôle auprès des jeunes filles timides et glorieuses, à qui elles enseignent sans détours les grands chemins de la vie et du cœur. La convention de la pudeur féminine a du mal à sortir intacte de cette confrontation avec la vérité, venue d'un étage social inférieur. Par l'entremise de tous ces personnages, l'instinct, libre de toute entrave, vient se mesurer à l'honnêteté, et fait douter qu'elle puisse lui résister. Partout le plaisir tourne en dérision la dignité, comme dans ce prologue d'*Amphitryon* où les métamorphoses de Jupiter en animaux amoureux inspirent à Mercure ces réflexions vraiment admirables :

> *Laissons dire tous les censeurs :*
> *Tels changements ont leurs douceurs*
> *Qui passent leur intelligence.*
> *Ce dieu sait ce qu'il fait aussi bien là qu'ailleurs ;*
> *Et dans les mouvements de leurs tendres ardeurs*
> *Les bêtes ne sont pas si bêtes que l'on pense*

Le passage sans scrupule du Dieu à la bête, la loi facile et égalisante de l'amour, la dissolution de toute hiérarchie dans l'univers, le jeu sans bornes d'un désir exempt de toute angoisse, le mélange libre des valeurs, de semblables leçons de sagesse, qui naissent à chaque instant du texte de Molière, sont, plus qu'un simple badinage, le signe d'une liberté morale, indiscutable, de la société pour laquelle il écrivait

*

Le scepticisme dans la noblesse de cour a cependant son revers ; ses audaces s'accompagnent de l'habitude d'obéir, de se conformer à ce qu'on nomme souvent trop vite la nécessité. La philosophie de l'agrément conduisait, par la détente, à l'acceptation de l'ordre établi. C'était, et ce fut longtemps encore, jusqu'à la Révolution et au-delà, un axiome politique courant, que la privation est le prix de la liberté et la docilité la rançon du plaisir. Les maximes héritées sur ce point de l'antiquité s'étaient trouvées confirmées par l'expérience d'un despotisme magnifique.

Le même rire qui, dans Molière, favorise le plaisir, s'oppose à toute exaltation émancipatrice et fait aussi volontiers le jeu du préjugé que celui du progrès. Le bon sens n'est souvent chez lui que le sens de la conformité aux usages régnants :

> *Toujours au plus grand nombre on doit s'accommoder,*
> *Et jamais il ne faut se faire regarder.*
> *... Je tiens qu'il est mal, sur quoi que l'on se fonde*
> *De fuir obstinément ce que suit tout le monde,*
> *Et qu'il vaut mieux souffrir d'être au nombre des fous*
> *Que du sage parti se voir seul contre tous*[1].

La raison même, loin d'être un instrument de subversion, n'est souvent que la résignation à la nécessité naturelle, qui se joue de nous et de nos prétentions. La plaisanterie des *Femmes savantes* sur les lois de l'équilibre dont la connaissance n'empêche pas de tomber par terre, avec toute sa beauté, traduit un penchant général à placer au-dessus de la conscience la force des choses, et humainement la force des habitudes et des usages. Avec l'idéalisme, c'est l'inquiétude du mieux qui est condamnée. Molière, se conformant aux préjugés qui régissaient malgré tout la société, admet qu'un bourgeois est à jamais un bourgeois, une femme à jamais une femme. Tout le reste passe pour chimère, justiciable du rire souverain des ancêtres. Inutile de dire le parti que l'on a tiré, depuis cent ans, non sans en déformer bourgeoisement la nature, ni sans en grossir démesurément l'importance dans l'ensemble de l'œuvre, de ce scepticisme conservateur. « Ce n'est pas en général par le rire que nous nous égarons, écrit Saint-Marc Girardin à propos de la comédie de *George Dandin :* la sentimentalité est plus corruptrice que la gaîté, même quand la gaîté s'écarte quelque peu de la morale... Depuis que le

1 *L'École des Maris*, I, 1.

sophisme s'est glissé dans l'émotion, je me défie plus des larmes que du rire[1]. » C'est Molière utilisé contre Rousseau, et à bon droit, puisque Rousseau lui-même, à plusieurs reprises, s'est défini contre Molière. L'opposition du rire et du sentiment, où se reconnaît aisément dans ce cas celle du conformisme et de la révolte, a formé l'essentiel des polémiques provoquées par *Le Misanthrope,* celle des comédies de Molière, *Tartuffe* mis à part, qui fut discutée le plus longuement et le plus passionnément. *Le Tartuffe* et *Le Misanthrope* peuvent passer à bon droit pour les deux colonnes de l'œuvre de Molière : si on définit son génie par le mélange de la hardiesse et de la conformité, ces deux pièces sont chacune à un pôle de son théâtre. Bien mieux, *Tartuffe* marque le point où la liberté de vivre vient en conflit ouvert avec la tradition religieuse, et *Le Misanthrope* celui où la sagesse tourne à la docilité. Il est naturel que les démêlés les plus vifs se soient produits autour de ces deux avancées.

Alceste incarne, et réfute, l'idéalisme réformateur, que Molière a dépeint en lui de la façon la plus défavorable, en le rattachant à un tempérament mal équilibré, à la fois persécuteur et susceptible, égoïste et malheureux, désemparé et violent. Il est de fait que toute révolte suppose une inadaptation profonde à l'état des choses, et que toute inadaptation au réel, forcément liée à quelque insatisfaction douloureuse, paye, en misères et en faiblesses inévitables, la rançon de sa fécondité dans l'ordre de l'esprit. La société, telle qu'elle est à chaque époque, est un fait tellement écrasant, qu'il est difficile de réaliser contre elle un équilibre supérieur au sien. En un sens, l'homme le mieux équilibré est celui qui a pris place lui-même avec le moins de souffrance dans l'agencement, si barbare qu'il

---

1. Saint-Marc Girardin, *Cours de littérature dramatique,* t. V chap. XXXIII.

soit, de la société existante L'emprise d'un système social
est si forte qu'il faut qu'il ait cessé d'être pour devenir
l'objet d'une condamnation tranquille. Si l'on entre dans la
psychologie des individus, et non pas seulement dans la
comparaison des valeurs, on trouve neuf fois sur dix
l'inquiétude au fond de la révolte, et l'inquiétude a
toujours son passif : entraves affectives, agressivité irrai-
sonnée, mauvais contrôle de soi. Pourtant les êtres que leur
sensibilité, leur insatisfaction ou leur fierté empêchent à
certains égards de vivre normalement, quand ils ne sont pas
simplement broyés par la machine sociale, en perçoivent
souvent les vices avec plus de lucidité que les autres, les
détestent davantage, les dénoncent mieux, et peuvent faire
que leur propre faiblesse devienne une force pour le genre
humain, et leur déséquilibre particulier la cause d'un
équilibre général nouveau. Tel n'est évidemment pas le
point de vue de la philosophie conservatrice, qui s'emploie
à tirer le plus grand parti possible des coïncidences qu'elle
constate entre les vices du caractère et l'esprit de révolte. Il
faut bien reconnaître que Molière, dans le cas d'Alceste,
n'a pas procédé autrement.

Il n'y a rien à ajouter ni à changer à la fameuse critique
que Rousseau a faite du *Misanthrope* dans sa *Lettre à
d'Alembert* : il est bien vrai que Molière, tout en donnant à
son personnage le langage de la vertu idéale, l'a montré
exagérément sensible à ses misères personnelles, embarrassé dans l'application de ses principes, et ridiculement
violent dans des bagatelles. Il a transformé un débat
général, dont la société pouvait sortir mal en point, en un
débat intime dont celui-là seul qui en est le théâtre sort
ridicule. « Le misanthrope et l'homme emporté, dit Rousseau, sont deux caractères différents : c'était là l'occasion
de les distinguer. » Molière a bel et bien confondu le
misanthrope vertueux, qui selon Rousseau devrait convaincre d'infamie la société, et l'homme emporté et faible que

son tempérament rend simplement inférieur à la vie sociale. « Ce n'est pas que l'homme ne soit toujours homme », admet Rousseau, qui décrit lui-même, avec une justice et une pénétration plus fréquentes chez lui qu'on ne veut bien le dire, les circonstances affectives souvent déplorables de la misanthropie même vertueuse. Mais enfin, tout est une question d'accent, et il s'agit de savoir si l'on insiste sur la valeur des aspirations générales, ou sur la présence des conflits intimes. Rousseau a bien vu que Molière disqualifiait le misanthrope de façade par la révélation du misanthrope secret et de ses faiblesses : la manière dont il a façonné son Alceste est à elle seule une véritable argumentation contre la vertu exigeante et réformatrice [1].

La maladie morale d'Alceste et les vices de caractère qui forment le fond de sa passion pour la vertu apparaissent, plus indiscutables qu'ailleurs, dans son comportement amoureux. L'amour est ici, une fois de plus, le miroir de toute la vie. Alceste peut entrer dans la catégorie des jaloux moralisants dont le théâtre de Molière renferme tant de peintures. Les scènes qui l'opposent à Célimène reproduisent jusqu'à un certain point celles où une coquette bafoue un barbon ridicule. Dès la première scène, le misanthrope se voit comparé par Philinte au Sganarelle de *L'École des Maris,* dont pourraient le rapprocher son refus de suivre les usages, sa nostalgie du vieux temps et sa haine du bel esprit, enfin sa jalousie bourrue et injurieuse. Ignorant jusqu'aux moindres précautions de la galanterie, il fait rire malgré lui un public façonné aux prévenances et aux soumissions du bel amour :

1. On ne voit pas bien pourquoi ceux-là qui félicitent Molière de sa conception modérée et conformiste de la vertu s'inscrivent en faux contre les critiques de Rousseau, et prétendent qu'il n'a pas compris Molière. Il l'a fort bien compris, mais en le combattant. On peut lui reprocher son système de morale, mais non son manque de clairvoyance.

Oui, je voudrais qu'aucun ne vous trouvât aimable,
Que vous fussiez réduite en un sort misérable,
Que le Ciel, en naissant, ne vous eût donné rien,
Que vous n'eussiez ni rang, ni naissance, ni bien,
Afin que de mon cœur l'éclatant sacrifice
Vous pût d'un pareil sort réparer l'injustice,
Et que j'eusse la joie et la gloire, en ce jour,
De vous voir tenir tout des mains de mon amour [1].

Ce langage est bien proche de celui d'Arnolphe. Mais la vérité profonde d'Alceste, si égoïste et accaparant qu'il soit, est dans sa faiblesse, dans la sincérité enfantine de sa douleur. C'est un tyran bien démuni, et d'avance défait, en qui on chercherait en vain la moindre trace de cette suffisance si tenace chez les barbons. Aussi, tandis que les barbons représentent aisément les principes conservateurs, tandis qu'ils prêchent toujours le maintien des contraintes traditionnelles, Alceste brandit la revendication subversive de justice et de vérité comme l'arme habituelle et vengeresse des faibles. Mais si sa droiture et sa faiblesse le rendent sympathique, sa droiture n'en souffre pas moins à nos yeux de n'être que le remède et le complément de sa faiblesse. Ce n'est pas par hasard qu'il a choisi Célimène : avide d'émouvoir et d'accaparer un cœur, et persuadé secrètement de n'y pouvoir réussir, il s'est fixé justement à la femme la mieux faite pour lui faire sentir son échec, et pour justifier la colère moralisante par laquelle il essaye de compenser cet échec. Ce mécanisme, à la fois touchant et vain, est exactement le même qui le conduit dans la vie sociale ; peu propre à soutenir la lutte pour la vie, faible, chagrin, trop juste et trop injuste, il recherche à plaisir les situations mortifiantes, pour s'y repaître de sa colère et de sa nostalgie du bien :

1. *Le Misanthrope*, IV, 3.

> *Ce sont vingt mille francs qu'il m'en pourra coûter ;*
> *Mais pour vingt mille francs j'aurai droit de pester*
> *Contre l'iniquité de la nature humaine,*
> *Et de nourrir pour elle une immortelle haine[1].*

Molière a bien pris soin de mettre en relief dans Alceste tout ce qui peut, en le rendant ridicule, dissiper le bien-fondé de sa révolte : cet égocentrisme puéril et désemparé, cette fuite constante dans la bouderie, ce désir de solitude qui dissimule mal la douleur d'être trop seul, ce langage démesuré qui trahit plus de dépit que de vertu, ces exhibitions constantes de sa colère, par lesquelles il discrédite même son bon droit, tout cela fait bien d'Alceste le personnage divertissant que voyaient en lui les contemporains[2].

Il est difficile d'imaginer une interprétation plus absurde du *Misanthrope* que l'interprétation romantique selon laquelle les tourments d'Alceste, sublimes en eux-mêmes, auraient été conçus comme tels par Molière[3]. Le procès de cette interprétation a été suffisamment fait pour qu'il soit inutile de reprendre la discussion par le détail : Alceste était, de toute évidence, un personnage de bourru extravagant, propre à attendrir par ses malheurs et sa sincérité, mais toujours risible par ses excès, et par ses échecs. Il suffit de rappeler qu'Alceste est l'ennemi de tout ce qui est, qu'il est en révolte contre la nature humaine et la nécessité sociale, bref, qu'il est parti en guerre contre le train des

1. *Ibid.*, V, 1.
2. Voir Visé, *Lettre écrite sur la comédie du Misanthrope* (1667).
3. Il faut bien noter que ce n'est à aucun degré l'interprétation de Rousseau, qui admirait sans doute un misanthrope idéal, mais reprochait à Molière d'avoir méconnu et caricaturé en Alceste ce personnage imaginaire. Rousseau est peut-être à l'origine de certaines idées romantiques, mais il ne les attribue pas à Molière, qu'il enveloppe au contraire, de son point de vue très légitimement, dans son aversion pour les philosophes mondains.

choses, pour concevoir à quel point il peut contredire la philosophie habituelle de Molière. Si le mot de naturalisme convient à cette philosophie, c'est parce qu'il exprime un effacement de la prétention humaine devant le *fait* tout-puissant. Toute la morale de Molière consiste à savoir s'incliner devant un certain nombre de faits. La force des usages défie autant chez lui la justice que la force des désirs défie la bienséance. C'est dans ce sens qu'il est amoral. Faguet, remarquant que Molière « a substitué la morale du ridicule à la morale de l'honneur [1] », ne fait que constater chez lui cette suprématie du fait sur le droit, dont le rire est l'instrument universel. Le même auteur a raison de nommer « démoralisation », au sens littéral de ce mot, l'effet produit par Molière : tout au moins a-t-il réduit la morale à n'être que l'accompagnement, le plus discret possible, de la vie. La souplesse en morale est comme un tribut que le bonheur paie à l'ordre des choses, dont il profite, et, sur le plan social, aux puissances régnantes dont il dépend.

*

Il est difficile en effet de séparer la morale de Molière des conditions de la vie de cour, et, plus largement, de la société monarchique. L'opposition d'Alceste et de la cour est à chaque instant marquée dans *Le Misanthrope* :

> *Le Ciel ne m'a point fait, en me donnant le jour,*
> *Une âme compatible avec l'air de la cour ;*
> *Je ne me trouve point les vertus nécessaires*
> *Pour y bien réussir et faire mes affaires.*
> *Être franc et sincère est mon plus grand talent ;*
> *Je ne sais point jouer les hommes en parlant ;*

---

1. E. Faguet, *En lisant Molière*, p. 137.

Et qui n'a pas le don de cacher ce qu'il pense
Doit faire en ce pays fort peu de résidence[1].

Alceste est d'un autre siècle, d'un siècle où n'auraient pas encore existé les servitudes et les souplesses de la cour de Versailles. Il parle le langage du vieux temps, de la vieille franchise ; il maudit le règne du plaisir, de la facilité et de la soumission.

Les discussions sur l'esprit de cour ne sont pas rares dans l'ancien régime, avant même Versailles. Et toujours la corruption de la cour est tenue pour une nouveauté, que l'on oppose implicitement à la vertu rude et droite des époques passées. Ainsi Balzac, dans son Discours sur *la Gloire* : « Il n'est que trop vrai que ce malheureux intérêt... est maintenant le Dieu de la cour, est l'objet et la fin du courtisan. » S'en prendre aux maximes de l'égoïsme et de la souplesse, c'était infailliblement, à cette époque, mettre en cause le mouvement qui entraînait la haute société vers la facilité matérielle et la soumission morale. La cour n'était que le symbole le plus saisissant d'un état de choses nouveau : c'est là surtout que la noblesse, qui avait en principe le dépôt des vieilles vertus, apprenait à jouir et à obéir. Condamner l'amoralité brillante de la cour, c'était résister au temps, se cramponner à un passé plus simple et plus libre que le présent[2]. C'est pourquoi Alceste apparaît sans cesse en conflit avec son époque, plutôt qu'avec l'humanité en général ; c'est pourquoi Philinte, pour le convertir croit nécesaire de condamner

---

1. *Le Misanthrope*, III, 5.
2. Les goûts littéraires d'Alceste, son aversion pour la poésie brillante et le bel esprit ne sont qu'un aspect, riche en effets comiques, de son opposition aux mœurs régnantes et à l'esprit de la belle société.

> *Cette grande raideur des vertus des vieux âges* [1].

Éliante elle-même, qui le juge favorablement, voit en lui une sorte de Don Quichotte, un paladin attardé au milieu des modernes [2].

L'opposition à la cour traduit une opposition plus profonde, quoique moins consciente peut-être, au despotisme ; se soumettre aux mœurs du temps, se soumettre à la force, c'est tout un. Philinte prêche sans doute le conformisme en termes très généraux :

> *Il faut fléchir au temps sans obstination,*
> *Et c'est une folie à nulle autre seconde*
> *De vouloir se mêler de corriger le monde* [3].

Mais le théâtre des siècles monarchiques nous offre, en plus d'un endroit, des propos analogues sur l'inanité de toute résistance à la force des choses, revêtus d'une signification politique plus expresse :

> *N'examinons donc point la justice des causes*
> *Et cédons au torrent qui roule toutes choses,*

dit le roi Ptolémée dans la *Mort de Pompée*, au moment où il s'apprête à immoler son hôte à César vainqueur [4]. Mettant plus clairement encore la philosophie de la nature au service de la politique amorale du despotisme, le César de Voltaire prêchera à Brutus une philosophie résignée et docile, qui n'est pas d'une

---

1. *Le Misanthrope*, I, 1. Dans cette scène, qui pose les termes du débat en même temps qu'elle ouvre l'action, il est constamment question d'une différence d'époques (les « vices du temps », les « mœurs d'à présent », « notre siècle », etc.)
2. *Ibid.*, IV, 1.
3. *Ibid.*, I, 1.
4. *Pompée*, I, 1.

autre essence, la différence de ton et de situation mise à part, que celle de Philinte :

> *Prends d'autres sentiments, ma bonté t'en conjure.*
> *Ne force point ton âme à vaincre la nature*[1].

Le drame d'Alceste n'est donc pas seulement celui d'un caractère dressé contre le monde ; le misanthrope à prétentions vertueuses est l'ennemi des mœurs dociles et adroites, et ces mœurs sont à la fois l'ouvrage et le soutien du pouvoir absolu.

Victor Cousin, s'élevant contre la légende d'après laquelle le duc de Montausier aurait été l'original d'Alceste, invoque le fait que Montausier était absolutiste convaincu, et semble penser, avec raison bien qu'il n'explique pas trop pourquoi, que cette qualité est incompatible avec l'humeur d'Alceste[2]. La signification profonde du personnage d'Alceste dans l'histoire de la société française est attestée par l'intérêt que lui ont voué, sous l'ancien régime, des moralistes particulièrement accoutumés à lier la discussion morale à la discussion politique. Ce n'est pas par hasard que Fénelon, aristocratique ennemi du despotisme, et champion lui aussi, contre la cour, du vieux temps et des mœurs frugales, a pris contre Molière le parti d'Alceste[3]. Le débat esquissé dans *Le Misanthrope* devait se prolonger plus de cent ans. L'opposition de ces deux attitudes qu'on pourrait définir, l'une par le goût de la facilité uni à la soumission, l'autre par l'esprit de justice joint à la nostalgie des mœurs simples, emplira jusqu'au bout l'ancien régime. Dans ce conflit, chacun des adversaires a son prestige, chacun ses tares : docilité d'un côté, haine du progrès de l'autre. Alceste était déjà la caricature

1. Voltaire, *La Mort de César,* III, 4.
2. V. Cousin, *La Société française d'après le Grand Cyrus,* ch. IX.
3 Fénelon, *Lettre à l'Académie,* VII.

des gens du dernier parti, faite par un homme du premier. Cette peinture spontanée a d'autant plus de prix qu'elle a précédé les discussions explicites du siècle suivant. S'il a été possible à Rousseau de venger Alceste avec plus de succès que ne l'avait fait Fénelon, c'est que la dénonciation de la cour, et du régime dont elle était le symbole, avait acquis chez lui une signification sociale nouvelle, avait cessé d'exprimer seulement la mauvaise humeur des gentils-hommes devant les nouveautés. Le regret du passé et les maximes de la vie simple, prenant un élan plus vaste, ont traduit les espérances de tous ceux qui se sentaient victimes du « train des choses ». Rousseau a défendu, dans le gentilhomme grincheux de Molière, sa propre révolte, toute plébéienne, contre la société ; et la Révolution française a mis à la scène la réhabilitation d'Alceste contre Philinte [1]. Outre sa valeur permanente, dont nous sommes, à trois siècles de distance, de bons témoins, le symbole créé par Molière était doué, sur le plan de l'histoire, d'une telle force significative qu'il a accompagné jusqu'au bout la société où il avait pris naissance.

*

A qui veut définir, à travers toute la richesse de l'œuvre de Molière, l'essentiel de son attitude morale, s'offre sans cesse le contraste d'un élargissement du champ humain vers le plaisir et la confiance, et d'une limitation concomi-tante de nos ambitions, effet d'une complaisance sceptique au train des choses. Mais ce sont là, au-delà de Molière, les traits les plus généraux de son siècle et du suivant. Par là se définit la forme dernière de la civilisation de l'ancien régime. Et les deux termes du contraste trouvent leur commun principe dans l'acquiescement à un ordre inévita-

---

1. Dans la *Suite du Misanthrope*, de Fabre d'Églantine (1790).

ble : la loi naturelle du plaisir et la règle de l'accommodation sociale ont le même empire, et il suffit de s'y laisser
entraîner en même temps pour trouver l'équilibre de la
sagesse. La pensée originale de toute cette époque a été de
croire compatibles, voire inséparables l'un de l'autre,
l'épanouissement selon la nature et l'esprit d'acquiescement aux normes sociales.

Le débat relatif à la grandeur et à la misère humaines,
qui se pose à chaque instant autour de Corneille, de Pascal,
de Racine même, reçoit ici sa solution la plus tranquille et
la plus évasive à la fois, celle qui consiste à se soustraire à la
misère en désavouant l'ambition de la grandeur, en la
réduisant au moins à un jeu où se dissout toute angoisse.
L'inquiétude qui pour l'homme résulte de la limitation de
son être est considérée comme un mal à guérir, ou à
méditer, et non comme un signe d'élévation. L'idée même
d'élévation ou de bassesse tend à se fondre dans l'égalisation de toutes choses, et la préoccupation des *valeurs* perd
tout ce que gagne le sens de la conformité au réel. La
noblesse n'est plus que dans l'accord le plus élégant de
l'homme avec sa condition. Toute poésie, toute réussite,
toute valeur, résident dans cet accord. L'obsession
anxieuse du destin, qui est au fond de toutes les affirmations idéales de l'héroïsme, se dissipe dans l'idée d'une
concordance du désir et des choses, où les choses sont peut-
être plus clémentes, mais où le désir surtout est moins
tendu. Ce qui demeure de prestige poétique autour de cet
accord est le seul reste, accommodé à un usage nouveau,
des splendeurs héroïques. C'est un je ne sais quoi qui nie la
misère, même en la connaissant, un charme facile qui s'est
substitué à l'élan d'une conquête glorieuse.

Le propre de cette conception est qu'en accordant à
l'homme tout ce qu'il peut souhaiter, puisque sa condition
cesse d'être tenue pour humiliante, elle l'oblige à renoncer
à la croyance où il est de valoir plus que toute autre chose

dans l'univers, de ne pas être simplement un fait, ou une
nature semblable aux autres. Les voies qui conduisent à
cela, à cette émancipation de la vie dans l'égalisation des
valeurs, n'ont fait que s'ouvrir davantage au XVIIIe siècle,
où elles s'élargissent enfin en une perspective immense et
multiple sur tout l'humain. Ce n'est pas ici le lieu de définir
les progrès de cette forme de pensée, ni de chercher
comment elle a fini par ruiner l'ordre dont elle était née. Ce
qui est hors de doute c'est que nous en trouvons déjà dans
Molière les deux données essentielles : l'audace du désir
naturel réhabilité et la dissolution sceptique de la conscience.

RÉFLEXIONS
SUR L'HUMANISME CLASSIQUE

L'examen de ce qui s'est pensé autrefois n'a de sens et de vertu véritables que par rapport au présent et à l'avenir. Il pourra sembler étonnant que cette affirmation termine un ouvrage où l'on a prétendu rendre compte des idées du passé par des conditions sociales transitoires, aujourd'hui oubliées. Mais comment imaginer que les idées puissent n'avoir de signification que dans ce rapport historique ? L'état de la société détermine, avec la psychologie des groupes humains qui la composent, la formation et le sens des courants de la pensée morale ; mais cela n'est ainsi que parce que la société a d'abord besoin de pensée, autrement dit parce que l'homme social a besoin de se conduire par des motifs plus vastes que ses intérêts immédiats. Aussi la psychologie sociale est-elle toujours plus qu'une psychologie. La façon de vivre et de sentir est toujours ici une façon de penser, et de penser des valeurs. C'est la définition même de l'homme social d'être idéologue, parce que c'est la loi de toute société d'être une organisation, et une organisation discutable, qui ne vit qu'en se justifiant. De ce fait, les idées ne sauraient consister dans de simples reflets des conditions sociales. Condamner l'idée à ce rôle pour ainsi dire nul, c'est à la fois la rendre inexplicable, et lui ôter tout intérêt. Elle est le moyen efficace par lequel le

groupe oriente dans le sens de ses besoins la pensée, c'est-
à-dire finalement la conduite de ses membres. Le rapport
de la pensée avec la vie était jadis exprimé de façon parfaite
par un mot dont on se servait pour désigner les idées dans
ce qu'elles ont d'actif, et qui en elles justifie et anime une
conduite. Le mot de « maximes » rendait bien l'aspect
pratique, tendancieux, et en même temps la prétention à la
généralité, de toute pensée morale. On peut dire de tout
système d'idées qu'il est un ensemble de maximes dont les
circonstances sociales éclairent la source, c'est-à-dire la
destination.

On ne saurait cependant s'en tenir à cette constatation.
C'est un fait de grande conséquence que les suggestions du
milieu social se présentent sous la forme d'impératifs
généraux, dont l'expression dépasse de beaucoup la cause
qui les a fait naître, que ce qui résulte d'un état de choses
passager se donne pour l'expression d'une nécessité éternelle : dans toute idée il y a une transposition de cet ordre.
On pourrait y voir une mystification, et faire de cette
mystification la définition même de la vie spirituelle, si les
créations de l'esprit n'arrivaient à déborder à leur tour le
système social où elles ont pris naissance. L'homme social
cherche des normes supérieures à son existence individuelle, et sans doute une classe sociale, où la société dans
son ensemble, c'est-à-dire en dernier ressort la classe qui la
gouverne, inspire sa recherche et la guide vers ses propres
buts. Mais la faculté propre à l'homme de former des idées
générales sur la vie et le bien, et de légiférer sur des
valeurs, est à double sens. Si précieuse qu'elle soit à la
société, elle prétend par définition s'exercer au-dessus
d'elle, et l'évoque à son tribunal. Le plus souvent assuré-
ment pour la justifier, de sorte que les puissances du réel
continuent de dominer celles de la pensée, auxquelles elles
n'abandonnent alors qu'une supériorité illusoire. Mais cela
n'empêche pas que l'homme pensant est à même de

concevoir plus de justice, de bonheur, de vérité, de grandeur qu'il n'en a sous les yeux. Ces imaginations répondent à des besoins éminemment sociaux sans doute, mais qui sont aussi les agents transformateurs de la société réelle, et peuvent, quand les circonstances s'y prêtent, appuyer des forces sociales nouvelles et bouleverser l'ordre établi. En fait, toute construction morale est un essai de compromis entre la nécessité sociale et des aspirations moins bornées, entre les valeurs que l'état de la société accrédite et d'autres, plus indiscutées quoique plus irréelles, et qui les appuient, mais en les dépassant. Souligner cet écart au lieu de le voiler, dénoncer l'hypocrisie de la morale régnante, comment cette attitude, si fréquemment adoptée et si favorable au progrès, serait-elle possible s'il n'y avait à chaque moment un divorce entre ce que l'homme peut concevoir et ce dont il s'accommode ?

C'est ce qui rend si difficile de parler des créations de l'esprit sans les juger, de les remettre dans le paysage social de leur naissance et de leur développement, sans évoquer en même temps un désir plus grand qu'elles qui les a animées, mais n'a pu se dégager d'elles entièrement, faute d'un horizon réel encore assez vaste. Ainsi d'anciennes valeurs, limitées aussitôt que conçues, usées par le temps ou l'échec, peuvent produire, après une longue éclipse, un héritage inattendu, se ranimer et grandir dans des conditions plus propices. L'intérêt que l'on porte au passé de la pensée naît presque toujours du désir d'en faire un usage nouveau, et ce désir est l'expression même de la perfectibilité propre à l'espèce humaine.

*

Ce qui fait aujourd'hui encore la grandeur des siècles classiques, c'est qu'une philosophie morale s'y est développée, qui donnait à l'humanité son véritable prix. L'humanisme moderne s'est réclamé d'abord de la tradition antique et a prétendu trouver chez les Grecs et chez les Latins des modèles déjà achevés de son propre idéal. Il n'en avait pas moins ses racines propres dans le monde européen moderne. Il serait injuste de négliger, au sein du moyen âge lui-même, la présence vivace d'un certain sens et d'un certain culte de l'humain. L'humanisme classique n'a jamais perdu vraiment le souvenir de la chevalerie. En outre, il a bientôt montré, en se développant, sa nature toute moderne. Sous le vêtement antique est apparue une puissance nouvelle, alimentée par un progrès général de la vie et des relations sociales, qui ne devait rien à l'héritage de l'antiquité.

Le développement de cet humanisme moderne, avec tout ce qu'il comportait d'audace dans la conquête de la lucidité et du bonheur, a fini par mettre ouvertement en péril la somme d'idées et de croyances traditionnelles sur lesquelles continuait de vivre la société européenne. Sans doute cet humanisme, entendu comme un bouleversement des valeurs et de la vie morale, a atteint son point le plus haut à la veille de la Révolution. Mais le XVIIIe siècle ne fait que continuer une œuvre entreprise avant lui, et à laquelle, en dépit d'apparences superficielles, son prédécesseur n'a pas peu contribué. On aurait tort de se laisser tromper par le ressaisissement, voire le renforcement, au cours de ce siècle, du contrôle chrétien et monarchique. Sans même l'aborder par le côté qui fait de lui l'annonciateur explicite du siècle suivant, sans chercher dans les dernières décades du grand siècle les premières affirmations ouvertes de l'esprit critique, de l'irrespect et du naturalisme moral, et en se bornant à l'envisager dans sa période d'originalité propre, où les débats se maintiennent hors des domaines réservés, on verra que ce siècle, même retenu dans les limites de la pure morale, s'inscrit comme une étape importante dans la conquête de l'humain. L'héroïsme, la galanterie, la beauté, l'honnêteté ou le plaisir y prennent naissance dans la nature, lui doivent leur attrait, lui communiquent leur valeur. C'est bien à tort qu'on oppose ce siècle au suivant, comme s'ils étaient ennemis, l'un élevant ses constructions sur les ruines de l'autre. Descartes, Corneille, Molière, Voltaire, Diderot, Rousseau même, appartiennent, d'un certain point de vue, à une même lignée. Ce n'est qu'après la Révolution française, et dans une époque où il s'agissait surtout de se prémunir contre de nouveaux périls de subversion, qu'on s'est appliqué à dresser l'un contre l'autre les deux siècles. Il fallait honnir tout ce qui avait inspiré la Révolution, sans renier en bloc une tradition d'humanisme inséparable de la civilisation monarchique elle-même. Sous l'empire de ce besoin, on a fini par attribuer une importance démesurée aux différences qui séparent le règne de Louis XIV des suivants. On aurait bien étonné les Encyclopédistes si on leur avait dit qu'ils différaient par essence des honnêtes gens du siècle précédent. Ils se croyaient plus éclairés, plus ouverts à la vérité et à l'humanité, mais de la même race. Au XIXe siècle, Taine fut seul à affirmer, et d'ailleurs dans une intention hostile, la continuité de l'esprit classique et de l'esprit encyclopédique ; encore ses raisons sont-elles des plus discutables. Ce n'est pas tant par le culte de la raison abstraite, ainsi qu'il le prétend, que les deux siècles se tiennent ; c'est plutôt par la valeur qu'ils attribuent, dans l'ensemble, à la qualité d'homme, à l'équilibre de la lucidité et de l'instinct, par la façon dont ils allient tous deux le beau et le naturel, dont ils dessinent le caractère et les exigences de la véritable humanité. Cependant c'est devenu un postulat, qu'une ère absolument nouvelle commence avec les *Lettres persanes*. Quelques vues accessoires masquant l'ensemble du mouvement historique, les deux siècles ont fini par s'opposer l'un à l'autre comme deux symboles contraires, l'un d'ordre et de discipline, l'autre de subversion et d'utopie. La victime principale de cette déformation a été évidemment le premier des deux siècles, en qui les seuls principes contraires à l'homme sont demeurés visibles. Nous avons vu en plusieurs endroits à quel prix et moyennant quels faux jugements sur les plus grands de ses écrivains.

En réalité, le grand siècle donne le spectacle d'une consolidation générale de certaines valeurs morales proprement humaines qui, moyennant les limitations et les précautions que l'époque impose, acquièrent définitivement droit de cité. Le jansénisme lui-même, pris dans son sens le plus général, comme un renforcement de la rigueur chrétienne, n'a fait que souligner, par un effort de réaction resté sans lendemain, le triomphe d'un climat nouveau, favorable à l'homme naturel, et désormais inséparable de la civilisation morale de la France. Dans un certain sens, on peut dire que le pessimisme chrétien lui-même a été assimilé par l'humanisme. Il y a au XVIIe siècle une certaine façon lucide de scruter les tares de la nature, une sérénité dans la perception la moins flatteuse de l'homme, qui doivent plus à la philosophie qu'à la religion. L'angoisse et le dégoût y ont moins de place que le désir du vrai, la fierté de l'atteindre même à nos propres dépens, le souci d'une sagesse sans fard[1].

Au siècle précédent, tout avait été mis en question, dans un bouillonnement confus de nouveautés, de violences, de crises diverses. Sous Louis XIII et Louis XIV, tout se décante, s'assoit ; on prend une conscience plus claire, à la fois des aspirations et des obstacles. La résistance s'accuse, l'audace se borne d'elle-même, la discrétion devient la loi,

---

1. La Rochefoucauld, vu sous cet angle, continue Montaigne bien plus qu'il n'accompagne Port-Royal. Voir à ce propos, dans les *Lettres de M. le Chevalier de Méré*, 1682, in-12°, t. I, p. 83-91, la lettre du chevalier à Madame la Duchesse de X..., sur un entretien qu'il a eu avec La Rochefoucauld. Voir également la maxime 182.

et pour ainsi dire le style naturel, de l'humanisme. Mais le
XVIIe siècle, par la sobriété même de sa pensée, par sa
prédilection pour les débats de pure morale, à la fois
resserrés dans leur contenu et universels dans leur application, permet de saisir avec une clarté toute particulière la
nature de cette éthique humaniste, qui caractérise avant et
après lui une longue période de l'histoire de la pensée.

*

Toute construction, dans l'ordre des valeurs morales,
gravitant autour des deux notions de l'agréable et du grand,
on s'aperçoit, à travers le XVIIe siècle français, que ce qui
s'est édifié continûment entre la Renaissance et la Révolution peut se définir par ces trois éléments conjugués :
conquête de l'agréable ; adoucissement de la contradiction
entre l'agréable et le grand ; jonction de l'idée du grand et
de la figure humaine. Telle a bien été l'œuvre des trois
grands siècles. Tout d'abord, ils affaiblissent le sentiment
de culpabilité attaché à la satisfaction des désirs, et plus
généralement le dégoût de l'homme pour sa nature. C'est
Voltaire demandant à Pascal : « Pourquoi nous faire horreur de notre être ? » Mais ce que Voltaire dit ouvertement, sans craindre de heurter une tradition redoutable,
presque tout le XVIIe siècle profane le pense confusément,
en imprègne sa vie et ses œuvres. La primauté attribuée au
plaisir comme critère du beau n'est que la forme, transposée sur le plan esthétique, d'une philosophie morale dont la
satisfaction, le contentement, l'honneur fait à la nature est
la loi profonde. Ce n'est pas par hasard que l'antinatura-
lisme chrétien réitère alors ses anathèmes contre toute
littérature dramatique, voire poétique. C'est que la poésie
et le théâtre tout entiers y sont pleins des appâts de la
nature, de l'agrément, de la gloire. Le durcissement
chrétien que l'on constate si souvent au XVIIe siècle, et dont

le jansénisme est la forme la plus extrême, n'a pas réussi à faire passer pour criminel ce tout-puissant agrément qui demeure le caractère premier du beau, en morale comme en poésie, et qui est la loi des héros, des honnêtes gens et des poètes.

Cette réhabilitation fondamentale du désir humain permettait de répondre d'une façon nouvelle à la mort et au malheur, de concevoir, par suite, une idée du grand plus assurée et plus sereine. Le dilemme de l'agréable et du grand tendit à s'effacer. Rien de plus frappant, au XVIIe siècle, que la fusion constante de la grandeur et de l'agrément, de ce qui exalte et de ce qui séduit. Non que l'opposition des deux termes ne persiste : leur réconciliation parfaite ne saurait se concevoir que comme une idée limite, plus conforme à la condition des dieux qu'à celle des hommes ; mais la tendance est indiscutable. Toute la littérature du XVIIe siècle pourrait se définir par là. L'idée que l'on s'y fait du héros ne suppose jamais l'écrasement de l'instinct, le silence mortel de la nature. Tout ce que nous avons dit de Corneille revient à dire que l'héroïsme apparaît chez lui solidaire de l'aspiration à l'existence ; tout ce qui dans la grandeur pourrait regarder la mort, en subir l'attrait ou le vertige, tourner à la haine ou au dégoût de l'être, tout cela est rejeté dans l'ombre, ou plus exactement dissous dans le mouvement du moi vers la gloire. Bien plus, s'il est vrai qu'on distingue à côté du héros l'homme de cour, si l'on conçoit à part la générosité et l'enjouement, la prouesse et le divertissement, on les réunit, on les fond ensemble aussi souvent qu'on les sépare. Du *Cid* à *Nicomède,* à *La Princesse d'Élide,* à *Amphitryon* même, il n'y a jamais contradiction absolue, ni démenti formel. Ne pas sentir cette parenté secrète, c'est être sourd à la tonalité fondamentale du siècle. Nulle part, pas même dans Corneille, qui va pourtant aussi loin qu'il est possible dans le sens du difficile et du rare, nulle part la grandeur n'exclut une certaine facilité[1], qui est la marque des êtres bien nés. Tout le sublime cornélien, nous avons essayé de le montrer, est finalement un sublime de la nature humaine. Et dans l'esprit du XVIIe siècle tout entier, la haute sagesse et la sagesse naturelle, la générosité et le bonheur sont presque toujours mêlés, quel que soit celui des deux termes qui prédomine, chez Descartes et Corneille, chez Méré, chez Molière. Sur un plan plus vaste au siècle suivant se mêleront au moins autant qu'elles se combattront, la philosophie des jouissances et la morale du citoyen. C'est cette alliance de deux principes moraux, agrément et grandeur, que toute barbarie et toute misère tendent à opposer, qui a été, dans la France de jadis, la marque véritable d'une haute civilisation[2].

L'alliance de l'agréable et du grand ne saurait aller sans une fixation de la grandeur dans l'homme lui-même. Moins dégoûté de sa nature, quand il en ressent les faiblesses, il croit pouvoir y trouver le remède en même temps que le mal. La réduction de la faiblesse humaine, le triomphe remporté sur la mort, cette victoire qui est toujours au

1. Que ce mot ne soit plus employé, depuis quelques années, que dans un sens péjoratif, c'est un témoignage accablant que l'avenir ne manquera pas de faire valoir contre notre époque. Rien n'est plus certain, si éloignée qu'en soit l'apparence. La « facilité » est abusivement confondue avec la lâcheté, et condamnée avec elle ; on escamote ainsi la question principale, qui porte sur le but et non sur les moyens ; l'élévation de la condition humaine ne saurait consister que dans la conquête, même difficile, de plus grandes *facilités,* dans tous les sens du mot. Notre époque préfère, pour mille raisons, répéter sans fin l'apologie pompeuse de son impuissance, à grand-peine tournée en gloire.

2. De là vient l'extrême difficulté où se sont toujours trouvés ceux qui ont prétendu fonder sur la tradition de pensée de l'ancienne France une doctrine de pure réaction. Ils en sont réduits, si l'on veut bien y voir de près, à admirer les rapports sociaux de cette époque plus que les œuvres de ses écrivains ou, dans les œuvres, surtout ce qui peut trahir les rapports sociaux. La véritable anthologie du XVIIe siècle à leur usage serait une anthologie d'épîtres dédicatoires.

centre de l'idée du grand, ne lui semblent plus dépendre
d'une puissance étrangère à son être, d'une providence
devant laquelle il n'est lui-même que néant Au lieu de se
renier pour échapper à sa misère, il s'eɪ remet à lui-
même, incline à ne rien concevoir de plus grand que sa
propre nature, à laquelle il restitue, comme étant issu
d'elle, le désir même qu'il a encore de la dépasser. Une
fois levé l'interdit qui pèse sur la nature, le sens du grand
rejoint son origine humaine. La vogue de la morale
stoïcienne dès le début des temps modernes ; la fortune
persistante au xviiᵉ siècle de cette morale, interprétée
comme une morale de la grandeur purement humaine, et
son conflit ouvert avec la religion ; l'élargissement de l'idée
du beau moral au siècle suivant, où l'être humain est la
source et la fin de tous les enthousiasmes : ce sont là les
signes et les étapes de ce retour de la grandeur à son siège
véritable, que les siècles classiques ont accompli et qui reste
la raison profonde de leur prestige. Cette force naturelle,
cette clarté, cette valeur ineffacée des figures qu'ils tracent
et des pensées qu'ils conçoivent, tout cela est dû, qu'on le
veuille ou non, à ce qu'ils ont rendu l'humanité à elle-
même.

*

On ne saurait trop insister sur le fait que cette revalorisa-
tion de l'humain a coïncidé avec un progrès général dans
l'ordre matériel. L'humanité s'estime dès qu'elle se voit
capable de faire reculer sa misère ; elle tend ă oublier, en
même temps que sa détresse, l'humiliante morale par
laquelle, faisant de nécessité vertu, elle condamnait la vie.
Déjà au moyen âge, les premiers éléments de la morale
humaniste naissent dans l'entourage des cours les plus
riches, dans les moments de paix et de prospérité relatives
Le développement et le triomphe de ces germes n'ont été

possibles, dans les siècles modernes, que par les immenses progrès accomplis dans l'industrie humaine, les richesses, les jouissances. Le sentiment d'une vie plus pleine, d'une condition plus facile, le rejet naturel de l'angoisse accompagnent intimement, et de façon presque consciente, la pensée des grands siècles. La misère, au contraire, ne laisse à l'esprit d'autre refuge que l'humilité, le désaveu de la nature. Si l'on ne s'y résout pas, comment éviter alors la tentation et le vertige de la violence, seul moyen de s'assouvir quand tout est rare, assouvissement elle-même à défaut de mieux ? La misère ne laisse d'autre issue, à qui veut s'affirmer grand, que la force et l'empire. La gloire humaine conçue sous cette forme, la poésie de l'épée, étaient entretenues par une tradition trop puissante pour qu'on n'en trouve pas la trace vivante dans la pensée des siècles modernes. Nous avons signalé en plus d'un endroit ces réminiscences, très vives dans la conception du héros ou de la grande âme, sensibles encore dans l'idée du plaisir, bien souvent indistincte de celle du bon plaisir. Mais le prestige de la force baissait — et dans la pensée plus encore que dans les mœurs — avec le recul de la misère générale. Aussi la gloire s'humanisant, cherchant l'issue la moins inhumaine, la moins inquiète aussi, élisait-elle de préfé rence l'attitude de l'octroi généreux, de la bienveillance, de la justice. Les héros de Corneille, tout imprégnés pourtant d'un orgueil violent, savent être magnanimes et justes : ce sont même leurs vertus les plus hautes. Les idées de noblesse dans l'amour, de justice ou de clémence dans le traitement des personnes, sont difficilement séparables de la gloire cornélienne, si brutale qu'elle soit par ailleurs. Et là où la grandeur tend à céder le pas au plaisir, dans la poésie, les divertissements, la comédie, ou bien dans les moments heureux de la tragédie, ce qui demeure de majesté tient à un air de bienveillance, élevée et facile à la fois, qui est inséparable de l'expression du bonheur. On ne peut lire une strophe de poésie galante de ce temps-là, un divertissement de Molière, un dénouement de Corneille, sans se sentir aussitôt dans cette atmosphère. A mesure que la vie était apparue plus facile, l'affirmation barbare de soi faisait place à la réhabilitation générale de la qualité d'homme. La satisfaction, attirant à elle le prestige usurpé de la violence, suggérait l'idée d'une humanité réconciliée avec elle-même et retrouvant tout son prix dans chacun de ses membres. Le discrédit de la brutalité, renversant la notion du grand, la fait coïncider avec le respect de la nature humaine, c'est-à-dire avec la justice. Le nom même d'humanité désigne, en même temps que la qualité d'homme, le sentiment qui porte à respecter cette qualité partout où elle se trouve.

*

De pareils enseignements, transmis alors que commençaient de s'élargir devant l'homme les chemins du bonheur et de la connaissance, n'ont rien perdu de leur valeur dans une époque comme la nôtre, où justement le sens de l'humain est compromis en même temps que s'obstruent les voies du progrès, où le resserrement de la vie engendre le mépris de l'homme et la religion du néant. Le grand siècle, trop souvent admiré ou combattu pour les seules puissances de contrainte qu'il renferme, témoigne déjà en faveur d'une conception de l'homme civilisé qui n'a cessé de se fortifier et de s'élargir après lui, que notre temps prétendrait en vain rejeter, et qu'il appartient à un avenir peut-être plus proche qu'il ne semble de sauver et d'approfondir encore.

Bergerac, août 1940.

TABLE DES MATIÈRES

LA MÉTAPHYSIQUE DU JANSÉNISME   101

LA DÉMOLITION DU HÉROS   128

MOLIÈRE   210

DU MÊME AUTEUR

Aux Éditions Gallimard

MORALES DU GRAND SIÈCLE, 1948.

LE TEMPS DES PROPHÈTES, Doctrines de l'âge romantique, 1977.

LES MAGES ROMANTIQUES, 1988.

L'ÉCOLE DU DÉSENCHANTEMENT, Sainte-Beuve, Nodier, Musset, Nerval, Gautier, 1992.

SELON MALLARMÉ, 1995.

Chez d'autres éditeurs

L'ÉCRIVAIN ET SES TRAVAUX, José Corti, 1967.

CREACIÓN POÉTICA EN EL ROMANCERO TRADICIONAL, Madrid, Gredos, 1968.

ROMANCERO JUDEO-ESPAÑOL DE MARRUECOS, Madrid, Castalia, 1968.

GÉRARD DE NERVAL ET LA CHANSON FOLKLORIQUE, José Corti, 1971.

LE SACRE DE L'ÉCRIVAIN, 1750-1830, José Corti, 1973.

Impression Bussière Camedan Imprimeries
à Saint-Amand (Cher),
le 18 mars 2002.
Dépôt légal : mars 2002.
1ᵉʳ dépôt légal dans la collection : août 1988.
Numéro d'imprimeur : 021175/1.
ISBN 2-07-032473-7./Imprimé en France.

13014